纸上还乡

汗漫 著

北 京 出 版 集 团

北京十月文艺出版社

在老家八月底有几天也是这样的，

空气稀薄而热烈，

仿佛空气中有一种悲哀、惹人怀念家乡

而怪熟悉的东西。

人无非是其气候经验之总和而已，

这是父亲说的。

——福克纳《喧哗与骚动》

目 录

卷
一

穿过南阳盆地

1

山南水北为阳。南阳，位于伏牛山之南、汉水之北。北纬32°17′~33°48′，东经110°58′~113°49′。

此地属中国南方与北方的过渡带，长江流域与黄河流域的分水岭位于秦岭余脉伏牛山主峰——站在分水岭上，一个人半身南方、半身北方，冷暖平衡，大度宽和，不会成为偏执、狭隘的人。他喜欢说一个表达肯定意义的词：中！中！中啊！

伏牛山、武当山、桐柏山、秦岭，这四座山脉远近呼应、浓淡参差，簇拥成一个南阳盆地。西伯利亚方向的寒流，被伏牛山阻挡于盆地外。东海方向吹卷而至的云团，在盆地止步，化作细雨微风。宜居宜耕宜繁衍。在盆地，可见南方的棕榈、芭蕉、凤尾竹，可遇北方的雪松、白桦、钻天杨。我在北方漫步，被认为是北方人。在南方游走，被认为是南方人。在南阳十三座小县城和无数村庄晃荡，被认为是乡亲。森林，群山，禽兽，陶狗，五谷，婚姻，曲剧，灯歌，风水，阴阳……充满盆地，似干柴烈火充满童年的粗陶火盆，熊熊燃烧——火苗是飞鸟和朝霞，灰烬是一地月光和霜。

也可以把南阳盆地看作碗，陶土大碗。碗内万物，如粥如水如美酒，端起来一饮而尽，就是春风秋雨，在众生嘴唇边浩荡或淅沥。盆地人民幽默，把家乡小名呼唤为"碗"——由此可见，三餐在日常生活中至高无上。农业发达，本地烧制的陶土大碗，迥阔于周边地区的青瓷小碗。男女老少肠胃功能劲健，餐馆与酒馆遍布古道旁、小桥边。喜怒哀乐悲恐惊，爱恨情仇怨别离，一概肇始于餐桌，了结于碗盏。

某日，一个掌握话语权的前朝文人，觉得把南阳小名称呼为"碗"，太粗俗，改称为"宛"吧。于是，南阳简称"宛"。从此，私塾里，小学课堂上，孩子们学习"宛然""宛如""宛转"这些词汇时，总觉得有大碗、巨阔盆地，在头顶隐隐浮动。

我曾利用三天时间，自北而南穿越南阳盆地。第一天，伏牛山。听樵夫高唱民歌："再丑的妹妹也有人爱，破锅亲着破锅盖。只要妹妹对我情似海,你脸上的麻子也放光彩!"第二天,南召境内一座名叫"三棵树"的村庄。我对着一块巨石饮酒,蓦然发现石头上用粗拙雄浑的汉代刀法,凸凹起伏着鸟、仙女、太阳等图案。汉代石刻,记录南阳历史上最辉煌的一个时代,此刻溅上酒滴,是我无意间的祭奠?第三天,新野星空下,朗诵本地诗人岑参诗句:"强欲登高去,无人送酒来。遥怜故园菊,应傍战场开。"吟罢,看菊花正依偎商场怒放。

陶渊明《桃花源记》,写渔人"缘溪行""复前行""复行数十步"的探寻过程。渔人出桃花源,虽一路"处处志之",以图重返桃花源,"遂迷,不复得路"。而后,"南阳刘子骥,高尚士也,闻之,欣然规往。未果,寻病终。后遂无问津者"。刘子骥是最后一个寻访桃花源的人。陶渊明把这个虚构的问津者,写成南阳人,真好。

只有一个南阳盆地里的人,才这样痴痴寻觅精神归宿地、灵魂理想国。

或许,在陶渊明的想象中,南阳就是高尚士子云集的地方吧。

2

反复穿过南阳盆地，乘车或步行。

手握一页地图，纸质粗糙，如同车窗外的原野。比例失真，一个县城往往被描画得大于一座群山或小于一条溪流，像梦境，有美感。地图上的名字，可与窗外闪现的路标对照："黑鱼"，像诗人笔名。"树仁"，像儒雅敦厚书生的字、号。"前锋"，这座村庄多武士、足球健将？"马丢"，小镇的祖先大约因一匹马的丢失而痛悔终生？……地图是对本地的抽象。一系列地名背后，有无限的旧事前情，只可猜测而无法洞悉。旧汽车缓慢穿过地图和旷野，像老手指，尝试翻开一部秘史。

在小镇旅馆或一户农家，我用小刀把铅笔削尖，记录一天行踪和心得。铅笔秃了，再用小刀来削。书桌上就积累一小堆铅笔屑，类似于小动物蜕下的皮。铅笔越来越短，蜕下的皮越来越多。最后，一支铅笔，彻底消逝进一片文字里了。

与电脑、钢笔、毛笔相比，铅笔更适宜于随我穿过南阳盆地。尽管它在纸上行进速度很慢，但我懂得，窗外旷野上，那些热爱蜕皮的小动物，也在慢慢穿过夜色。铅笔，能与它们保持相似的步履和心跳。只有铅笔能越过文字的草丛，去触动盆地边缘的群山——

如果它们在深夜摇晃一下，敏感者就会醒来，想起爱恋过的人，身体中的剧痛和雷声，大作不息。

3

乡村大路两旁的白杨树，随地形蜿蜒起伏跑到大路尽头，就抱在一起，像热恋中的人。我背着行囊也向前跑去。我想听听大叶白杨们哗哗啦啦的风中情话，它们却手牵手向更远处跑去。远处，盆地边缘的群山，在风中微微晃动。

奔跑中，白杨树从少年、青年，进入中年、暮年？停步，我靠着最近处的一棵白杨树坐下——它就是跑到天边的那棵白杨树的童年？

在南阳盆地一条乡村大路上，度过并保留起伏不定的一生，是一棵白杨树的幸福和宿命。

4

"山口不过是春天的咽喉。"河南诗人苏金伞的这句诗，我喜爱。途中搭乘的一辆车，恰好抛锚于一座叫"老界岭"的山口——大约成了春天咽喉中的一枚鱼刺？司机钻到汽车底盘下"拔鱼刺"，未果。

在山口，在春天咽喉处，"我"是什么样的词？一动不动的动词？无法形容的形容词？一文不名的名词？

下车，背起行囊，朝八里外的一座小镇走去。无数燕子在帮助天空摆脱空虚感。阳光投在云朵上，在峡谷中造成巨大阴影，覆盖半坡野花和我。我也有投出阴影的能力，让一部分人感到黯淡或荫凉？

与山外平原相比，山中季节进程慢了半拍。日历显示已初夏，路边的迎春花、桃花却兀自开得鲜艳——我幸福了，一年里可以享受两次春天，只需在四月上旬离开城市，进入伏牛山。

一群群目中无人、只有花朵的放蜂人，开着满载蜂箱的卡车或拖拉机，与我擦肩而过。他们的幸福感，大约比我更强烈：戴面纱、草帽，在蜂箱间游走，像杀手，以蜜蜂为嗡嗡作响的暗器，劫持幽居于花朵中的美人——蜜。

山中花期漫长，得益于水分的充沛滋润。类似于某些女子，因满腔爱情而显得异常年轻。即便进入晚年，那面孔，仍是一页关于无穷爱情的证词。

5

在乡村旅馆的雕花木格窗前，俯瞰雨中池塘。那是雨滴们在集会、舞蹈的一个广场。无数雨滴，仰着忧伤而清寒的面孔，在略显幽暗的池面联袂舞蹈……

可以倾听到雨滴们佩戴的脚环、手镯，窸窸窣窣作响。池水中的一、二、三、四……九朵睡莲，大约是广场上九座喷吐光焰的宫殿，供奉着雨滴们的神祇和经卷。

追随其中一滴最小、最美的雨，我加入这液体广场上隐秘的狂欢。

6

穿行乡间，土墙砖壁上有各类标语，携带不同时代的意志和痛疾扑入眼帘——

"一日行窃，终身是贼——某某乡派出所"

"再穷不能没后代，再苦也要谈恋爱——某某镇月光婚介所"

"结婚要领结婚证，无证驾驶事故生——某某县民政局"

"胎儿性别鉴定，违法；选择性引产，受罚——某某乡政府"

"参加大病保险，不怕癌症血栓——某某乡医改办"

"贫穷不怪父母，污染不怨政府——某某乡精神文明办"

"碰上金砖不要捡，小心诈骗破了产——某某乡法制办"

"大棚蔬菜四季鲜，番茄辣椒葱姜蒜——某某县农业局"

"告别破房住高楼，谁不上楼谁是猪——某某县建筑公司"……

面对它们，围着丝巾、喷洒香水的诗人如何叙述、思辨和抒情，避免陷入不及物的陈俗和酸腐？这是一个难题。

他将羞愧、惆怅，进入苍蝇乱飞的小餐馆，从喝一碗热气腾腾的牛肉汤开始，辨认这剧变中的山河、纷繁难言的人间。出餐馆，文风一新。

7

以工业加速推进现代化进程，是南阳官方"卧龙腾飞、伏牛奋起"的战略选择。

盆地工厂，大部分是中药厂、烙画厂、玉雕厂、肉联厂。

一系列中药厂，有铁制药罐高耸如山，热气蒸腾似云卷云舒。我想起多年前外祖父王恩惠的陶制小药罐，热气小规模袅袅。这位名动四方的民间中医，常在雪夜熬制神秘膏药。谁都不敢在他熬药的那间房子外走动说笑，否则，一罐药就熬坏了。外祖父说："药爱静……"口气好像是在说他的孙子孙女爱静一样。外祖父去世多年，秘方失传。中药的性格，由古典小药罐内的沉静，转向现代大铁罐里的奔放。伏牛山药材进入中药厂，化为液体或固体，贴上商标和使用说明书，出现在大江南北千家万户。那些被疾病攻克、占领的身体里，中药们声东击西、隔山打牛、暗度陈仓，收复或放弃那柔肠与胸骨间的溪流山冈。

众多玉雕厂，位于出产独玉的独山下。孤独的山，独特的玉。河南独山玉与新疆和田玉、陕西蓝田玉、辽宁岫岩玉，并称"中国四大名玉"。玉雕厂内，大师名匠雕龙亦雕虫，把玉石上的种种瑕疵，转变为星辰或花瓣，像一个作家把个人经验的局限，转变为灵魂的景深。玉镯玉佩闪亮，装扮女性的手、颈、胸、心，促成那些宁为玉碎不为瓦全的爱情。

若干烙画厂内，工艺美术大师为游客与顾客现场表演。薄弱宣纸上，一支电笔烙出花木虫鱼和盆地山水的轮廓线，引发惊叹："魔术哎？魔术师哎！"神，位于苍穹高远处，俯身，握着太阳烙铁挥就一卷灿烂烙画：南阳盆地。神勤劳，让盆地里的人物、动物、植物，愈来愈密集。一个表情黯淡的盆地懒汉，手插衣兜，仰望，希望自己能被太阳烙铁描绘得热情一些、活泼一些。

肉联厂欢迎南阳黄牛。一卡车又一卡车的黄牛，自盆地万千牛圈运进肉联厂。黄牛们耸动鼻子，辨析出空气的异样，就流泪、低声叹息。最终，在流水线上被分解成"伏牛山牌"火腿肠、牛排等牛肉制品，出现于国内外的超市、餐馆、碗碟、肠胃、言辞、行为、历史。

八百里伏牛山，安全感一直比较强。还没有谁敢把它装进一辆"黄昏牌"大卡车，运进南阳市肉联厂。

8

在盆地西南边缘，河南、湖北、陕西三省碰头处，是古镇荆紫关。

镇上公鸡不说方言，一声一声鸡鸣，能同时让三省天色都听明白了，亮了。

镇中心有古亭，古亭下有石，呈三棱锥状，三面各自朝向某一省份，名曰"三省界石"。游人纷纷将脚置于石上，"一脚踏三省"，有了各路枭雄的匪气、霸气，身上的软弱、无奈、失败感，消却三分钟。

一条明清时期建筑物构成的老街，游人少，商业气息寡淡。大约因眼下旱路不畅、水路枯竭。沿街而行，细看两旁造型精美繁复的钟楼、鼓楼、木刻、石兽，遥想当年商贾云集的盛景，就感觉有商人、水手、舞女、匪徒，擦肩而过。就恍惚是一个明清时代书生，穿长衫，握折扇，壁上题诗，花下饮酒。

老街氛围独特，成为许多影视剧的外景地。我在镇上滞留两天，看见一部古装剧在此拍摄：一位束发仗剑的白衣侠客，策马而至，青石铺就的蜿蜒街道上溅起骤雨般的蹄音；一对恋人面对摄像机和围观者，说着半文半白的灼热情话，旁边的樱桃树红着脸……

每座古镇都暗藏一部秘史，充满无限的可能性和未知。表演是虚构，也是重现。

朋友抓拍一张照片。照片中，我一脸茫然，身后有一个戴草帽的长发女子，正以野草披拂的古寨门为背景留影。显然，这是一张套着另一张的照片，像一省鸡鸣套着另一省鸡鸣，似一个梦套着另一个梦，仿佛博尔赫斯的一篇小说套着另一篇小说。

9

行囊中有一本《希伯来书》。随便翻到一页，在旅馆灯光下，读到以下文字：

"当初，神应许亚伯拉罕的时候，因为没有比自己更大的可以用来起誓的事物，就只好指着自己起誓，说：论福，我必赐大福予你；论子孙，我必叫你的子孙多起来。亚伯拉罕恒久忍耐，就得到了所应许的。之后，人们开始指着比自己大的事物起誓。"

我笑了。

在南阳盆地漫游，随意用手去指着的事物，都比我巨大：一座山、一条河、一棵树、一轮新月……当我发誓，只需要将双手随意伸出去就行了。在盆地里行走，随意将双手伸出去，誓词就脱口而出：

让山川青葱、河水长流，让树木开花、新月如初。

10

饮罢半斤小镇米酒，微醉。天黑了，灯火四起。站在旅馆小阳台上眺望，山色已不可见，蛙鸣断续风声来。躺在木板床上，久久未能入睡。

俄罗斯作家索尔仁尼琴在流放中说过一句话："只要还能在雨后的苹果树下呼吸，就还可以生活。"这一山中小镇，没下雨，但窗外有几棵苹果树，我就可以呼吸、生活。睡意渐浓……

醒来。进山。攀缘数小时，手足被藤条和植物牵扯成绿色。正午。山顶上，有覆满紫穗草、三叶草的沼泽，双脚感受到它在战栗，是伏牛山最温柔的部分？赤胸裸背坐于一棵松树阴影里，像松鼠。我时常坐在书房里，用松香摩擦二胡琴弦，琴声一下子就明亮了，像一束阳光穿过松枝缝隙。我也算是与松树关系密切的人吧。

看山下小镇，如一片树叶飘落于大地。一条铁路越过小镇，如同女人衣服上的拉链，反复被火车那一只火热的手，拉开，拉闭。

美国人梭罗在瓦尔登湖畔说："野地里，蕴含着这个世界的救赎。"我也许只有长期生活在山中，才能洞悉本地的秘密。对于一个过客，小镇不会完全敞开怀抱。而我在这个世界上充满过客感，回到家，也是坐在客厅里发呆。

几只土拨鼠、锦鸡，在浆果下、枝条上、岩石间闪现，以怜悯的眼光，打量一个陌生的蒙昧者。

11

时令属深秋，山中植物以深绿和暗绿一重一重熏陶我。尤其是那些中草药，灵芝、杜仲、车前草、天南星、半夏、莱菔子、生地、益母草、当归、甘草……药名充满诗意，等待为那些充满失意的病者，注入春意。

一个背着竹篓的采药人，气喘吁吁走来，止步，告诉我：

五里外双龙镇上的旅馆里，常年住着收购中草药的南方人，戴大金项链、大金戒指，腰里掖着人民币、银行卡，手捏秤砣和计算器，独自下酒馆也是四菜一汤，"像乡长一样舒坦"。采药人感叹，我笑。他指给我看刚刚采摘的几种草药：徐长卿、刘寄奴、重楼——徐长卿夜登重楼私会刘寄奴？我笑了。

采药人的一双大手粗糙得如同树根，攀着青藤，消逝在云雾间，像神仙一样辛苦。山水间中草药密集，中药厂密集如中草药，知名品牌有"六味地黄丸"——盆地金黄，何止六种滋味？滋味万千在柔肠，日月如两丸良药，朝饮夕食。

12

碰见臂膀上有种植牛痘痕迹的人，我就感觉很亲切。那一小片由乡村医生制作的瘢痕，犹如一头牛在雨后土地上踩出的足迹——牛痘，可预防天花等流行病。

种过牛痘的人，大都生于二十世纪六七十年代，没有疫苗的时代。都认识牛，甚至与牛有过深刻的交往。我曾在牛屋度过漫长冬季。牛的嚼草声、反刍声、叫声、放屁声，我在悬于屋梁、凌空于食槽的吊床上，屡屡可闻。多年后，看词牌

"声声慢",就想起一头牛慢慢发出的种种声音:悠长的,细微的,悲伤的,幽默的……

如今,牛痘成为徽标,纪念某一时区内的童年生活。从牛痘中听到牛叫,成为诗人的可能性就比较大。狐狸、乌鸦、高粱、水稻、油灯……组成一个故乡,依靠我的记忆和书写,维持其存在感。纸上文字就是一枚枚牛痘,命令我成为乡村的转灵者、佑护者。回到城市,朋友诘问:怎么突然一身土气、野腥气?我就明白:成功了。

所谓诗人,就是通过牛痘和牛痘一样的象形字,为故乡大地招魂。

13

坐在果园里,俯瞰五十米以外的河水。周围是苹果树、梨树、荔枝树,没有里尔克热爱的橘子树。他说:"跳橘子舞吧。将那更热烈的景物/从你的身心投射而出,让橘子射出/在故乡的空气中成熟的光芒……"现在,谁来与我跳一曲苹果舞、梨舞、荔枝舞?

一个晚熟的人,走在人海中比一颗晚熟的果实悬垂于果园，还孤独。现在，我，坐在晚熟的果实中间不再孤独。在出生地唐河县余冲村，家门前也曾有一座巨大果园。一昂头，幼小的我，就看见累累果实结满高大天空。祖父祖母去世，果树与果园追随而去。

现在，果园里的女人，体态丰满、面庞红润，像开花，让果园结实？我爱你们，你们爱孩子，孩子爱糖——我有没有能力使这一秩序，"向后——转"，让糖来爱孩子，孩子爱你们，你们爱我？成为你们的丈夫，是一种光荣。成为你们的赞美者，是一种幸福。我长长短短的诗行，像果园里强强弱弱的风，催熟果实和芳心。

现在，果园里走过三个扛锄头的男人。我扛起铅笔跟上去，与他们一样能赢得大地的肯定？

法国诗人雅姆说："我几乎不能感受没有花朵或果实形象伴随的感情。"他像里尔克一样热爱果园。我不知道自己的出现，对这果园里的女人们有无触动。普希金是自信的："我将得到人们长久的热爱。"我对自己的力量充满疑虑。

天黑了。带着一颗苹果、一只梨、一串荔枝，走出果园，像带着我与果园里某个女人所生的三个孩子。

14

中年，就是少年与晚年之间的过渡带、分水岭。一个走到伏牛山峰顶的人，半身少年般的晨光，半身晚年般的暮色。

暮色加重，需要点燃一盏灯来辨认周围的景象。

至今，我对故乡仍缺乏深刻的体察和洞悉。其实，就是自我的认知和完善，尚未完成。但我拒绝通过地方志、官员讲话及本地电视新闻等捷径，来认识南阳盆地。

《桃花源记》描述两种路线可进入桃花源：渔人之路，问津者之路。渔人觅得桃花源，其秘诀在于"忘路之远近"，无目的，非功利，"甚异之"，"豁然开朗"。但其"处处志之"所留下的符号，成为后世问津者的障碍，无法循此进入桃花源。刘子骥郁郁而归，或许有所悟：一个南阳人的桃花源，不在武陵，在盆地。

我只能走一条渔人之路，不依赖前人言叙，"忘路之远近"，穿过南阳盆地，寻找自己的芳草落英。听南风在伏牛山以北消逝，随东风在秦岭以西湮灭——

武当，秦岭，伏牛，桐柏

四座著名山脉簇绕成我的盆地。

在南阳，有许多女人叫作玉，比如我的母亲

以及众多美丽的姐妹。多么好的名字——

玉，在民间和周围群山世代流传

清寒，高洁。

异乡人打马、乘车路过南阳盆地

总能听到、看到玉镯玉佩摇荡所形成的风声、天光。

烙画之手让火焰在木头上转折成为第二种人面和桃花

使盆地显得异常拥挤——

出走异乡的人、桃子

往往忘记自己来自一座村庄还是一幅烙画。

刀法粗拙奔放的画像石从汉代贵族墓地里破土而出

却又被博物馆内的铁栅栏、玻璃柜所包围。

朱雀，白虎

使深夜的石头充满飞翔、奔跑的冲动。

诸葛草庐前的松树

比竖排的《三国演义》长高了几个汉字？

马嘶和一场著名的雪长高了几个汉字？

隐隐浮动在游客头顶。

如今，有几个书生

能拥有一座可供天下豪雄一顾、再顾、三顾的卧龙岗？

此时此地，显然已经不适宜躬耕、隐居。

商业、工业的汪洋之中，草庐独木舟一样孤独

诸葛的鹅毛扇摇出桨声。

白河，一条源于伏牛山巅的白氏大河自北而南贯穿盆地

然后把武当推开一个缺口

汇入汉江、大海

像武当拳法在盆地边缘推开一个缺口——

江海气息就一年四季源源不断地自南而北袭向我的家乡。

床前，月光，倾听流水以及火车，

孩子们第一次失眠并且开始继承感动冲动的能力

用南阳土话在盆地遍布梦呓、鸡鸣……

灯　歌

　　灯在南阳生活中的位置，类似果核、花蕊，位于水果或花朵的核心处。也类似美国诗人史蒂文森笔下那一个坛子，置于田纳西群山之巅，使周围事物围绕它一拥而起。当然，我笔下的灯盏，只会点亮伏牛山主峰，使暗夜中的盆地和事物一拥而起，获得秩序和呈现。

　　某年夏，我追随南阳群艺馆的一位艺术家，搜集民歌。在盆地漫游二十余天，用破旧的三洋牌微型录音机和笔记簿，记录四百零三首民歌，有号子、山歌、小调等体裁。其中，灯歌以一百三十四首，占据百分之三十三的比例。所谓灯歌，即灯火贯穿始终的歌谣，如社旗的《十二月》、内乡的《牛郎灯》、镇平的《十盏灯》、邓州的《姑嫂观灯》……其歌词结构，依时间、方位或数字，次第延展生发。灯歌，以宫、商、角、徵、羽五种调式广为流传，表明：灯，对于南阳盆地日常生活，具有深刻影响力。

"当我们的灯熄灭时，谁在那里歌唱？ / 无人知晓。但只有那颗心听得见 / 那颗既不求占有，也不求胜利的心。"法国诗人雅各泰的那颗心，听见过中国南阳的灯歌吗？

请允许我从二十世纪六十年代的油灯开始描述。

——油灯。最初以珍贵的豆油、芝麻油、花生油为燃料。灯座，由废弃的矮小墨水瓶制成。灯盖，薄薄的圆形铁片，中央凿一小洞，插一根灯草或一条细细棉线，为灯芯。卖灯草的人，在二十世纪六七十年代屡屡可见。灯草，因其吸油性差可降低耗油量，受穷人青睐。点燃灯草或细棉线，生发出我作文中爱写的词语："一灯如豆"。随外婆步行二十余里，去唐河附近一座宋代寺庙拜佛。没有钱烧香的外婆，手提小半瓶豆油。僧人把高悬于佛像周围众多油灯中的一盏，小心翼翼放下来，外婆把小半瓶豆油注入其内，她隐秘的愿望，就得到了佛祖的佑护。南阳民谣："小老鼠，上灯台，偷油吃，下不来。"老鼠热爱的灯油，就是穷人嘴巴里挤出来的豆油、芝麻油、花生油，不会是后来出现的煤油。出于制造工艺的西方背景和对煤油的陌生感，煤油灯被称为"洋油灯"，类似于火柴、平纹布、肥皂、自行车，被称为"洋火""洋布""洋碱""洋车"。一个携带火柴、穿平纹布衣服、用肥皂洗涤、骑自行车穿过盆地的异乡人，谈吐举止被喻为"洋气""洋相"。煤油灯点亮乡村学校里孩子的眼睛和课本。早晨，对着破镜子洗脸的女生，见鼻孔中有煤油灯烟雾造成的小片黑色，脸就羞红了。七十年代初期，在小镇和县城，开始出现漂亮的玻璃罩油灯。油灯底座高约一掌，凸腹如孕妇。灯口有可调控火苗大小的旋钮，玻璃罩环绕四周，构成一座微型明亮殿堂。我父亲，郭滩人民公社干部余书进，一个擦灯罩爱好者，蹲在"红灯牌"收音机传出的《红色娘子军》舞曲里，以浸透水分的棉球，反复擦拭玻璃罩上的烟垢，再点亮油灯，似乎流露出洪常青一般的成就感——洪常青的手，能够为衣衫褴褛踮起脚尖的吴琼花，指出椰林外的一缕光明。我家墙壁上贴有这样一张剧照。

——夜壶灯。一种另类的煤油灯，粗陶质地，形态硕大。由一种夜晚小便容器转化而成，一侧有耳状把柄可供手握。另一侧，有漏洞，本来可供阳具探入排泄，现插入粗壮棉绳作为灯芯，点燃后，光焰阳刚。耗油量巨大的夜壶灯，一般用于乡村夜晚集会和娱乐。比如，集体学习《纪念白求恩》《别了，司徒雷登》，无记名投票选举偷盗庄稼鸡鸭的贼眉鼠目可疑者，看服装粗陋扮相粗糙的乡村戏班子演戏，等等。灯芯亢奋，烟雾弥漫，使寂寞平淡的七十年代乡村生活，迸发出一丝活力、若干热点。夜壶灯高悬在乡村小学操场或牛屋，照亮男女老少部分手脚和心事。八十年代后，乡村里普遍出现电灯，夜壶灯黯然失色，退出历史舞台。但夜壶灯拥有电灯难以比拟的神秘感。一个曲剧花旦，在夜壶灯下甩动水袖，比电灯下表演半裸舞蹈的女子，更具有魅惑力。我常忽视周围面庞，长久凝望魔幻主义的夜壶灯，感到灯光如同陶质鸟巢里源源不断飞出的鸟群。

——马灯。由玻璃罩油灯演变而成的一种复杂形式，密封，防风，与野外生活相联系：一个独自手提马灯穿过旷野去出诊的乡村医生，一地被马灯照亮、需要在风雨来临之前捡尽、尚未完全晒干的红薯切片，一辆被公马臀部上方擎在车夫手中的马灯所照耀的马车……命名"马灯"的人，极可能就是一个马车夫，他与马、灯，都结下无限深情。马灯和马，在他眼中混为一谈。马灯是散发出明亮鬃毛的马，马是浑身长出明亮光线的马灯，血型一致，禀性贯通，隐忍、深沉而强盛。七十年代初期，在盆地，乡村大路两旁马车店内，数一数屋梁上有多少盏马灯，可大致判断出投宿的车夫、马车和马匹的规模。一群马，在窗外石槽里嚼动干草。晚风吹动马鬃，也吹动窗纸以及大通铺上方的马灯。马车夫操各地方言讲黄色故事、唱酸曲，哈哈大笑时，手中的酒瓶、馒头、咸菜、手抄本小说《少女之心》，会忍不住微微颤抖……我曾追随三舅的马灯穿越盆地，入秦岭。马车装满南阳出产的小麦、牛肉，返程装回陕西的草药、木材。我学三舅的样子，吃力地举起马灯，照亮两匹马欢乐耸动的臀部。那条弯曲起伏、穿山越岭的马路，如今大致上成为沪陕高速公路的基础，东至上海，西达新疆。很少再看到马、马灯。高速嘶吼的汽车川流不息。汽车前侧的车灯刺目、傲慢，与马灯和马，没一丝关联了。

——狮子灯。一种虚拟的灯，没有灯光，以红纸和竹竿扎成灯的形状，引领正月初一到正月十五之间舞狮子的队伍，去千家万户生意店铺前舞蹈、歌唱："狮子头上一点蓝，浑身上下用麻缠。竖缠三道生贵子，横缠三道出状元。横缠竖缠藤缠树，花红叶绿闹春风。狮子头上一点白，今天福到你家来。拜罢一门又一门，门里门外聚金银。门外铃响骏马到，门里琴瑟不染尘。狮子头上一点红，我给主人送灯笼。狮子灯笼来你家，照亮儿女美如画。灯笼狮子舞起来，寿如南山福如海……"这是我收集到的《狮子灯歌》。它从"狮子头上一点蓝"开始，唱到狮子头上的一点白、一点红、黄、绿、黑、紫……仿佛要把狮子头上乃至人间所有色彩唱尽，才罢休。歌词漫长、吉祥，大抵围绕"福""禄""寿"三字生发开去，在盆地，存在数种版本。狮子灯所访问的人家，大都体面、通达、善良。一个恶棍的门前，《狮子灯歌》不会唱响。某年春节，我曾在狮子灯指引下，与表兄合作舞狮子。作为一头形式主义狮子的后半身，我汗流浃背，伏在狮子染色麻绳织成的斑斓毛皮下，腾、挪、俯、仰，在锣鼓、《狮子灯歌》的节奏里腾挪俯仰。一头狮子的双脚，隐藏在我鞋中，踩动满地炮仗纸屑和薄弱冰块，复高高跃向万里晴空。正月，是南阳盆地最喜庆的时光。

——电灯。乡村夜晚蓦然一现的电灯，最初由县城电影公司放映队带来，引发欢呼和狂想。小学操场或打谷场，竖立木杆，挂起长方形白色银幕，再把柴油发电机嘟嘟嘟嘟摇响，电流就通过一个梨子形状的玻璃容器，引发二百平方米左右的强烈光芒，继而在银幕上涌现电影《卖花姑娘》《地道战》《萨拉热窝的枪声》……六七十年代，乡村美女们的隐秘愿望，除了嫁给部队里的连长、司务长之外，就是嫁给电影放映员，能随着电影和电灯，在茫茫黑夜漫游……电灯在南阳普遍出现，是八十年代后的事情，它们光亮夺目，毫不掩饰乡村屋舍内的裂缝、蛛网、鼠洞、幽怨、绝望。油灯光芒的局限性造成的美感，一去不复返。电灯煽动起少男少女们关于远方的想象力和脚力。寒窗苦读十年后，一跃龙门，进入大大小小的城市，参与电影电视中所渲染的现代生活。或背起行囊去广州、深圳打工，用从日本、韩国老板那里挣来的血汗钱，回故乡，耸立起外表僵硬、结构雷同的两层水泥小楼——那是一种对于城市景观的局部模仿。青瓦鱼鳞般密集游动的旧屋舍，失去青睐，庇护着最后一批只能从事回忆和感伤的老人。拥有制瓦技艺的匠人落寞无助。电灯繁殖，油灯消灭，乡村断代史翻开新篇章。

——喜灯。南阳民间婚礼中喜气缭绕的灯，以灯笼的形式出现：核心处点燃油灯、红烛或电灯，周围环绕红绸或红纸，让新房新娘新郎红彤彤了。喜灯照耀，一妇人手托装满栗子、核桃、红枣、花生等食品的盘子，一边向床上撒，一边歌唱："新郎新娘喜洋洋，我为新房来撒床。举目抬头四下望，看见门帘真漂亮。高挂门帘五尺五，上面绣的是鸳鸯。低挂门帘三尺长，上绣牡丹配凤凰。掀开门帘往内望，喜灯高挂放光芒。左边立着新衣柜，右边又放百宝箱。又宽又长象牙床，床上挂着红罗帐。瞧荷花，看海棠，你拿金斗我撒床。一把栗子一把糖，撒得满床是吉祥。一把花生一把枣，早生贵子遍地跑。这个彩，唱得好，东家的一串铜钱少不了!"喜歌嘹亮，新郎新娘含羞窥视对方，心跳复心焦……深夜，躲在新房窗外偷听动静的孩子，屋檐下枝头低垂的石榴或苹果，都被隐隐约约的喘息声、婚床与墙壁之间的撞击声，催熟各自青涩的身体。

——霓虹灯。频频眨动媚眼，曾率先出现于三十年代旧上海，与资产阶级、小资产阶级思想有关的一种灯。"高高地装在一所洋房顶上而且异常庞大的霓虹电管广告，射出火一样的赤光和青磷似的绿焰：Light,Heat,Power！（光，热，力！）"（茅盾《子夜》）八十年代，霓虹灯开始在南阳盆地出现，闪烁于破败肮脏的小镇发廊、舞厅、旅店标志上，表达对现代生活的向往。刺目，另类，怪诞，充满暧昧意味，似乎与涂脂抹粉的不洁女孩有关。灯下走过表情不屑的乡村男人，心旌荡漾。小镇警察对霓虹灯闪烁的部位，监控严密，随时去搜查、拍照、罚款。九十年代以来，霓虹灯在乡村小镇屡见不鲜，甚至会招摇于卖猪头肉、烧酒、花生米的小餐馆上方——Light，Heat，Power，为盆地小镇揭示一个不可捉摸的未来……

回到最初的油灯。

我曾经写过一首诗《油灯之光》，发表于安徽《诗歌报月刊》一九九〇年第六期，处在由十位诗人组成的开卷栏目"十个太阳的光焰"中。其他九位诗人,是张刚、柯平、洪烛、祝凤鸣、陈所巨、伊甸、子非、詹永祥、刘剑。目前,洪烛和祝凤鸣已经离世如日落,其他八个太阳也各自陷入暮色。翻读这本在当时诗界影响巨大、开本独特、纸色泛黄的刊物,我发现,大家笔下,不约而同出现关于灯火的诗句:"持续而微弱的烛火"(张刚),"秉持一支蜡烛,无枝可栖/学习自己打动自己"(柯平),"风车站在路上,油灯悬挂在路上/祈祷的人们走在路上"(洪烛),"几千尺花布在空中升得更高/几千盏灯笼/多少夜晚我碰见观望星宿的人/在月亮下回家/喉咙里发出斑鸠的声音"(祝凤鸣)……烛火、油灯、灯笼,在九十年代初期诗人笔下交相辉映。我注意到,大家后来的诗作中,没有咏唱过电灯、霓虹灯。这些现代性光源,与我们的童年经验联系薄弱,遂处于表达盲区?对电灯和霓虹灯的大面积抒写,要等待另一种更为激进的光源出现,等候另一代诗人。类似于蒸汽火车在诗人笔下获得美感,是高铁、磁悬浮列车涌现之后的事情。

诗,就是失去的一切。诗人,就是保存记忆之光并传灯的人,彼此间存在隐秘的竞争关系:谁写得像灯火一样动人,谁才有资格把书桌一角的墨水瓶,比喻成放置在故乡山顶的一盏灯。

抄录《油灯之光》，一支献给南阳盆地夜晚的灯歌：

油灯的花期是南阳盆地的黑夜

一盏一朵，开满村庄

——村庄成为一棵繁花的树了

一扇木格格窗，一片绿叶

半掩半露灯光的芬芳

风乍起，木格格窗飘动的声音充满家乡

兄弟们从庄稼地里归来

牵着牛羊，背着月色和草

远远看见自家的木格格窗和灯光

像鸟投林一样愉快

九十九盏油灯灭了

就落了九十九朵花

就结出九十九个盆地的清晨

淡红于九十九扇木格格窗……

黄山遗址记

1　一个地名

在中国，命名为"黄山"的地方很多，因山色与汉人肤色一概土黄？见黄山如见自我，浴室中洗澡就想起雨打黄山。在莲蓬喷头洗礼下，一个人，能减却几分软弱和轻浮，平添几许嶙峋和沉郁。地名内，总寄寓某种心志，教育那些生息其间的人。

最著名的黄山，自然是安徽黄山，无数诗文画卷歌咏它、赞美它，无数才子生成于它，客子眷恋于它。"五岳归来不看山，黄山归来不看岳。"这流传甚广的名言，源于徐霞客面对歙县境内一派苍茫峰岭发出的感叹："薄海内外，无如徽之黄山，登黄山天下无山，观止矣！"此一句话，安徽人爱听。泰山、衡山、秦岭、太行山、武当山、伏牛山等山川下的人，听了，则皱眉、叹气："俺就是爱俺家的山，看着它，想着它……"徐霞客说话过于决绝，回旋余地小，此后再去其他山川游览时，很忐忑："观未止矣……"

壬寅秋，我自安徽黄山归故乡南阳，就直奔北郊，看一座海拔约二十米的小山丘。它也叫黄山，数千载寂寂无名。在既往的南阳经验中，我从未意识到它的存在。而今，这小山丘名闻遐迩，被列入"二〇二一年度全国十大考古新发现"。

考古界确认：这是一处距今四千年、前后绵延三千年的新石器时代文化遗址，远早于洛阳二里头遗址、安阳殷墟遗址。玉石界得出判断：南阳黄山是华夏早期集玉石采集、加工、流通于一体的经济活动中心，良渚遗址虽也有玉石加工场景，但玉料来源不明。文化界则在各种典籍里翻检，寻觅有关这一山丘的言辞，找不到，从零开始，直接面对它、想象它、表达它。新闻界以头条消息、评论员文章、电视专题片、学者访谈等形式，聚焦这一热点并传播，引发海内外关注。政界拟构建"黄山遗址公园"，在小山丘周边地域开始规划、动迁。旅游界草拟旅游手册、广告词。历史界在北京、郑州等地召开研讨会，辨析疑点，达成共识。建筑界对遗址中"前坊后居""两室一厅"的房屋构造类型、"推拉门"轨道，深感震惊：黄山先民已开始行动，为身后数千年才出现的西周青铜器上"宅兹中国"字样，进行技术准备和情感积蓄，并与现代人类生存空间情状，形成镜像关系。服装界面对坑穴中的一簇簇骨针，感叹："这完全就是缝纫机针啊……"

我算哪一界人士？还乡界？北京诗人、翻译家高兴，南京诗人育邦，与我相约自不同方向赶来。他们，乃至一切探访南阳黄山遗址者，都属于还乡界人士。一个人，乃至一座城、一个国度，都需要回到祖先早期生活现场，辨认当下生活所植根的最初位置，继而巩固身份认同：我是谁？从哪里来？到哪里去？……一个人，唯有重温民族的万般艰辛、磨难与喜悦，才不至于在剧变中茫然四顾，陷入深渊。

沿一条坑坑洼洼的土路，三人朝小山丘的峰顶走去。耳边响起聂鲁达在长诗《马丘比丘之巅》中发出的呼吁："兄弟，跟我一起攀登而诞生。"他所攀登的那座高峰上，有十二世纪前建立、随后泯灭于战争中的古城遗址，发现于一九一一年。黄山遗址海拔，远远低于马丘比丘高峰，但它在时间的维度上，获得自身的伟大。况且，这一小山丘，是诞生了我和我们的母腹。"我来，是为你们死去的嘴巴说话；在大地上集合起所有沉默的肿胀的嘴唇。"聂鲁达有浩荡才气支撑磅礴激情，我不知道，自己能为这遗址中的黄山先民说一些什么话。周围，是数千年的沃野良田，已划入保护范围，野草、小鸟和蜜蜂很愉快。山顶，一大片白色简易塑钢顶棚，白云般，覆盖一个面积约足球场大小的区域，那里就是考古发掘现场。

由河南省文物考古研究院主导的这一考古行动，已历时四年，目前仍处于"现在进行时态"。一个名叫马俊才的考古学家，带领数十名同事和工人，在山顶工作，租住于遗址下的黄山村。每日上山复下山，步行，像一群村民操持田野里的农事。上网查询，"马俊才"这一人名，与"黄山"地名一样多，说明渴望成为英俊之才的人很多。但"考古学家马俊才"，目前唯一。很多南阳人在饭桌上谈起黄山遗址，都知道"老马"。他在电视里、手机视频里屡屡露面，讲述黄山遗址发掘的新进展和新判断，满脸笑纹很粗糙，类似于种子在春天发芽使劲胀破的地皮。我们来访，通过一位友人约他，约一匹"老马"，去认识一条通往四千年前的漫漫还乡路，很必要。

一只狗对陌生人的气息很敏感，还没照面，就在遗址围墙内汪汪大叫，不知是对我们表达欢迎还是威胁。围墙下，荒地上，生长一片南瓜秧，大南瓜早被老马们摘了，扛在肩上到黄山村里做菜吃掉。剩余几个南瓜，小如拳头，似乎对自己霜降后的前途很惆怅，有生不逢时之感。

路边，立一块石碑，深刻如下字样并以油漆涂红："黄山遗址，一九六三年六月二十日公布"。这一年，山丘麦田里，有一座墓穴暴露于焦枝铁路规划施工前的文物探察活动。发掘出的重要文物，是一把巨大玉铲，后被誉为"中华第一铲"。此地随即被河南省政府列入保护范畴。限于当时财力和时代氛围，官方与学界，并未深究小山丘下的秘密，仅仅在规划图中修改了那一条铁路线的方向，让绿皮火车在西边十公里外的地方，号叫着喷吐出一缕浓烟，逶迤而去，像被先民石头击中后仓皇逃离的绿豹子。黄山村现当代农民，耕作中使用铁质农具，时常撞到石质或玉制的远古农具，当唧一声，像今人与古人不经意间碰面，发出惊叹。

我和高兴站在这一块石碑前合影。两人都生于一九六三年，与黄山遗址基本上同时暴露在日光下。照片中的表情，有些惆怅，与霜降后的秋日氛围很和谐。育邦举着手机按快门。他青春，表情喜悦而明亮，与霜降后的秋日氛围很和谐。

兄弟，我们一起朝着峰顶攀登而诞生。

2　光阴

老马戴手套，捏一枚竹签，蹲在探方亦即坑穴中的一具白骨旁，仰望我们，招招手。他沿着掘成的土台阶上来，像一个作家从书房里走出，捏一支笔，来到客人面前。

在黄山遗址发掘过程中，老马们使用的考古工具，还有缝衣针、绣花针、手术刀、粉刷、喷水壶等，让它们细腻游走于白骨、陶罐碎片、玉器、骨器、象牙、箭镞、路基、河道……剔去泥土，还原本相，建立起事物间的逻辑关系，继而追想新石器时代的人类形态。这，完全就是作家的事业：在碎片化的生活里，拼图般，建立起世界的完整性。差别在于，考古学家面对一地黄土，作家面对一张白纸。

那一探方的土壁上，自下而上，有老马们用白漆画出的八行横线，标志不同历史阶段：最深处的第八行横线下，是距今七千年的仰韶文化早期；第七行横线下，是仰韶文化中期；第六行横线下，是仰韶文化晚期；第六行横线之上到第一行横线之间，是距今五千年左右的屈家岭文化时期；第一行横线上的地表，是现代层，即黄山村农民的稼穑田野。土层颜色由黑褐、深黄，逐渐向浅黄过渡，犹似从漫漫长夜向拂晓过渡。老马沿着土台阶上来，像古人乘电梯，越过数千年光阴，从负八层、负七层、负六层……上升到零层所在的新时代，松一口气。

一代又一代人，用烟火悲欢，把生土变成熟土，再用熟土一层层覆盖肉身，缓缓提升这一小山丘的海拔和中国文明史的幽夐度。

专家考证，围绕独山玉这一重要资源，此地成为四千年前统领周边地域的政治、经济、军事、文化中心。之后，这一中心缓缓向南移动，在十二公里外卧龙岗下、白河边的位置，定格、壮大为一座城池，命名为"宛""南都""南阳"。因此，东汉时代刘秀的帝业成功，张衡的文采斐然，三国时期曹操、刘备、诸葛亮的逐鹿征伐，南北朝文人庾信的深重乡愁，唐代李白、韩愈、刘禹锡们到此一游的咏叹，才有了叙事、言志、抒情的对象和载体。无黄山遗址，则无南阳。无南阳这一悲喜交加之地，中原乃至中国，必然以另外一种体态和表情面世，我，又如何作为南阳人，通过盆地这一隐秘角度辨认世界、诚挚言说？

坑穴里，那一具白骨、一个简约主义者，大约很羡慕考古学家们能身穿写着"黄山遗址考古"字样的红马甲，行动自如。黄土和阳光，替代他的血肉，填充了骨骼间空无的部分。眼眶盯着白色简易塑钢顶棚，嘴巴大张，似乎在向后裔发出感叹："山河大好，人生苦短……"当然，那是汉字还没有出现的史前时代。他是一个没有学历的文盲。但他有能力把满腔的惆怅和忧伤，遗传给后世子孙，催生诗、词、歌、赋、琴、棋、书、画……中国的美，渐次浮现，为人性的繁复瑰丽而赋形赋魂。

老马带领我们沿遗址周边挡板走一周，像绕着名人的遗体，走一周。

探方中，有数十人穿红马甲，坐小板凳，像老马一样捏着竹签或缝衣针、绣花针、手术刀、粉刷、喷水壶，清理坑底泥土。一女子坐在小桌前、台灯下，像学生写作业，埋头填写当天的《探方和遗迹记录》。我用手机拍照、放大后，读到以下文字："今日确定房址范围以及柱洞位置，并以二分之一工作法，对基槽进行剖析……"充满名词、动词、数量词，无形容词、副词，冷静、准确、节制，是好文章。女子对我的掠过和观察，无动于衷，沉浸于写作。桌面上，有卷尺、润肤油、湿巾、水杯，还有一只暗红蝴蝶状发圈。下班后，离开遗址，回黄山村驻地的路上，她会将这蝴蝶装点在头上吧？一只暗红蝴蝶追随着她，多好。

"黄山先民活动时间跨度约三千年，一层墓穴叠着另一层墓穴，一个时代叠着另一个时代。有时候，很为难：如果完整还原下一层墓穴，上一层墓穴的状态，就散乱了，没法保持了。"老马指着一个角落说，"看那墓穴，只能开掘一半，让先民的腿，露出来，他的脸和胸膛则被上层墓穴里的另一先民覆盖，没办法。"两个先民，像睡在卧铺车厢的上下铺旅客，下铺的脸和胸膛，被遮挡在上铺的阴影里。他们，空间关系亲近，光阴相距上千年，被黄山这一列火车，静静运进当代。

太阳光线在黄山乃至一切峰顶，缓慢移动，造成阴影，就是流逝、时间、记忆，像一支笔在纸上移动，造成墨迹，可见证自我、抵抗遗忘。正如布罗代尔所言："文明，本质上是人类和历史在其中劳作的空间。"所谓遗址，就是祖先有意留下、装满文明遗产的空间，供后人继承与领悟。我左腕上戴了多年的手表，同样是一处小遗址？收藏青春与暮年。布罗代尔又说，空间使时间变慢了。黄山遗址，使四千年前的时间变慢了，先民们慢下来，躺下来，等待后人的脚步争分夺秒追上来，俯下身，打一声招呼，否则，彼此都多么孤独无助。

劳作于斯，埋葬于斯。黄山先民的家园与墓穴，如此切近，可减却对死亡的恐惧，又能增强生命的紧迫感，勉力想象、尝试、创造。他们卧室与工坊的门，一概朝南，利于采光取暖，这是中国建筑保留至今的原则。死后，头朝东北方向的白河，脚蹬西南方向的独山——独山玉就采自那里。"对他们而言，白河是母亲河，独山是父亲山……"老马如是感叹。

我心头一热，表情或许有变化，高兴和育邦不会注意到。况且，我们都戴着口罩，脸像残冰覆盖一半的河面。

3 玉在山

独山，的确是一座父亲山，埋葬着我的父亲余书进。自一九九七年十二月十二日起，他躺在那座海拔四百米的山中，俯瞰南阳城。此时，我从远方归来，进入距离独山两公里处的这一遗址，父亲大约看在眼中，发现儿子也老了，逐渐接近他去世的年龄，彼此更能领会对方的心境？

"玉在山而草木润。"战国时代思想者荀子，如是说。独山上树木森森，清润如君子，正系于独山玉的隐秘滋养之功。二十五年前，我选择在山南公墓里安葬父亲，正因这是一座含玉之山，让父亲的亡灵与一座山，共同敦促、佑护子孙，去成为玉一般的君子。独山玉、蓝田玉、岫岩玉、和田玉，并称"中国四大名玉"。不同于其他三种名玉的色彩朴素，独山玉斑斓纷杂，为玉雕加工带来难度。正因这难度的存在，才有可能造就精品。故，好作家必须面对充满难度的生活。开采独玉的坑道，位于山北一侧。我曾深入其中探访，看石壁间充满深绿、云白、绛紫、朱红等颜色繁复流变的美玉，想到西晋陆机名句："石韫玉而山辉。"

黄山遗址可证明：最早的采玉人，七千年前就开始在独山内部劳作。采出的玉料，通过一条人工河，自独山运至黄山。也就是说，在隋唐大运河开掘之前数千年，先民们就尝试以人力改变地理，像改变石头状态以打猎、搏击，使人类文明向青铜、铁器、蒸汽机、计算机、人工智能等事物所表征的新时代，渐次演进。

一年前，在遗址山脚处发现那条人工河，老马和同事兴奋异常："老祖先的想象力、行动力，多充沛呀！他们没有铁铲、镢头、推土机和挖掘机，多么艰难啊！"经测量，人工河深七米、宽二十七米，足以载舟与覆舟。河道土质，明显比周边泥土湿润，似乎有波浪和船桨刚刚一拥而过。一处半圆形码头遗迹，直径约五十米，可供今人想象先民生活场景：在此乘舟远行或登岸归来，运送玉料、玉器、粮食、猪羊、盐……这小码头，放大复移植，就成为东海、南海、太平洋、阿拉伯海、黑海、白令海、加勒比海等汪洋边的大港口，使"轮船""水手""海关""世界""乡愁""经济一体化"等景象和概念，得以衍生。至于折一枝柳赠别友人的中国风俗，在先秦后逐渐形成，黄山先民已湮灭无痕。"昔我往矣，杨柳依依。今我来思，雨雪霏霏。"《诗经》中的美好言辞，需无数码头、驿站和长亭短亭的伤别离、诉衷情，逐渐蓄积势能，才会火山爆发般脱口而出。当下诗人拥有的修辞能力，来之不易，怎能不好好表达，使嘴巴沦落成废墟和复读机？

正是在《诗经》中，最早出现了对玉的赞美诗："彼其之子，美如玉。""投我以木瓜，报之以琼琚。""青青子佩，悠悠我思。""他山之石，可以攻玉。""有匪君子，如切如磋，如琢如磨。"……孔子收集整理《诗经》，读这些句子，击节感叹："君子比德于玉焉。"从此，祖先们把"君子""情人"和清洁的玉，紧密联系，玉的需求量之庞大、价值之昂贵，可想而知。在北方和南方，数处新石器时代遗址内，均呈现出独山玉器，有钺、琮等祭祀礼器，还有璜、手镯、环、珠、耳珰等饰品，必来自黄山遗址这一玉料加工中心。独山与黄山，以玉，介入各地男女的相见欢、别亦难、玉碎与瓦全。我母亲名字中就含有"玉"。在南阳，乃至整个中国，名字里含"玉"的人很多。

编号为 F2 的探方，是一处石器作坊，有当时匠人攻玉之砺石，亦即"他山之石"，呈圆锥状或圆柱状，质地为砂岩或石英砂岩。制作玉器的工艺流程如下：选材，打击，剥削，切割，琢磨。"制玉多难啊，像出现一个堂堂君子，多难啊。"老马诗人一般感叹。读过《诗经》？我们的诗人身份，没告诉他。在避难就易、避痛寻欢的写作风尚中，诗与诗人，陷入平庸和虚无的可能性很大。一个写作者宜沉默，宜自省。

探方中，有若干修复后的黑色陶罐，残存粮食遗迹，但整个遗址并没发现草籽遗存。表明：此地非农业种植区域，而是以商业、服务业、加工业为生计的城邦。粮食自外部输入，再以玉器输出做交换。可见，距今七千年左右，已有社会分工。我盯着那两行平行延伸的白线出神。它标记出当年人工河道的宽度与走向。"一条埋在泥土底下的老虎的河流。"这仍是聂鲁达诗句。眼前是我们的河流，虚拟、抽象化，与目前仍在盆地里奔涌的白河，联合起来，将黄山遗址环绕成岛屿形状，明确一座城邦的边界，也可以老虎般阻挡其他部落的觊觎和袭击——有玉在焉，财富繁盛，也就潜伏浩大的危险。

我对育邦感叹："先民在此培育城邦，简称'育邦'，类似于你用文字构建一首诗啊。"育邦嘿嘿乐："这么说，我也有几分王者之气?"我答："一个诗人的笔，就相当于此地的弓箭和玉钺嘛!"高兴听了也很高兴："诗人的笔，也相当于那些打造弓箭和玉钺的石斧、石凿和石锤啊! 先民不会用电脑和鼠标，但臂力一定胜过我辈。"坑穴里，一副副白骨的体力，融入五谷、大气和中国史。手臂与腿，类似冬日蒙雪后益发孤傲的树枝。如果先民知道叶芝，应该会喜欢这位爱尔兰诗人的句子："在阳光下抖掉树叶和花朵，现在我可以枯萎而进入真理。"考古与写作，就是追寻真相和真理，拒绝被假象与谎言蒙蔽、戕害。

黄山遗址出土的石器中，有三块，绘有褐红色线条，老马说："这是在描摹猪、兰草，中国最早的写意画啊。"一些陶罐的表面也有刻痕，优美或凌乱，先民们以此计数、装饰、象形、表意——此即"纹理"，亦即"文理"，类似篝火与星辰照亮长夜那一刻，就是"文明";犹如细密春雨滋润田野、丰收五谷，就是"文化";仿佛躯体中央持久不息的战栗和爱意，就是"文心"。在人类早期的无穷空白和未知中，先民以想象力和体力，为建立人与自我、人与环境、人与他者的伦理关系准则，贡献最底部的基石。当这一小山丘精疲力竭，殷商时期终于到来，汉字开始出现于龟甲、牛骨、铜鼎，继而促使竹简、木板、宣纸、电脑文档、手机短信的依次生成。正是源于黄山石头及陶罐上的线条潺潺，才有了中国生活的长河汤汤。

二十世纪二十年代，中原最北端的安阳小屯村，出现第一位发掘殷墟遗址的考古学家：南阳人董作宾。他也是南阳汉画像石的发现者。此前，欧阳修、李公麟、赵明诚等古代士子，购买和收藏古玩，形成一门书斋中的"金石学"，把玩自娱而已。是董作宾、李济、梁思永等现代知识分子，引入西方的"田野考察"方式，到现场去，与古人结成一种量子纠缠般的对话关系，才掀开中国现代考古学的序幕。"考古，也是一种翻译?"我这样问。高兴很赞同："所谓遗址，完全就是一种叙事，一种完全陌生的语言，需要聆听它、表达它，也就是一种翻译。"

一九六三年，董作宾去世于台湾，大约不知道故乡的一座小山丘，在这一年立起"黄山遗址"的石碑。

4 生生流转

遗址一角，仿照 F2 探方格局，搭起三间工坊。一个玉雕匠人，坐在工坊内磨玉镯。

工坊门框贴一副春联，应该是今年春节时贴的，风雨吹打后，有些泛白。上联是"玉待切磋方润泽"，下联是"器宜琢磨始生光"。我们仨看看对联，都说好。彼此打量，称赞对方脸色有光泽，都笑了。不知这春联是否老马墨迹，但合乎一群考古学家在遗址里数年切磋、精心琢磨之况味：这黄山，就是一块巨玉，切磋琢磨后，让整个中国看见它的光辉。

"老马让俺用古人手法磨玉镯，看看得用多长时间。不能用电钻啦，打磨机啦这些工具，用这些砺石敲打一个多月了，玉镯还没磨成。"玉雕匠人张师傅，脸很瘦，叹出一口气，更瘦了。手上粘着创可贴。我问咋回事，他表情有一丝羞愧："石头磨破了呗，手劲赶不上老祖先了……"我想起门框上那一副春联的横批"艰难困苦"。它省略了中国人都知道的"玉汝于成"，意即，像磨砺玉石那样使一个人有所成就。此成语，出自北宋张载。张载以门生身份，追随因"庆历新政"失败而遭贬放的范仲淹，在南阳盆地西南角的邓州，一同治水、种树、酿酒，为《岳阳楼记》这一名篇的诞生而喝彩，并借此振拔自我。南阳，邓州，乃至北宋的艰难困苦，正是玉成范仲淹、张载的一块块砺石。

　　张师傅五十多岁，家在南阳城西三十公里处的石佛寺镇。镇上，自然有一座石佛寺，寺内自然有石佛。石佛寺镇声名远播，是目前中国乃至世界上最大的玉器制作和流通中心。玉石来自独山、蓝田、岫岩、和田，乃至韩国、俄罗斯、缅甸。玉器则通过各种渠道，流布四方。上海豫园内，有十多个玉器店，悬挂"南阳独山玉""南阳石佛寺玉器"等招牌。我曾进去问店员："是南阳人吗?"店员回答："阿拉老板是南阳人，回老家进货去了。"

　　我也在石佛寺镇晃荡过。无边无际的交易中心内，满眼玉器，满耳南北方言和外语。地摊上的玉器很便宜，像青菜；玻璃柜中锁着的玉器，价格昂贵，似山珍海味。在朋友引领下，进入一处幽静院落开眼界：一个巨大保险箱，除了密码锁之外，又被数把链子锁环绕，由数人用各自持有的钥匙才能同时打开。箱内，是集中一个家族财力购置的玉料，价值两千万。那一天，没能看见玉料。朋友解释，保险柜钥匙不齐。我笑，抬头看看墙角安装着的探头，主人之一也笑了，挠挠头。镇上经营玉器制作与流通生意的人，达数万。旅馆、餐馆、车行、快递公司、邮局、银行、保安公司、咖啡馆、酒吧、服装店、美容店、婚介所、房产公司……五行八作，均围绕玉石这一核心延展开去。随便遇见的一个石佛寺人，完全有可能是身家数百万的富翁。

"张师傅来黄山遗址寻根……"老马介绍张师傅，竖起大拇指。张师傅笑了，瘦脸显得胖了一点。在石佛寺镇，他有玉器作坊、玉器店，交给儿女经营。来黄山遗址工作，完全出于好奇心：古人怎样制玉？这黄山为何成了遗址，化作一片田野，让石佛寺取代其位置和功能？这，也是高兴、育邦和我的疑问。

张师傅用一双手、砺石、伏在玉料上的身姿，尝试回答"古人怎样制玉"这一问题。那块白玉料，已被磨出圆形轮廓。"小时不识月，呼作白玉盘。"李白所受的启蒙教育，始于白玉盘。月亮其他雅称"玉蟾""玉轮"，一概以玉为前缀，那就与黄山遗址内的工匠技艺有关联。张师傅正在这小小白玉盘核心处用力，不断磨薄、薄、薄，待薄无可薄之际，再一击而洞穿，留下圆环状，细腻打磨后就是一只玉镯，去呵护女子手腕或者说玉腕。在汉语中，还有"玉足""玉腿""玉臂""玉胸""玉面"等词汇，组合在一起，就是"玉人"。男女间情事，也会在玉的介入下抵达高潮，南阳曲剧经典剧目《拾玉镯》，就是玉镯在推波助澜。可见，玉多么重要，采玉、制玉的工匠多么重要。我问张师傅："这玉镯，啥时候能磨成？""还需要两三个月吧。老马天天来看进展，有点着急。哎呀呀，老祖先多有耐心啊！"张师傅感叹着，头不抬，手不停，胸前蓝布围裙落满玉石粉末，像白玉盘落下来的一地月色。我说："慢慢磨出的玉镯，比机器磨出来的玉镯好啊，有人情味啊。"他抬头看看我，笑了。

关于"黄山遗址玉石制作与流通功能的地理迁徙"这一问题，老马坐在张师傅旁的小椅子上，尝试回答。"只能是尝试性回答，无定论，如果有新发掘成果，再修正、完善吧，甚至推翻现在的猜想。"老马双手握一个透明玻璃杯，茶水里浸泡红色枸杞子、姜丝。"暖暖胃，野外作业容易受寒。"老马解释。我们举举矿泉水瓶子，表达敬意。"黄山与石佛寺，相隔仅几十公里嘛，不远。在远古，两地应属于同一部落的势力范围。黄山作为城邦，可能在与另一部落的争战中失败了，或由于一场大火、一场洪水、一场瘟疫，覆灭了？需要找到证据。那些幸存的制玉工匠，可能流散到石佛寺重操旧业。那里的地形，像这里的黄山，附近有赵河汇入湍河，再汇进汉水、长江，与白河的走向一样，南北的商船车马往来很便利。城邦消逝了，有独山在，玉和手艺就能流传下去，人就能一代又一代活下去……"

老马沉浸于对中国往事的想象。遗址里，累累白骨耗尽周身血肉，在猜测其种种劳作所决定的当代世界，究竟是怎样的境况？这想象，这猜测，自光阴的两端出发，相向而行，在黄山遇到一起，需要一场大雨来表达热泪纷飞？而眼下，秋光一派晴美。也好。

张师傅一边磨玉，一边听我们聊天，突然嘟囔："俺家老祖先，可能就是这遗址里出去的人呢，应该敬一炷香呢……"

5　力量与美

老马面对M18号探方中刚刚浮现的一具白骨，呆住了。

测量其骨盆、胫骨长短，他判断：这先民，是个身高一米七二的壮大男子，远高于当时族群一米五的平均身高。其头颅和上身，陷落于几千年来的农业种植活动，无影无踪。双手以下身体残留于坑穴。皮肤的黄色归还泥土，呼吸归还风，这一个先民对骨头暴露于后人目光，坦荡无忧。右臂处，有一块梯形、含有圆孔的暗绿玉器，磨砺得锋锐、光亮，意味着什么？脚踝处，一大堆猪下颌骨，一大堆猪的白牙，堆砌在那里，像一束暗白的花。助手反复清点后感叹："十八副啊！他拥有十八头猪，大富翁啊!"在没有合成饲料可助力的古中国，一斤猪肉需消耗五斤粮食来转化。猪群规模，也就可以用来代表一个人的财富和族群地位。遂产生以猪颌骨陪葬风俗，用想象中泥土里的猪叫，缓解死者的孤穷感。至于以陶猪陪葬这一风俗，秦代后才出现。那是一种借代、象征的修辞手段，黄山先民尚未掌握。在东汉，在南阳，盛行以画像石和画像砖装饰墓穴四壁，绚丽而奇诡。事死如生，灵魂不灭？关于"永恒"这一哲学命题，在黄山遗址内就已开启思考，至今不休不息。

这一刻，几个考古学家，蹲在黄山遗址内以"M18"为代称的男子旁，揣测其身份，像接受考试的学生，面对一道难题。

黄山遗址发掘重启后，首次发现"M18"右臂处这一块暗绿玉器，与一九六三年发现那一把巨大玉铲，同样意义重大。老马观察、测量，但不能移动它的位置，像一个准确的词，不可移动到文章中其他位置。再看"M18"右腿部，有一件用兽骨雕刻的器具，中空，外方，刻有装饰花纹，因长久把握而"包浆灿烂"——老马如此赞美。从"M18"的右臂，到右腿部，从玉器到骨器，存在一种怎样的逻辑关系？老马蹲在两者之间，用一把毛刷反复清理、辨别，最后拍拍手，站起来，说："这里曾有一把木柄，腐烂后渗入泥土，就比周围泥土颜色深了几分。"一行深颜色的泥土，隐喻一把木柄，联结玉器与骨器！几个考古学家见状惊呼："是一把玉钺！""M18"不仅仅是富翁，且是手持玉钺这一权杖的城邦之王。

老马又盯着"M18"左臂处，出神。那里，有一件用石头磨砺而成的尖锐器物，意味着什么？他观察着，沉思着，捏起手术刀，小心翼翼解剖这石器周围的泥土。渐渐浮现出一张弓的半月形轮廓，颜色明显深于周围泥土。老马又一次拍拍手，站起来，捶打腰部做结论："那石器，是箭头——左手握弓箭，右手擎玉钺。他是一个有财、有权、有使命感的王。""M18"身躯的孔武有力，拥有猪群规模的庞大，也就符合逻辑、顺理成章。由"M18"，可以认定：阶级差别和战争，在新石器时代就开始出现，数千年过去，人类仍未有效化解之。弓箭长成远程导弹，石头化身为战略轰炸机、潜艇和鱼雷，这是"M18"没能预见的事情。幸而有考古学与诗学，共同安抚世界：保持想象力、爱意和理智吧，让人类向无限的可能性敞开，避免陷入以暴力解决分歧之危境。

我通过中央电视台摄制的一部电视纪录片，目睹老马们数年前初入黄山遗址时的以上工作场景。"M18"的发现，像一篇大好文章的英俊凤头，在召唤着猪肚和豹尾。果然，随后有不同时期的城邦之王浮现，占有的猪群规模各异。但玉钺，未再露面，像一个最重要、最独特的句子，在叙述中只能运用一次，惊心动魄。

"还有一个美人呢，去看看。"老马带我们来到编号为M74的探方前，指着一具白骨说："骨盆大，小腿短，所以，是一个女子，年龄在二十二岁左右。爱美。"我笑了："怎样判断她的爱？"高兴和育邦也笑，瞪大眼睛看老马。老马说："看，她胸前，那两个小酒杯般的陶罐！"意味着什么？老马揭秘："那是胭脂罐啊！那么小的陶罐，在国内其他遗址从没发现过，比大陶罐难制作多了！化验后发现，小陶罐内的泥土，含有植物成分，说明，里面装着花草制成的胭脂。她是怀抱胭脂罐入葬的。耳朵旁，还发现了玉耳坠，雕刻有花纹！四千年前一个爱美的人啊，美人啊……"我们都笑了：怎样判断她的美？老马答疑："看她面部骨骼嘛，很匀称，说明容颜姣好。牙缝间有磨损，咋回事？""爱嗑瓜子、吃葵花子吧？"我这样猜测，老马大笑："错！这说明她很勤劳——用树叶和兽皮制作衣被，需要牙齿咬断麻线，一次次咬，牙齿就出现磨损，勒出缝隙——看，她脚边，有一大簇用兽骨磨成的缝衣针呢。"

久久俯瞰这一美人，我、高兴和育邦，没说话。美人的死，曾经让哪一个英俊少年乃至城邦之王，伤心欲绝？她涂着用花草自制的胭脂，玉耳坠摇荡，身穿以树叶和兽皮缝缀成的衣服，上船或下船，进出这一城邦，都有人热切地看她、爱她。她能听到的情话是什么？她对爱和美的认知，是什么？不知道。但我知道，她影响了一个民族的情感和审美方式，也就影响了中国书写和日常言说。正是由于她、她们，中国的美，才集腋成裘、积水成渊。没有她、她们，就没有当下的美学、修辞学、恋爱心理学、精神分析师、化妆品公司、服装设计学院、模特、影星、电影节、影剧院……

> 她美丽得犹如思想的影子——
> 她的后背散发出的气息
> 像婴儿的皮肤，像新砸开的石头，
> 像来自死亡语言中的叫喊。
>
> 没有重量，恰似呼吸。
> 时而欢笑，时而哭泣，硕大的泪
> 使她咸得宛若异族人宴席上
> 备受颂扬的盐巴。

美丽得犹如思想的影子。

茫茫水域中，她是唯一的陆地。

《追忆》，罗马尼亚诗人斯特内斯库的这一名作，翻译者是高兴，完全可以献给黄山遗址内的一个女子。她美丽得犹如汉语的影子，茫茫光阴中，后背散发出南阳草木的气息。

6　平衍而旷荡

来黄山遗址前，我们三人去拜谒张衡墓，获得精神的内援，是必要的；从他那里辨认新石器时代先民对东汉的影响力，是可能的。

张衡长眠其中的那一巨大土丘，犹似更微小的黄山。墓顶野草丛生，霜降后青葱依旧，因为得到墓中人的才华滋养？一棵苍苍古松，向墓顶倾斜，像是在向张衡表达倾慕。一个文学家、诗人、画家、天文学家、地震学家、发明家，跨越各种知识鸿沟，破除时空边界，自大地上一跃而起，投入月球，成为"张衡环形山"；融进太空中的一颗小行星，成为"张衡星"。墓顶古松，在隐喻一支如椽大笔。一只松鼠闪现于松针间，仿佛是张衡的一缕灵感、一个短句。

此时,在黄山遗址峰顶,朝西北方向望去,我们还能辨识出三公里外张衡墓的位置。夕阳下,田野苍茫,"平衍而旷荡"——在献给南阳的颂词《南都赋》中,张衡如此书写故乡。少年时代,他远眺长安与洛阳,仰察星辰位移与寒暑变迁间的对应规律。关于黄山下隐藏的先民遗迹,他不知不觉。文献没有记载的古中国消息,后人可通过新出土文物来推衍破解,反而比前人知悉更多。大地如此智慧而深情:把泥土下保存的烟火万象,有秩序、分步骤向世人揭示,而非和盘托出。否则,更晚降生的子孙,因毫无历史悬念可供求索,百无聊赖,心智萎靡颓败。大地与白纸,有秘而不宣之必要。考古学家和诗人,有存在之必要。

老马带领我们在一个探方前停步,手指四个柱础上的虚空,说,那里应该有一张桌子,可供雕刻石头、玉器,也可供主客欢宴、议事、占卜。冬天里,桌面下燃着火盆取暖,像当代书桌下放一台电暖器。看四个柱础间的距离,感觉那桌子比我家的书桌餐桌都阔大。不知张衡写《南都赋》时,书桌是怎样的格局。他和我的书写,端赖于黄山遗址内这四个柱础的支持。故,不能说黄山遗址与张衡无关。这一小山丘,是南都亦即南阳的一部分，就必然处于张衡目光与身心中，从而进入伟大的《南都赋》——

关于地理大势："割周楚之丰壤，跨荆豫而为疆。"关于玉："其宝利珍怪，则金彩玉璞，随珠夜光。"关于动物："虎豹黄熊游其下，毂貜猱狿戏其巅，鸾鹙鹆雏翔其上。"关于鸟："嚶嚶和鸣，澹淡随波。"关于水流分布："发源岩穴……潆沉洋溢……长输远逝。"关于气候："玄云合而重阴，谷风起而增哀。"关于植物花卉："枫枰栌枥，帝女之桑。……垂条蝉媛，布绿叶之萋萋……蒋蒲蒹葭，藻茆菱芡，芙蓉含华。从风发荣，斐披芬葩。"关于果实："樱梅山柿，侯桃梨栗……穰橙邓橘……含芬吐芳。"关于粮食："冬稌夏穑，随时代熟。"关于厨房和餐桌："春卵夏笋，秋韭冬菁……苏榝紫姜，拂彻膻腥。"关于欢乐和深情："客赋醉言归，主称露未晞。接欢宴于日夜，终恺乐之令仪。"……

南阳美如斯，根植于黄山先民的爱意与劳作，从风发荣，新新不已。张衡写东汉南阳，就是写所有的时代和中国。即便河流改道、湖泊消亡，类似现金流支出异常甚至中断，但四季与大地，这永远的不动产，足以支撑一个民族活下去、爱下去，反对苟且和绝望。

当下南阳风物，与张衡文章所述景象，有差异：之一，虎豹黄熊与鸾鸳鹔雏，生活于动物园或群山深处的动植物保护区，不能随时遇见、对峙，由路虎、捷豹等品牌的汽车，广泛取而代之；之二，全年平均气温转冷，水杉、棕榈树等热带树种消逝，盆地的北方特征开始凸显；之三，东汉后自异域相继引进的西瓜、番茄、辣椒、胡椒、红薯、玉米、高粱等食物，张衡与黄山先民，一概未曾目睹食用，遗憾；之四，M74探方内那一个美人用来制作胭脂的花朵，应该有月季，张衡所述花木中肯定有月季，但直到二十一世纪初，月季才在盆地内大面积种植，成为南阳市花，惊艳世界，被飞机满载，每天深夜在姜营机场腾空而起，凌晨，就能出现在各地花市上。种月季、雕刻独山玉、烙画和黄牛养殖，并称为"南阳四大产业"。

"日将逮昏，乐者未荒。"仍是《南都赋》中的咏叹。自古至今，从黄山先民、张衡，到老马们，到高兴、育邦、我，都没有因日落而荒废懈怠。暮色里，挥别小山丘，穿过黄山村漫无边际的月季园，我们朝公路边等候良久的一辆汽车走去。进城后，将与若干青年夜谈"写作与时代"这一主题，以体现三个诗人对于中国未来之责任。时属深秋，一部分耐寒的月季品种，零零碎碎地开。有村民在月季园中护理，主动招呼："明年五月再来看吧！那时候月季都开了，颜色最好。"我以南阳腔调问他："五月里，您会忙坏的吧？现在闲了吧？"他笑："霜降了，麦子种上了，闲了。"我又问："靠月季和麦子生活，中不中？"他继续笑："中啊，中。要建遗址公园了，过两年游客来了，有生意了，更中了。""中"，一个地理方位词，也是中原人喜欢运用的形容词和动词，表达赞美、肯定和承诺。当然，这也是中国之"中"，造就汉人中正之气、中和之美。

育邦听不懂两个南阳人的对话，兀自把脸贴近一朵粉色月季，吸吸鼻子，问高兴："'心有猛虎，细嗅蔷薇'——英国诗人萨松这句诗，余光中为什么把'rose'翻译成'蔷薇'，而不是'玫瑰'？玫瑰更能代表爱情嘛！"那村民盯着育邦，没听懂，挥挥手，扛起铁锹走了。高兴缓缓解释："'rose'是泛指，包含蔷薇、月季、玫瑰，等等。余光中翻译成蔷薇，大约为了脱俗，或为了上下文押韵？"他运用疑问句，显出一个学者儒雅、谦谨的风度。我则以肯定句直接表态："所有花朵都能代表爱情，比如，月季。"育邦敦厚，未加反驳，继续像老虎一样细嗅月季。显然，我从南阳盆地这一角度看待世界，有偏见，就产生锐力，像充满偏见的剑锋与刀刃。

回头望，黄山遗址上方，一弯新月升起，像先民们用独山玉石打磨而成的一块玉佩，悬在天空温柔暗蓝的胸脯前。

汉代石头上的南阳画卷

1

在纸上写这篇文章，不像汉代祖先操持刀子、凿子、锤子，在石头上刻——那是一种有难度的劳作，须简洁凝练。以名动四方的南阳汉画为参照，我对自己以往文字的肤浅、浮泛、轻逸，不满。但有汉画照拂，我对当下和未来的书写，抱持信心。有家乡在，就有话可说。有家乡如石头一样支撑缺钙的腰椎，我就有力量在世界上、在纸上，随着刀子、凿子、锤子形状的一支笔，晃荡下去。

当下书写工具以电脑为主，用钢笔、铅笔、毛笔，已寥寥。一个作者，若手持刀子、凿子、锤子，人间将会减少无数文字垃圾——复制、放大、粘贴、删除，很不方便，情人间翻脸绝交很困难。一方欲翻脸,另一方就掏出对方当年刻在小石头上的情书,质疑、诘问。虽然,在汉代,笔墨纸砚已繁盛,但大多成为书生们附庸风雅、官员们经邦治国的工具,软弱或堂皇。只有汉画、汉代工匠留在石头上的画卷,"气魄深沉雄大"——鲁迅如是说。

鲁迅爱汉画,尤其钟情于我家乡田野上新发现的南阳汉画。他想从中寻找实证,为拟撰写的《中国文学史》《中国字体变迁史》,积累素材。他重视石头和木头,爱这些纸张以外的思想载体。或许他认为,纸上写作,少了民间工匠的朴拙有力,闪烁多变:"激烈得快的,也平和得快,甚至也颓废得快。"因为,纸撕去得快,笔名变换得快。他信任刀子、凿子、锤子一类书写工具,信任这些缓慢持久的表达方式。鲁迅推助现代木刻,周围聚集一批工匠式的木刻青年。鲁迅有众多肖像,以木刻最传神,入木三分。他骨头硬,不宜用宣纸和水粉表现。假若鲁迅处在东汉,肯定乐于做一个南阳石匠。

鲁迅先后搜集到的南阳画像石拓片,共计二百三十一幅。去世前十个月,一九三五年十二月二十一日,给王冶秋写信:"今日已收到杨君寄来之南阳汉画像拓片一包,计六十五张。"去世前两个月,一九三六年八月十八日,病重,给王正朔写信："……拓片一包，共六十七张……收到无误。桥基石刻，亦切望于水消后拓出……"

信中"杨君"，即杨廷宾，南阳人。受鲁迅朋友王冶秋之托，杨廷宾雇拓工，于天气晴好日子，来到一九三五年十月刚落成的南阳汉画馆（当时的民众教育馆，今南阳市卧龙区广播站后院），在那些从乡间搜集的汉代墓地碑刻中，寻觅鲁迅喜欢的风格"稍粗"的图像，涂以墨汁，覆以素纸，拓……鲁迅信中所说的"桥基石刻"，也是杨廷宾等人在乡村寻访时发现的，来自被河流冲毁的石桥，或被盗墓者猖狂揭露的墓地。其上所刻图案震惊杨廷宾。时属雨季，图案半掩于水中，只好在信中描绘大致景象，令鲁迅牵念。当南阳水消，鲁迅在上海、在世界上，也彻底消失了。他没有看到那一幅汉代画像石拓片。

我不知道，鲁迅所期待的那块南阳石头，勾勒着什么样的美景。

2

南阳汉画馆，民国初期建立，是国内收藏汉画最早的专业博物馆。随着收藏规模的扩张，后迁址于卧龙岗，诸葛亮一边种地一边侧耳等待刘备马蹄声渐渐响亮的卧龙岗。在三国纷争迭起的时代里，他不知"汉画"这一名词，不关心石刻艺术，兀自想象着，如何从摇动的鹅毛扇里，召唤万千帆樯与浩荡东风。从最初一百余块，到目前三千余块，南阳汉画馆的收藏规模，居国内同类博物馆首位。当下，"汉画"与"诸葛亮"，成为南阳宣示自我的两个重要意象。

南阳汉画馆解说词摘录：

自东汉末年起，社会动荡，战乱四起，大批汉代画像石墓被盗掘、拆毁，墓内出土的画像石，或弃置于荒郊野外，或被移作他用。历经千百年漫长的岁月，在一些民居基石、桥墩路面，随处可见汉代画像石的踪迹。但长期以来，无人知晓汉画像石为何物，民间甚至误认为是神仙造化的古景。

一九二三年至一九二四年间，南阳籍学者董作宾等人首次在南阳城附近发现一些石刻画像，并确认为汉代遗物。董作宾成为发现南阳汉画像石的第一人。一九三三年，董作宾还将弃置在南阳城北门外的四块画像石，移至南阳民众教育馆内保存，开启了征集、收藏南阳汉画像石的先河。

一九二八年，南阳籍著名方志学家、河南省通志馆编修张中孚，携汉画像石拓片数十幅，回省城开封，后编成《南阳汉画像集》一书出版，这是介绍南阳汉画像石的第一本图集。从此，南阳汉画开始流传于世，为学术界关注。

真正了解汉画像石的用途，是在南阳草店汉墓被发掘之后。一九三一年夏，在南阳城西南九公里的草店村附近，因白河水暴涨冲刷，一座古墓露出地面。时任南阳县教育局局长的孙文青得知后，组织人员对该墓进行发掘，得画像石七十七块，制作画像拓片四十四幅。这是第一次具有现代考古学意义的、对南阳汉画像石墓的发掘，使南阳汉画像石作为墓葬建筑材料的功用得到认定。

散存画像石及画像石墓的大量发现、发掘和收藏，是在新中国成立以后。自一九五六年四月在南阳城北七里园发掘清理一座汉画像石墓至今，相继共发掘汉画像石墓五十余座，南阳汉画馆藏品日益丰富。

由坟墓、房基、桥基、灶台、道路等潜伏之地，破土而出，逐渐汇聚成汉代石头的浩大阵容。杨廷宾、董作宾、张中孚、孙文青等南阳现代知识分子们，撩起长衫，俯身，观看散失于四野的"神仙造化的古景"，其心情之激动、眼神之灼热，我在百年后仍可体会。在南阳汉画馆内，我像乡党前贤那样，俯身——这鞠躬般的姿势，向石头前一闪而过的历代身影，表达感激；向铭刻幻想和记忆的石头，表达感动；向产生这些石头和画卷的群山烟火，表达神往。

南阳汉代画像石，为世人观察汉代中国，提供了一个坚实的角度、一种绚烂的尺度。

3

我在这些石头上的南阳画卷里，眺望汉代的人面桃花、星空灿烂——

《车骑出行图》。三匹马拉动三辆车，自左向右，穿过石碑。最左端，有马头在奔腾，其余身体及其所拉马车，在观者的想象中卷沙扬尘。最右端，一辆马车在马臀率领下驰骋，而马腹与马头，已变形成石碑以外到处窜动的当代拖拉机和汽车？东汉工匠们已懂得"残缺处蕴含无限可能性"的美学原理。那是南阳作为首都洛阳之陪都的时代，"宛（南阳）……商遍天下，富冠海内"（《盐铁论》）。刘秀及其二十八个将领（二十八宿）都是南阳农夫出身，五个皇后都是盆地美女，七十一个公主被分封于盆地结婚生子，南阳遂被称为"南都""帝乡"。侯王规模在五十人左右。按每一侯王拥有车一百辆、马三百匹的待遇来推测，盆地大路上的马车阵容，何等浩荡。阳春时节，出游者的曳地衣袂，隐约透出绿意和蜂蜜。这"绿意""蜂蜜"，如何表现？刻石工匠们苦思冥想……遂凿出若干蜜蜂蹁跹其间。那是南阳处于中国话语中心的时代。当下，小酒馆内，若有颓唐酒鬼举杯高喊："好酒啊好汉——你颓丧的晚唐啊，我大好的东汉——"大约是失意甚至失业的古典文学专业研究生。

《许阿瞿墓志铭画像石》。汉画极品。画像石左端，竖刻六行共一百三十六字，是五岁早夭的许阿瞿小传记。汉画是一种与死亡共生的艺术。皇亲国戚王公贵族们死去一位亲人，便邀刻石工匠以浅浮雕，阴勒浮凸一派繁华景象，陪伴亡灵，安慰生者。盆地田野上，凿石声杂然起伏，尤其是初春与深秋，体弱者在寒暖交替时节易夭折。《许阿瞿墓志铭画像石》，是中国现存唯一对死者身世进行文字记叙的画像石，字体风格由汉隶正在向魏碑过渡。一种新书体，挣扎着，破茧而出、破石头而飞出。这块画像石，成为追寻魏碑书体源头的重要物证。五岁许阿瞿，不知自己与中国书法史发生关联。画像石右端，呈现出这个孩子短暂而奢侈的人生：坐在汉榻上，身后立一奴仆为其打扇，身前有三位儿童手捉大鸟、牵木鸠车、奔跑，另有舞乐百戏者数人，击手鼓、舞剑、鼓瑟、吹排箫等。郭沫若来南阳面对此情景，曾世俗气很浓地感叹："年仅五岁就在享大福啊。"但我感觉，许阿瞿的姿态，更像在羡慕那三位儿童，正欲起身去手捉大鸟、牵木鸠车、奔跑。

《鼓舞图》。击鼓，跳舞。十位男子排成一列，簇绕大鼓挥动长袖，脚步前扬，身体后倾，似陶醉于丰收日，或狂欢于婚礼。在东汉，南阳、中原乃至整个国家阳刚奔放，汉画中各类形制的《鼓舞图》《舞乐百戏图》《斗兽》《剑击》，为此提供佐证。盆地响亮。鼓声、歌声、唢呐声、牛叫声、兽吼声、剑戟摩擦声，与水声、五谷灌浆拔节声、商人叫卖声、读书声、沙漏流动声、少妇绣花鞋感染遍地花朵的脚步声，此起彼伏。当下，学生或作家用"鼓舞"一词造句，只会写"鼓舞人心"，耳边不会响起鼓声，眼前没有舞步。

《阉牛图》。一头公牛，低首、隆肩、扬蹄。牛后，伏一阉者，戴尖帽，袒胸怀，趁公牛全力前抵抬起左后腿之际，左手托牛睾丸，右手执利刃，割弃之。睾丸巨大，使牛身显得渺小。这一不合比例的幽默景象，说明汉代人已洞察巨大睾丸与浩荡雄性之间的关系，启发当代发动机工程师：必须把握好发动机与拖拉机、卡车、轿车的力量之间的隐秘关系。南阳汉画中表现牛类题材的画面很多，如《驯牛》《斗牛》《逐牛》。南阳人、秦国名相百里奚，是中国历史上第一位养牛专家。周王子颓喜欢牛，百里奚就在南阳城西麒麟岗上牧牛，朝着周王子颓所在的方向吹牛："瞧一瞧啊，我培养的南阳黄牛啊——"周王子颓听见了，百里奚就以"养牛专家"身份进入宫廷，协助帝王牧民。但伏牛山是最伟大的一头野牛，拒绝阉割，兀自蹲伏在盆地边缘，用身体为人民和植物，阻挡北方寒流。

《执灯》。类似中国画里的竖轴，有一长裙女子，执油灯，灯烟袅袅如浮桥，连接起白昼和黑夜。需要一盏灯，照亮周围景象：马厩、厨房、仓房、酒坊、油坊、仆人、池塘、狗、花园、走廊、戏台、主人的卧室、案几上的棋子酒杯、女人的银盆大脸……另有《捧奁》，格局、画风酷似《执灯》，似出于同一画家、同一工匠，像连环画，情节相衔：那捧奁女子，就是紧跟执灯女子的另一女仆？桃木质地的双层奁盒，装满女主人的私人用品：丝巾、镜袋、手套、假发、梳子、脂粉……需要灯，需要女子执灯，缓解一个贵族对死亡的恐惧。没有画像石陪伴的穷人，只能依赖壮硕生长的红薯或萝卜，模拟油灯，来照耀泥土中的漫漫死亡。

《北斗七星图》。七星凌空悬垂，组成一把勺子，舀起夜色、萤火、犬吠、梦呓？其中，四颗星星，装饰这把勺子边缘，三颗星星类似勺柄上的银钉。勺柄方位，指向东南西北，即意味春夏秋冬。《北斗七星图》中，勺柄指向东方，说明这是春日星空。南阳汉画多有市井风情图，写实。更有凤凰、白虎、朱雀、阳乌、苍龙、美女们，直接跃进天空，与日月星辰混为一谈，这大写意的美景，显现出汉代祖先对天空的敬畏、对未知世界的迷恋。把死亡视为升天、升向天空的途径，可缓解丧失亲人的悲伤。《日中三足鸟图》《苍龙星座图》《羲和捧日图》《龙虹图》《日月同辉图》《嫦娥奔月图》《阳乌图》……这些画卷，充满形而上意味和超越性。而《北斗七星图》表明：在东汉，南阳人已普遍接受同时代科学家张衡的天文学研究成果，对星辰运行规律，能够准确理解和把握。张衡贫寒，其墓地内大约没有画像石陪伴。好在这位集天文学家、文学家、画家于一身的伟大者，身心充盈星辰与言辞之美，其长眠，绝不会黯淡无光。

《人面虎》。一头因身体过于漫长而姿态逶迤的老虎，在散步过程中蓦然回首，一张人脸、欢乐的脸，回望它迎风飘拂的巨大尾巴上盛开的三朵花，花朵中藏着三张人脸！这些人面老虎，可爱，惊艳，绝对没有埃及狮身人面像的神秘、冷漠。在汉画中，人物与动物（比如蛇尾人面的《女娲图》）、动物与动物（比如虎头凤尾的《天禄》《辟邪》）、人物与植物（比如人身重叠于树干、人脸重叠于树叶的《人身树木图》），穿越边界和属性，因融合而自由，像一篇童话或神话……

我爱这些浪漫主义、魔幻主义的汉代南阳祖先。

4

一个面目模糊的骑驴老人，自山坡上向下行动。驴子前，走一个戴鸭舌帽的青年，右手所提物件，类似马灯或保温饭盒。驴后，紧跟一个长衫礼帽的中年男人。乱石起伏三人行。一棵盆地里常见的巨大槐树，定格在驴子臀部，仿佛是从那驴子血肉中长出来似的——

这是一张黑白照片，大约被翻拍多次，景象混沌。

照片下方有文字说明："张中孚（骑驴者）在考察汉画像石的途中奔波（一九二八年。丁育清提供）"。面对照片及文字说明，我笑了。它们出现于南阳作家殷德杰的著作《老南阳：旧事苍茫》。我给殷德杰打电话："殷兄，你怎么认定张先生一定是在'考察汉画像石的途中'，而不是'去北仓女子中学讲解汉画艺术的途中'，或者'访问董作宾先生并讨论汉画新发现的途中'？"殷兄敦厚，嘿嘿哈哈。

为寻找张中孚、董作宾这些二十世纪初期南阳知识分子的影像，殷德杰跑遍南阳各档案馆、老照相馆，收获不大。南阳最早开照相馆的靳岗李姓人家，曾保存几笸筐照片，有蒋介石、杨虎城、李宗仁、孙连仲、王凌云等人在南阳停顿一刻的肖像，也有抗战期间各沦陷区大中学校迁入伏牛山中避难办学的生活场景。这些照片，后来都被一把火烧掉了。寻寻觅觅，殷德杰终于结识丁育清这一个照相世家后人，看到张中孚、董作宾等人考察汉画一类行踪的照片。其中，就有上述"三人行"黑白照片。实际上，应该是"四人行"。在画面上的三人以外，还有一个手持照相机追随张中孚奔波于山野间的人，大约就是丁育清家族的前辈。

我之所以猜测照片内的张中孚先生走在"去北仓女子中学讲解汉画艺术的途中"，是因他作为首届民国国会议员、考古学家之外，还有另一重身份：教育家。当时的河南省省会开封

"北仓女子中学"，就是他筹办而成，后因战乱迁入南阳继续办学。张中孚先后邀请以下人士来女子中学讲学：楚图南、冯友兰、曹靖华、谢瑞阶、董作宾……阵容何其盛大。为女子们开悟启蒙，争取人格的独立与解放，这样的人文景象出现在南阳，何其迷人。

之所以猜测张中孚先生处于骑驴"访问董作宾先生并讨论汉画新发现的途中"，也因张、董之间，存在不寻常的师生关系。董作宾，最初是南阳北关少年，十岁开始在街边摆摊刻字、赚钱养家。居住于同一条小街的张中孚，时常来小摊边，看少年用刀子在玉石或木头上深深浅浅刻字。也许有一只汉代祖先的手，在引导少年从刻字出发，走向"发现汉画和殷墟甲骨文"的奇崛之路。而张中孚是推动少年上路的人。他把董作宾带往开封读书。后来又推荐他进入北京大学旁听，考入该校国学研究所成为研究生。毕业，董作宾主持河南安阳殷墟发掘，像刻字一样发掘出中国早期汉字。后，出版《殷历谱》，将中国文字记载的文明史向前推进五百年，震惊世界。

董作宾可敬。相继发掘南阳汉画和安阳甲骨，破解祖先留在中原大地深处的两个谜语，使后生我辈，得以把握古中国的完整性。张中孚可亲。如果能与这样一个长者，居住在同一时代、同一条小街，让他俯下身，看我在白纸上写错别字并纠正，多美好。如果能追随张中孚、董作宾、杨廷宾、孙文青这些二十世纪初期南阳知识分子，奔波在盆地山河之间，多美好——像那个戴鸭舌帽的青年，像那个戴礼帽的中年人，在一头驴子前后追随、发现、呼喊……

5

汉代画像石没理由不出现于南阳盆地。

中国历史上规模最大的冶铁中心——汉代冶铁遗址，位于南阳瓦房庄，东西长六百米，南北阔二百米。遗址内，散布大量绳纹简瓦片、耐火砖、磨石、烧结铁块、铁渣、木炭屑、坩埚、熔炉基、鼓风管等遗存。出土熔炉基址十七座，窑址四座。所铸铁器有刀、镰、斧、锤、盆、鼎、罐、锸、锛、镬、锄、齿轮、犁铧……面对这一寥廓遗址，再愚钝的人，也能想象出汉代炉火灼天、铁器奔涌之壮景。

铁，开疆拓土，种植五谷。盐，驰骋于血液，煽动力量。铁与盐，就是一个部落、一个王朝的竞争力和生命力。西汉桓宽《盐铁论》，就是根据著名的"盐铁会议"而撰写的著作。

冶铁，证明南阳在东汉时期作为国家经济中心的地位，为大量石刻汉画的出现，提供背景和逻辑。那些工匠凿石刻碑的刀、凿子、斧，正源于这一冶铁遗址。

南阳冶铁遗址一带区域，如今被命名为"汉冶村"。钢铁业消失，服务业繁荣。街上的广告标牌或店铺匾额中，"汉冶"二字屡屡闪现："汉冶文化传播公司""汉冶休闲中心""汉冶婚姻介绍所"等等。小巷里，若干按摩房内，有艳冶女子臂力软弱，热情如炉火。在此陶冶情操的男子，面红耳赤，如同被趁热敲打的铁器……除此之外，这一带，与东汉时代的铁，毫无意象上的关联。

汉代工匠选择的石头，源于南阳周边群山：秦岭绵延，伏牛山苍茫，桐柏山逶迤……盆地流行一个民间俗语"指山卖磨"：石匠躺在床上，手指窗外群山吆喝："卖石磨呀——南阳石磨呀——满山的好石磨呀……"借此嘲讽某一类风格浮夸、不可靠的人。由此可以旁证，盆地石头资源之丰盛，盛产大理石和美玉。大理石尤以"夜里雪"一种，畅销海内外：黑夜般的大理石面，有雪花般的密集斑点被劲风吹拂。玉，则以独山玉闻名于世，与西安蓝田玉、新疆和田玉、辽宁岫岩玉，并称"中国四大名玉"，玉质柔润坚韧。在南阳，名字叫"玉"的女人和名字叫"石"的男人很多。"玉石俱焚"，这一激烈成语，或许是一个南阳才子或在南阳生活过的才子创造而成？

在南阳通往陕西的国道两旁，制作石狮子的露天作坊，比比皆是。赤胸裸背的工匠和石狮子，在雨水和阳光中闪烁。外地商人一卡车一卡车运走石狮子，让它们出现在大江南北的银行、储蓄所、公司、私宅门前，震慑邪恶，佑护安康。

大街小巷的画店里，一概悬挂烙画，吸引游客眼睛和钱包。烙画亦称烫画、火笔画，用温度在三百至八百摄氏度的铁钎代替笔杆，在竹木、丝绢、宣纸等材料上作画。西汉末年，一个叫"李烙画"的艺人，救助过被王莽追杀的一个小孩。小孩长大，成为杰出青年刘秀，加封恩人李烙画为"烙画王"，南阳烙画成为贡品国宝。因战乱频发，烙画技艺失传。直到清光绪三年，即公元一八七七年，某日傍晚，南阳画家赵星三躺在鸡爪街的鸦片馆内，生发出艺术表达欲望，遂以烧红的烟枪代替笔，在床头栏杆上烙烫作画，得一小品，喜出望外："哈哈！这就是传说中的烙画吧？"从此，烙画重现人间，成为可以代表南阳的独特商品和符号。

当下，盆地里的才子佳人，在汉代光芒造成的阴影中怀旧复抒情。周边地区迅速崛起，本地喜剧演员很焦虑，在电视中或舞台上自嘲："娘啊娘，瞧瞧咱这南阳——卧龙岗，龙卧着！伏牛山，牛伏着！多谦虚，多低调，何日重振俺汉代雄风啊？"我和热爱写作的若干友人，善于在阴影中避暑、喝酒，写一写汉代前后南阳贡献的科学家张衡、名医张仲景、谋士诸葛亮，为本地产品琢磨一些"汉风""汉歌""汉韵"之类的商标，早已经丧失名动天下的野心。应邀参加一些新产品发布会、学术讨论会，怀揣会议主办方赠送的润笔小信封，一边脸红，一边发愁。

那些汉代画像石创造者的想象力和激情，如何发扬光大？

6

汉代画像石有三大群落：陕西，河南南阳，山东。

在陕西，画像石表现农耕、狩猎题材较多，有胡风秦韵。在山东，画像石致力表现儒家伦理，温和，敦厚。在南阳，画像石因处于南北过渡带，受到人性黄河与神性长江的双向浸染，形成神人交织的大局面。鲁迅之所以热爱感觉"稍粗"的南阳汉画，正缘于其粗放、自由、不拘一格，契合其内心。当代，某年，吴冠中来南阳，在汉画馆里泪水纵横："我简直要跪倒在汉代先民的画前！"他认为，南阳汉画中许多关键的、基本的艺术法则，是西方后期印象派画家们在多年后才开始探求的瑰宝。林风眠赞叹："南阳汉画像石，中国绘画之大宗也。"

南阳汉代石头上，没有工匠签名和印章。显然，他们无意于成为赞美帝王将相的宫廷艺术家。刀削斧凿间，他们倾尽心力，向后世传递一个时代、一个地域的光芒与狂想。纸，擅长于传播的速度和广度，常毁灭于战火或帝王意志。石头，则有力量克服时间流逝、世道变幻，可靠复可畏。人类用石头塑造纪念碑和道路，用纸签订合同和婚姻证明。我不知道，这些古代刻石者，是否预感到这些石头画卷终有一日会破土而出、引发震撼？大约没有。他们是有神论者，相信这些赋予灵性的石头，会随着死者飘向天堂，像鸟羽，在风中托起亡灵。

与长安、洛阳城里的皇家工匠不同，南阳刻石者内心活泼，刀法随意，线条简单稚拙如儿童画，力透石背。与西方画家繁复、写实、逼真的艺术追求，截然相反。一个当代汉语写作者，面对这些以减法和隐喻表达心志的石头，即可顿悟写作的秘诀：必须删除一切冗词赘句，在渐趋抽象中包容万象，以至简抵达真理。

在南阳汉画中，如果要指出死亡和墓地，只需描绘浮雕出一棵柏树。

7

　　一九二五年，美国作家舍伍德·安德森，教导青年油漆匠威廉·福克纳："你必须有一个地方作为起点，开始写作。是什么地方关系不大，只要你能记住它并不为这个地方羞惭就行。因为，有一个地方作为起点，是极端重要的。你是一个乡下小伙子。你所知道的一切，也就是开始你事业的密西西比州的那一小块地方。不过，这也可以了。它也是美国。把它抽出来，虽然它那么小、那么不为人所知，你仍可以牵一发而动全身，就像拿掉一块砖，整面墙就会坍塌一样。"从此，一个美国南方的文学青年，用挥舞油漆刷子的笔法，围绕一个邮票大的地区，"刷"出属于自己的小说世界。

　　安德森的话，福克纳的实践，使我对自己生长其间的小盆地，充满感激。是的，小盆地也是中国，我为拥有它而光荣。"把它抽出来"，甚至把更小的一块汉代石头，抽出来，都可以牵动一个国度、一个时代。我的笔，应当以盆地的小溪和深井为墨水瓶，绵绵汲取。应当像汉代刻石者一样深入浅出、大度硬朗。我缺乏写作的野心。如果有力量留下只言片语，加入盆地的风声鸟鸣，让某几个人听见了、感动了，就好。能够安慰某几个人，就是安慰全人类。一个再渺小的人，再"那么不为人所知"，"仍可以牵一发而动全身"。类似于那些汉代工匠，刻画一块石头，照拂死者，却照拂了后世众生，并让大地上的石头，也充满照拂人间的冲动。

让一支笔与刀子、凿子、锤子，相互贯通。在纸上，就是在石头上，在南阳盆地，在中国。

不获与永思

1

张衡长眠在南阳北郊石桥镇，天地寥廓，五谷四合。

初次拜谒这位东汉前贤的墓地，在二十世纪九十年代的某一傍晚，乔典运、二月河、周同宾、周熠等本土作家，联袂沿田间小路而来。那时，我年轻，跟随他们的步伐趔趄前行。暮色如一卷水墨，一座墓，是这水墨里浓重的一笔。蛙鸣虫语，时断时续，像在模仿一个前朝少年的读书声。

周同宾在张衡墓前告诉我，初唐，骆宾王来拜谒并作诗："日落丰碑暗，风来古木吟。"日落与晚风，自古至今无变化。墓前两座石碑，系明清时期所立。一头石狮子，在动乱年代被敲断一条腿，仍眼神灼灼，坚持与张衡站在相同立场上。四周树木森森，与光合作叶绿素，散枝展叶。骆宾王在此吟诵的诗句，不太著名。提起他，我只会想起"鹅，鹅，鹅，曲项向天歌"，因为鹅的白毛红掌，普及于中国清波和小学课本。

张衡，是唯一的、孤独的。一个全能型天才，必唯一而孤独。他设计制造出感应大地波动的地动仪、观察星空的浑天仪，还能作为诗人、作家、画家、数学家、气象学家，触类旁通，越山渡河，类似达·芬奇，这是人类早期历史中才有的奇迹。在缺乏学科边界和知识领域划分的混沌时代，伟大的人，须担负起无穷无尽的责任。

南阳曾名"西鄂"，是张衡出生地。一座通往洛阳方向的小石桥，已不可寻觅。月季遍野，名扬世界，像张衡饱蘸水粉画出来似的。鲜花们，每天清晨在南阳机场腾空而起，中午或傍晚，就能抵达世界各地的花店和窗台，参与各种语调和心情的日常生活。花香里，充满盆地气息与秘密。每年五月，南阳举办国际月季节，吸引天南地北爱花人，前来赞美并订购月季，附带关心张衡墓地及其着迷一生的浩瀚苍穹。

少年时代，张衡就形成仰望的姿态，对星辰位置与亮度特别敏感，悉心领会星空变幻与四季推移之间的对应关系。有鉴于张衡对天文学的贡献，二十世纪七十年代，联合国将月球背面的一座环形山，命名为"张衡环形山"；太阳系中的一颗小行星，命名为"张衡星"；这小行星紧邻的另一颗星，命名为"南阳星"——符合逻辑，很美好。

一个古人带领故乡投身天空，在无数人的仰慕中，以星辰和月亮的形式，保持光芒和深情，笼盖我，启示我。

2

庚子年，我自上海回南阳过春节。疫情突起，走势不明。各种信息与思绪纷乱混沌。我戴口罩开车出城，访张衡墓，像一桶浑浊的水，试图寻找一块明矾来澄清自身。

张衡墓园已重修，浩大堂皇了几分，已非二十年前那一月夜留给我的印象。其实，用南阳盆地四周渐次耸起的山脉，怀抱天才的长眠，更大气、动人。如今有了门卫与门票，也好。那个自东汉时代开始入睡的人，偶尔苏醒，大概会欣悦于自己为南阳旅游业做出的贡献。好在，墓园核心处，一堵旧砖墙依然，石碑与石狮子依然。月亮形圆门内，张衡像隐士高僧幽居于园林深处。我入门、来访，也算是一个不俗的人了吧。

隆冬天气，这巨大墓茔竟有一层青苔细密丛生，像巨大头颅上，有短发细密丛生。墓中人，有着多么澎湃的热力，向后辈展示生机，激励我在困厄中保持勇气和信心。

公元七十八年，张衡出生。十七岁离家，游历四方，观察山水地理，绘出中国第一张地图。入洛阳读书、交游，研究天文、数学、机械制造。三十七岁成为太史令，负责记史和颁布历法。借助于浑天仪，破解童年困惑：月光，来自阳光的反射；月亮圆缺，是由日月位置变化所造就的景观；地球是圆的，围绕太阳而转动……

对天地万物进行辨认，把握规律，破除迷信，成为追求真理的人，就会成为那些恐惧真理者的敌人。

在东汉，庙堂华丽奢靡，民不聊生。张衡以《二京赋》进行讽喻规劝，皇帝读了，不开心。谶纬之风自宫廷向民间蔓延，不问苍生问鬼神。张衡上疏："此皆欺世罔俗，应一禁绝止。"得罪众多以此邀宠谋利的儒生宦官。屡遭诽谤。遂作《思玄赋》《归田赋》，排解块垒，终辞职还乡。公元一三九年，张衡去世，六十一岁。

张衡墓就是一座山，环形山。像二十年前那样，我绕它走一周，但乔典运、二月河、周同宾、周熠们相继去世，我只能孤单走完余途？像独自登上月亮的宇航员，四顾无人，在一派荒凉中保持震惊和预感——终究会有一个对话者穿越时空，蓦然出现，彼此相问："你是谁？从哪里来？到哪里去？"有张衡及历代前贤，永存于大地和纸墨间，一个人终究能够在来路中看清前途，即便世事剧变，亦能拒绝孤寒与绝望。

在一扇月亮门圆满照彻的墓园里，我的心，渐渐明澈安定，像湖水了。

3

张衡墓以北，田野上，竖一块镌刻有"张衡读书台"字样的石碑。穿过一片小麦、蔬菜、白杨树，我登上去，揣摩少年张衡读书时的高度与角度。

举目四望，村镇、楼房、长街、高速公路与铁路，与张衡当年视野迥然不同。即便是南阳周遭的山水形势，也因现代工业侵入而巨变。比如，五公里外，那一座蒲山，因石质优良而被持续挖掘数十年，粉身碎骨后，作为建筑材料奔赴四方，从前的山丘变成低于地面的深壑。

我和张衡所读书籍，从形制到内容，也截然不同。作为源头性的士子，他能研读、参悟的书籍寥寥，仅有《诗经》《离骚》《论语》《庄子》《孟子》《左传》《史记》等。雕版印刷术带来的纸质书籍，待唐朝以后才出现。张衡及其前后时代士子，手握竹简，臂力强劲。我捏手机，沉溺于微信中的只言片语、流言蜚语，被"信息茧房"包围成一只蚕。如何破茧而出，一飞冲天？这是一个问题。张衡若自墓中抬头，打量，能认定我还算是一个读书人吗？他像孔、孟、老、庄、屈原、司马迁，致力于为历史下游的后辈，创造抒情、言志、叙事的范例，勉力催生《古诗十九首》、唐诗、宋词、元曲、明清小说、新诗……让它们次第涌现，丰盈、振拔一个民族的灵魂与体魄，摆脱积贫积弱之境地。

想当年，张衡出南阳，奔洛阳，赴长安，终厌倦仕途之蹭蹬险峻，走笔泼墨，写《四愁诗》《同声歌》《温泉赋》《二京赋》《定情赋》……尝试汉语表达的无限可能性，其实，就是勘探汉人精神世界与世俗生活的无限可能性。

我更爱《南都赋》，那是一首献给南阳的赞美诗。皇帝读罢，击掌赞赏，此前曾动念废弃"南都"称谓及其陪都地位，自此不再说起。通观这篇文章，张衡写地势、述风物，亦状民俗、记贤良，"纷郁郁其难详"，感慨万端："夫南阳者，真所谓汉之旧都者也。"结尾处，以高声部唱颂："据彼河洛，统四海焉。"的确，这一座张衡墓，据于河洛中原，足可以统领四海八荒，像美国诗人史蒂文森笔下田纳西峰顶的那一个坛子，让周围纷乱的事物，向它一拥而起，获得秩序。只要不放弃故乡这一根据地，一个写作者的笔尖，就能获得滋养和支持，由稚嫩萌发，而臻葳蕤茂盛，统领书桌上那四个墨水瓶所代表的海洋与世界。

当下各领域学者，把《南都赋》作为珍贵资料，从植被、禾稼、地理、气候和动物等角度，研究汉代南阳和中原的变迁史。比如，甘蔗和橙橘，是东汉主要农作物，表明，位于中国南北过渡带上的这一盆地，更具南方气质。当下，南阳少见大面积的甘蔗林、橙树、橘子树。幸有桑麻和菽麦，仍翼翼与与，使我与张衡两双眼睛中的故乡景象，部分保持一致，观点与心境也就能两相契合。

"坐南歌兮起郑舞"，《南都赋》中这一名句，启发唐朝诗人温庭筠，创造词牌"南歌子"，让酒楼画舫中的舞女，随之翩翩欲飞。当下南阳街头，有流行歌曲广场舞，一群群妇人挥扇张臂翩翩欲飞，一概被体重和地心引力，挽留于各自的困苦与欢悦中。

《南都赋》描绘了贯穿盆地的所有川渎河流。南船北马，南阳有船有马，是南方水路与北方旱路的交接处。目前，南阳正筹备以"万里茶道"为主题，申报世界文化遗产——满载铁观音、普洱、龙井等名茶的大船小舟，自泉州启程扬帆东海，溯长江而上，渡汉水、白河，在南阳城登岸后，换乘马车与骡车，越伏牛山，过洛阳、济源、焦作，经太行山，进入塞外朔方的高寒旷远。在"茶的道路"这一首万里长诗中，南阳，是衔接上下文的重要意象。

显然，我的故乡盆地，是南方与北方的临界点、中国叙事的关键处，像张衡，处于历史上下游的临界点、关键处。

4

因东汉距当下过于遥远，关于张衡的表达，极其匮乏。后人了解张衡，端赖于另一南阳人范晔。在《后汉书》中，他写有《张衡传》一章。

范晔，南朝世家子弟，应召出仕，行止狂放。曾携青楼女子出席嫡母葬礼，又在彭城王刘义康母亲葬礼上以挽歌助兴醉舞，惹众愤，后被贬为宣城太守。在徽地那一座小城，范晔发奋作《后汉书》，一举成名天下知。《后汉书》与司马迁《史记》、班固《汉书》、陈寿《三国志》，并称"四书"。因参与宫廷政变未遂，范晔遭腰斩，年仅四十八岁。

宣城，把山水诗人谢朓，而非历史学家范晔，作为自己的形象代言人，大约出于"美感与善意"的考量吧——远离鲜血，让山水诗，为烟火与人心增辉助力。我曾在宣城晃荡一日，没找到范晔遗迹。登谢朓楼，周围现代化建筑群阻碍目光，无法看见宛溪、句溪与双桥。李白也曾登上这座楼，临风吟叹："抽刀断水水更流，举杯消愁愁更愁……"遂贡献成语"抽刀断水"。

人的肉体在快刀一闪里，停止流动，唯有杰出的言说，能够生生不息。

范晔用自己的书写，留存东汉一百九十五年的历史，并创造以下成语："失之东隅，收之桑榆""巢倾卵破""乘人之危""锋芒毕露""毁于一旦""安贫乐道""不甘雌伏""差强人意""党同伐异""防微杜渐""覆水难收""釜底游鱼""贵古贱今""克己奉公""三足鼎立""体大思精""披荆斩棘""望尘莫及""天怒人怨""息事宁人""羞与为伍""妄自尊大""引经据典""旗鼓相当"……

前贤没有那么多成语可借力，必须在空无中创造新言辞，传情达意。后人行文与交谈，使用上述成语时，大都忘却一个南阳古人的创造之功。正如我用"青梅竹马""浮生若梦""扬眉吐气""仙风道骨""大块文章"造句，也完全忘记它们来自李白的锦心绣口。无偿使用成语，且乏感激之情，对前人斟词酌句的苦闷与狂喜，缺乏切肤入髓的体验。一个写作者，倘陷入锈迹斑驳的、旧钱币般的成语，没有开山采新铜的勇气和能力，就会在前人修辞的遮蔽中，丧失自我，面目混沌。

在《张衡传》中，范晔如此叙写张衡及其时代："虽才高于世，而无骄尚之情。常从容淡静，不好交接俗人。"一九五五年，受周恩来总理之托，画家蒋兆和根据这两句话，作张衡肖像。随即，一个淡静、脱俗的眺望者，印刷于各类教材、著作，悬挂在各种殿堂楼台，接受公众景仰和神往。

范晔还以细腻笔触，描写地动仪的结构、外观，为今世复原这一发明，提供重要依据。也为张衡的存在提供证据，不至于让后人猜疑：如此全面发展之天才，近乎传说和幻象。张衡其他发明亦多多："指南针"，像一只手，指出春天到来的方向；"候风仪"，比西方的铁质风信鸡，提前出现一千多年；"记里鼓车"，车上设木头小人，每走一里就自动击鼓一次，是人类最早的计程车，为远行客提供节奏感和信心；"独飞木雕"，内藏动机，外饰羽翮，可远翔数里，类似于今天的无人机凌空展翅。同僚讥讽张衡："你能让木鸟飞起，为何自己垂翅丧志，在仕途上无大作为？"他答："志不在此，所患各异。我不患位之不尊，而患德之不崇。不耻禄之不夥，而耻智之不博。"同僚面红耳赤，暗暗滋养"怀恨在心"这一种能力和才华。

范晔同样是多才多艺之人，善琵琶，工丹青。好友陆凯生活于江南，遇驿使北去，忙在路边折一枝梅花，嘱其送给身处陇头的范晔，以寄托思念："江南无所有，聊赠一枝春。"范晔埋头写《张衡传》，像折了一朵南阳月季，送给早他两百年闪现于故土上的伟大前贤。

临刑那一刻，范晔或许从张衡身上看见一个理想中的自己，迟矣，悔矣，痛矣。

5

一个时代有一个时代的疑难。当东汉皇帝躲避真理，沉迷于占卜与相术，张衡只能淬炼"隐喻"这一才华，在难以直抒胸臆的危境中，保持修辞的力量。一支笔旁敲侧击、暗度陈仓，把内心兵戈，隐秘运送到预期之地，出其不意，更能致命取胜。

张衡师法屈原。那一个汨罗江边的隐喻者，徘徊沉吟："恐鹈鴂之先鸣兮，使夫百草为之不芳。"此句隐藏一种指代"谗言者"的鸟。仕途宦海上，鹈鴂纷飞不绝，假装是吉祥的喜鹊、壮阔的海燕。遂有《四愁诗》生成，标志中国古典七言诗的成熟。张衡在字里行间叠加重重隐喻："我所思兮在太山，欲往从之梁父艰。侧身东望涕沾翰。美人赠我金错刀，何以报之英琼瑶。路远莫致倚逍遥，何为怀忧心烦劳。我所思兮在桂林，欲往从之湘水深。……我所思兮在汉阳，欲往从之陇阪长。……我所思兮在雁门，欲往从之雪雰雰……"

"思""失""诗"，这三个字眼，与中国士子持续纠缠五千年。然而，若无如此烦难，人间何其乏味寡淡？这首诗的抒情主人公，思慕对象大约是女子、友人，更可能是明君——中国历代传统文人，均擅于如此婉转表达。

但在五言诗《同声歌》里，张衡摆脱隐喻，纯粹表达男女欢爱，以此缓解时代施加于个人的重负。诗中，新婚女子对夫君万般缠绵："……思为莞蒻席，在下蔽匡床。愿为罗衾帱，在上卫风霜。洒扫清枕席，鞮芬以狄香。……乐莫斯夜乐，没齿焉可忘。"正是这首诗，启发陶渊明作《闲情赋》："愿在衣而为领，承华首之余芳；悲罗襟之宵离，怨秋夜之未央！愿在裳而为带，束窈窕之纤身；嗟温凉之异气，或脱故而服新！……"

当抒情对象回到自然和美人，诗人的修辞充满欢愉，似重获赤子之心。如鲁迅，在《野草》中，仿张衡，戏作《我的失恋》一诗，嘲谑当时失恋诗的盛行："我的所爱在山腰，想去寻她山太高，低头无法泪沾袍。爱人赠我百蝶巾，回她什么：猫头鹰。从此翻脸不理我，不知何故兮使我心惊……"我似乎看见先生写到此处时坏笑的样子。但以猫头鹰回赠百蝶巾，仍是一件重大的事情：鲁迅爱猫头鹰，常在这一种飞禽身上寄托自我——用不愉快的声音，蓦然唤醒沉睡于长夜里的人们。

假设没有孔子、孟子、庄子、屈原、张衡，就没有继之而来的陶渊明、韩愈、柳宗元、欧阳修、苏轼，及至五四运动前后的陈独秀、鲁迅、胡适、刘半农……多么危险！豹尾于后，皆因珠玉在前。但，若没有后世思想者的新言说，那源头性的伟大者，也将失去存在的意义。端赖于汉语这一条长河潺湲复汹涌，民族魂方不至于干涸凋敝。

陶渊明的《归去来兮辞》，与张衡的《归田赋》，主旨、结构、言辞，遥遥呼应。张衡曰："超埃尘以遐逝，与时事乎长辞。"陶渊明曰："实迷途其未远，觉今是而昨非。"张衡曰："极般游之至乐，虽日夕而忘劬。"陶渊明曰："景翳翳以将入，抚孤松而盘桓。"张衡曰:"苟纵心于物外,安知荣辱之所如。"陶渊明曰:"聊乘化以归尽。乐夫天命复奚疑!"……

"归田园",这一题材的开辟者是张衡。此前,关于归隐的表达,文人们尚未找到"田园"这一清新意象作为情感对应物。此后,陶渊明的《归去来兮辞》,抵达完美巅峰,遂终结这一题材的书写。后辈晚生望而兴叹,只能另辟新领域,其实就是面对新沉痛,表达新经验。已经丧失田园的当代人,归不归、归何处、如何归?

张衡有田园在南阳盆地。晚年作《归田赋》,他或许才意识到:最值得依恋、安放身心的美人,依旧是故乡山水间——死在她的怀抱里,永不被拒绝、侮辱、遗弃。

6

"天长地久岁不留,获我所求夫何思。"在《张衡诗文集校注》(上海古籍出版社)中,竖排、繁体的《思玄赋》结尾附注内,这一句,印刷得细小。我一眼捕捉到它,内心一热复一凛。

张衡毕生所求,就是摆脱东汉时代的藩篱与陈腐,类似于他以抒情小赋，摆脱汉大赋的繁复、杂沓、靡丽不振。

七百多年后，唐代韩愈发起古文运动，以野马般的单行散句，反对两匹马并驾齐驱一般的双行整句骈体文，向诸子百家和司马迁们的大度硬朗，回溯。其实，这一文体革命，正肇始于张衡，只不过他浑然不觉罢了，就像一棵开花的树，不知道自己就是一场春风。他仅仅是想让句子自由一点，言辞自在一点，像自由自在的人。文章之觉醒，即人心之觉醒。文体流变，即世风之流变。五四运动一百年之后，民主与科学成为历史潮流，再写那种"古译今"般的"雅致文章"，以陈词滥调模拟前贤风度，虚伪、懒惰、无效——回避大变局中的动荡不安，就是回避自我。以新文风、新言说，思辨并记忆，向后世传递当下消息，一个有责任感的写作者，别无选择。

我已处于中年末端，加速向晚年过渡，自我与时代的种种未知，扑面而来。所幸，能够受惠于墨水上游前贤的倾泻，我就必须作为新支流、新雨水，汇入其中。所幸，我还有南阳可以归去，即便无田园可耕，仍算是有退路和余地可以转圜。在街头或河边低头疾走，即便戴着口罩，仍有故人一眼认出我："你啊，回来了！"所幸，还有母亲生活在这座小城，父亲长眠在北郊独山，使我在晦暗中有灯盏，风浪中有压舱石。

《张衡诗文集校注》收录张衡众多残句:"飞尘增山,雾露助海。""愿言不获,终然永思。"等等。我喜欢。这部书的编者很伤感,找不到这些残句所归属的篇章,像捡起一朵落花,如何辨认它曾经隶属的枝条、树木、山坡和省份?

"不获"与"永思",是古今写作者共通的命运,也可视为每一个人的座右铭:为一种理想的呈现,而穷究不辍、求索不息。

庚子年,在张衡墓前,确认自我并认领命运,勉力以尘埃露水般的文字,为中国文章增山助海。

弦断有谁听

1

南阳卧龙岗，草庐风浩荡。

一处三国古迹，从郊区、野外、边缘处，逐渐进入闹市核心，成为豫、鄂、陕三省交界处这一小城的客厅——最复杂的太阳吊灯，高悬天空这一天花板。客人们自五湖四海慕名而至，兴发思古之幽情。

诸葛亮表象淡泊，志向明确："不为良相，便为良医。"他端坐于卧龙岗，"宁静以致远"，南方与北方，都有这一个忠诚者、智谋者的传奇与祠堂，分身有术。以青铜、檀木或泥土为手臂，在各地武侯祠内挥动鹅毛扇，寒风凛冽亦不止不歇。这一种热烈姿态，让我想起法国加缪的名言："我身上有一个不可战胜的夏天。"

南阳，次第生发出"鸿鹄之志""鸟尽弓藏""羊续悬鱼""望梅止渴""杯弓蛇影""朝秦暮楚"等成语，可见其旧事前情之浩繁无尽。尤其是诸葛亮，用"三顾草庐""鞠躬尽瘁""宁静致远""并驱争先""计日而待""妄自菲薄""不知所云""俭以养德""思贤若渴""志存高远""以柔克刚""视微知著"等成语，为增强汉语表达力，振兴南阳旅游业，做出重大贡献。

卧龙岗上，旅行社彩色三角旗密集飘扬，让泥塑中那一古人，误以为是东风长江上的一面面小军旗。京剧《空城计》中诸葛亮的唱段，作为背景音乐隐隐回荡：

> 我本是卧龙岗上散淡的人，
>
> 凭阴阳如反掌保定乾坤。
>
> 先帝爷下南阳御驾三请，
>
> 算就了汉家业鼎足三分。
>
> 官封到武乡侯执掌帅印，
>
> 东西征南北剿博古通今。
>
> 周文王访姜尚周室大振，

汉诸葛怎比得前辈的先生。

闲无事在敌楼我亮一亮琴音，

面前缺少一个知音的人。

我听见了，客人们听见了，各自体会古老隐痛：面前缺少一个知音的人。

2

孟子言："穷则独善其身，达则兼济天下。"这是历代士子的普遍心志。三国时期，南阳宜穷宜达：群山四合，适合修身养性；道路畅通，利于济世兴邦。

秦代一条"东南方驰道"，西起长安、商洛、荆紫关，途经临湍驿、内乡、镇平、南阳、襄阳，直下江南。唐代，将这一古道改建提速，定名为"东南大道"，确保国家治理的高效和完整性。沿着它，向南方传递一代代北风和兵器，自南方输入丝绸、大米和才子。目前，崭新的沪陕高速公路，大致以"东南大道"为基础，保持自西北而东南的方向感，越过中国版图，向旧悲前欢无限事，致意复致敬。

显然，获得南阳地理的支持，诸葛亮边躬耕边观望天下大势，听见刘备的马嘶和敲门声、进入《三国志》《三国演义》，获得越朝跨代的感染力，可能性才比较大。

时势造英雄，即，时代与地理形势，造就英才豪雄。

公元二三四年，秋，北伐途中，诸葛亮卒于五丈原。元代，王仲文作杂剧《诸葛亮秋风五丈原》，诸葛亮在弥留之际咏叹："越越睡不着，转转添烦恼，我这老病奄奄，秋风迢迢。心焦。"诸葛亮彻底睡着、一梦不醒，爱将黄权率人赴南阳，在刘备三顾草庐处建立"诸葛庵"，以志纪念，像建立驿站与海港，纪念那一去不复返了的马与船。在南阳，野地里的看瓜人、种菜人，把所居住的简易草房，称为"瓜庵""菜庵"。"诸葛庵"，的确像看瓜种菜者的居所一样寒素。后来渐渐演变出一座武侯祠，堂皇正大，与瓜和菜毫无关系。

公元一一三八年八月十四日，岳飞、岳云和牛皋一众将士南下临安。途中遇大雨，在卧龙岗停留一夜。秉烛仰望诸葛亮塑像，岳飞泪下如雨。挥毫走笔，用二十八张宣纸，书写诸葛亮《出师表》，一泄块垒。在最后一张纸末端，写下跋文：

绍兴戊午秋八月望前，过南阳，谒武侯祠，遇雨，遂宿于祠内。更深秉烛，细察壁间昔贤所赞先生文词、诗赋及祠前石刻二表，不觉泪下如雨。是夜，竟不成眠，坐以待旦。道士献茶毕，出纸索字，挥涕走笔，不计工拙，稍舒胸中抑郁耳。岳飞并识。

书毕，大雨悄然而息。那一个展纸索字的道士，凝视"鞠躬尽瘁，死后而已"一句，亦泪下如雨。

"面前缺少一个知音的人"，是历代士子共同的惆怅。当下，抑郁、失眠、自杀一类现象屡屡可见，心理咨询业蓬勃繁荣。有谁能执手促膝、开怀倾诉而不必付费？诸葛亮遇刘备，很愉快。不愉快的岳飞，在南宋、难以为宋的时代，遇南阳大雨和诸葛亮，听前世知音铿铿镪镪之心声，"稍舒胸中抑郁耳"。其后两年，辛弃疾在金人控制的山东呱呱坠地。再成长二十年，他将像岳飞一样向诸葛亮呼喊："赢得生前身后名，可怜白发生。"似回应岳飞之长叹："白首为功名……知音少，弦断有谁听？"

谁听懂了，谁就会进入一代代赤子与知音的阵容，峨峨兮若泰山，洋洋兮若江河。

3

在南宋，悲愤士子处于四顾无人之绝境，于是，对于代表正统的前朝蜀汉，充满共情和代入感。中原，包括南阳，此时陷入金人铁蹄之践踏，酷似东汉陷入曹魏和北朝。

当然，岳飞与辛弃疾，一定没读过《三国演义》。罗贯中在元末明初，才出现在地平线上，述往事，思来者，兴发千古喟叹。岳飞与辛弃疾，一概读过蜀晋交接时期的史学家陈寿所作《三国志》，对死于北伐途中的诸葛亮，认同、共鸣、感慨系之。陈寿《三国志》，文风平实，诸葛亮事迹仅寥寥一小节。至《三国演义》风行坊间，诸葛亮形象才生动繁复、贯穿全书。

一个人的历史，不完全由其自身左右。后人续写复改写，以图听到他更理想的心跳和口音，来慰藉自我。必须在写实中虚构，让一个完美的诸葛亮，作为各代赤子的共同知音。

在西晋与东晋，郭冲的《条亮五事》，首次描绘"空城计"情节；习凿齿的《汉晋春秋》，出现《三国志》所未言及的"七擒孟获"故事；裴启的《语林》，为后世书写诸葛亮，确立一副经典扮相：头戴葛巾，手持鹅毛扇，出行乘素舆，谈笑间樯樯灰飞烟灭。

在唐朝，诸葛亮以忠臣形象，持续呈现于诗人笔端。如罗隐："抛掷南阳为主忧，北征东讨尽良筹。时来天地皆同力，运去英雄不自由。"李白三访南阳，拜谒卧龙岗，在这一前贤身上表达理想中的自我："赤伏起颓运，卧龙得孔明。当其南阳时，陇亩躬自耕。鱼水三顾合，风云四海生。……余亦草间人，颇怀拯物情。"尤其是杜甫，其传世杰作中有关诸葛亮的诗篇，达二十余首，名句有"万古云霄一羽毛""长使英雄泪满襟""遗恨失吞吴"……一个无力返回洛阳的诗人，在长江上，看见诸葛亮的忧寂与雄壮。

历代忧国酸辛者，一概凭借蜀汉与诸葛亮，言志复抒情。尤其在南宋和元，异族侵入，使蜀汉英雄们的北望与北征，成为汉民族卧薪尝胆的精神内援。

宋、元两朝，以三国为题材的戏曲剧本八十余种，包括《桃园结义》《千里独行》《单刀会》《刺董卓》《定中原》《南阳乐》等等。说唱本的《三国志评话》，把诸葛亮描绘为精通道术的神仙，甚至将周瑜主导的赤壁之战，移花接木于诸葛亮，生成"借东风"一类奇异情节。《三国志》中刘备"火烧博望坡"之举，在民间戏曲说唱中，变更为诸葛亮之智功，被罗贯中采纳进《三国演义》。

所谓文学,就是心之所向。一代代作家、戏曲家描叙诸葛亮,日渐偏离史实,如鲁迅所言,"状诸葛之多智而近妖"。

所谓爱,就是偏爱,越爱一个人,这偏离就越发严重、奇幻莫测,惊世骇俗春雷动。

4

博望,位于南阳城以北的方城县境内,一个旅游景区。

在围合于南阳周遭的绵延山脉间,方城,是一个缺口。北风从这一缺口浩荡注入,吹动诸葛亮的羽扇纶巾和连绵烽烟,此形象,浓墨重彩,描绘在景区入口广告牌上。游客徘徊,感受到古老烈火席卷而来的痛感、窒息感、毁灭感。

历史上,兵家必争之地,即民不聊生之处。英雄辈出,必天下大乱、生灵涂炭。曹操执剑挥笔,写下《蒿里行》,描绘函谷关以东地域:"白骨露于野,千里无鸡鸣。生民百遗一,念之断人肠。"连这一盖世枭雄也能肠断魂怵,那场景,何其悲惨!明代谭元春认为,曹操诗歌有"菩萨气",慧眼独具。戏台上,曹操被简化为白脸,关羽红脸,张飞黑脸,让观众对角色的忠、奸、善、恶，一目了然，迅速站稳立场，减去辨别省思的烦难。但人间比戏台更宽阔、惨烈、一言难尽。三国后，唐代安史之乱生发于函谷关，向整个国度蔓延，全国人口顿然减少三分之二，中原尤甚。南阳数度自山西引入移民、鸡鸣和炊烟。每一个人的诞生与善终，都是奇迹。我血缘的上游，大概也多次濒临断流之危境。我赞美凡俗的时代，热爱平庸的生活。

博望之地名，联系一个不寻常的人——汉代博望侯张骞。

公元前一三八年，二十七岁的张骞出使西域，历遭磨难归来，带回西葫芦、大豆、蚕豆、芝麻、蒜、石榴、葡萄、核桃、黄瓜、胡萝卜……种种奇异植物，在华夏落地生根。这一凿空之旅声动朝野，张骞被封为"博望侯"——广博远望之俊才。遂以"博望"，取代封地之原名"宜乐"。后，张骞再度出使西域，归来鬓发飞雪。公元前一一四年卒，葬于陕西汉中。其儿女，在汉中与方城两地，散枝开叶，绵延两千年。

我在博望镇小餐馆里吃锅盔，满口焦香。张骞出使西域途中发明的这种干粮，状似盔甲，可防腐、抵御饥饿。博望镇现有张骞后裔八百余户三千多口人，户户供奉张骞牌位，历古至今。我访问其中一家。房屋正堂贴有巨大红纸，列有世系图——自张骞这一源头潺潺而下，省略难以追溯的广大中游，重点描述下游近几代祖先。世系图两侧，是一副对联："博留受封流芳远，洛巩迁居世泽长。""博"即受封于此地的博望侯张骞，"留"即受封于洛阳巩义的留侯张良。张良系张骞祖辈，故被张骞后裔视为更远的先祖。

这一对联的横批是"张公百忍"。在大漠、孤绝、危厄中，唯忍耐，造就伟大张骞和一条贯通世界的丝绸之路。

张骞出使西域前，在南阳采购自南方源源不断涌来的丝绸、陶瓷、茶叶。白河、唐河与丹江，系南北往来的主要水路，舟船云集，"盛夏水涨，三日夜可抵宛口达汉"（《南阳县志》）。盆地遍布码头、驿站、会馆，异乡商人操持南阳话沟通交易："这事中不中？""中！中！"直到一九〇六年，京汉铁路穿越中原，陆地交通业日益繁荣，水系商业功能委顿。白河、唐河与丹江，风帆高张的美感，桨声欸乃的活泼，湮灭无痕。

当刘备或者说诸葛亮，在博望以大火阻击曹军，恍惚间，能听见四百年前刘邦《大风歌》、三百年前张骞马嘶、一千七百年后火车与飞机的呼啸轰鸣吗？

5

刘、关、张三人骑马，自屯兵之地新野，到南阳卧龙岗，只需一天辰光，就能推开草庐前的栅栏，看见诸葛亮种菜、弹琴、小寐。

草庐所处的那一脉高冈，名为"卧龙岗"——像一条龙，自北部伏牛山蜿蜒南来，至此地，龙头微抬，随即有霏霏细雨含烟拢翠。这一带，小麦、玉米、芝麻的长势，明显好于周边田野。明代，赵均在《金石林时地考》中写道："登其顶可瞰南阳，因势隆然，蜿而起伏，其为隆起之中，故名隆中。"后人自陈寿《三国志》中，摘引刘备三顾诸葛亮时的一番对话，独立成章，名其为《草庐对》或《隆中对》。

晚清重臣左宗棠，一向以"今亮"即"今日诸葛亮"，自命复自励。给同僚写信，落款也是"亮"，可谓"古亮"之知音。曾国藩屡屡言及"诸葛公"。左宗棠征战边疆，常以诸葛兵法为参照，作一著名对联流布四方："文章西汉两司马，经济南阳一卧龙。"民国初，军阀吴佩孚手书《草庐对》，墨迹被刻为三块石碑，立于卧龙岗。一个人，不管被贬或被褒，不管白脸黑脸或红脸，都需要从公众景仰的对象那里，汲取光芒和泉水，建立起自我的正当性，缓解内心的暗淡和干涸。

现代作家老舍凭吊诸葛亮，作长诗《剑北篇》，其中一章《南阳》：

> 卧龙岗下万顷桑麻，卧龙岗上林光如画。
>
> 天色尚早，忙里偷暇，
>
> 到了南阳，还能不瞻仰那隆中对话？

我多方查找老舍来到南阳的年代、行程等资料，无果。相信他到过这一个小盆地，身体或者精神。

秦昭襄王三十五年，即公元前二七二年，灭六国后，"迁不轨之民于南阳"（《史记》），置"南阳郡"。所谓"不轨之民"，即原六国的贵族、望门、商人、匠人，使南阳工商业迅速兴盛。在汉代，成为全国冶铁中心，为后世群雄争霸提供铁的支持，也为悲剧中的血和呜咽，埋下伏笔。目前，南阳主城区有汉冶村、汉冶中学、汉冶路，没有钢铁厂、铁匠铺。汉冶遗址被一道围墙环绕复珍惜，其内，存有热鼓风熔炉、沙钢炉、锻炉等遗存，像前人留下遗言：去成为镰刀收割小麦，不要成为剑戟斩获生命……

当下，中国，割小麦普遍不需要镰刀。收割机奔驰，知道自己身体里的灼热和铁，与汉代南阳存在隐秘关联吗？

南阳郡，地理范围在汉水北、伏牛山南，郡治位于宛城亦即南都、南阳，麦穗青黄相接，养育人民。晚年，在蜀地，诸葛亮挥泪书写《出师表》，北望中原，莽苍苍兮如何归？悲慨万千："臣本布衣，躬耕于南阳……"眼下，卧龙岗，武侯祠内，竖立岳飞墨迹所刻石碑。字里行间，一个鞠躬的身影、白了的少年头、满江的英雄血，汹涌不息。这石碑，像孤傲者的脊椎腰骨，碑文是母亲一笔一笔的刺字，在雨天隐隐作痛。

南北各地武侯祠，以成都武侯祠最为盛大，"中有松柏参天长"。一概复制《出师表》碑刻。但前述跋文、一夜秋雨，使诸葛亮和岳飞，这两位异代知音与南阳，成为命运、情感的共同体。

6

卧龙岗上武侯祠一角，松柏成林，似阐释杜甫诗句："霜皮溜雨四十围，黛色参天二千尺。"松林中，立有"陆军第六十八军一四三师四二九团保卫南阳战役阵亡官兵纪念碑"。一年年，野草漫上碑文，浸染出一派暗绿："……念南阳战役为抗战中最后战史，殉难官兵取义成仁，固虽死犹生……"

从少年，到中年，我多次站在这一石碑前，仰望。它高大、坚毅。松涛满耳，似风樯阵马浩荡而至，系"鞠躬尽瘁，死而后已"这一名句之回响声声。

一九四五年三月至八月下旬，南阳会战自盆地东部打响，向西次第展开，先后覆盖唐河、南阳、镇平、内乡、淅川等广大地域。中国军队先后投入十五万兵力，将七万规模的日军，最终阻挡于盆地西端，使其深入秦岭、进逼西安的野心，破灭了。八月十九日上午，十时，日军在西峡口的马鞍桥投降，南阳会战成为抗日战争史的最后一战。八月二十六日清晨，日军举行焚烧太阳旗仪式，乘卡车离开南阳。车上装载有几百口箱子，装满战死日兵的骨殖。

南阳城区保卫战，则自三月十八日始，至四月一日结束。指挥者是一四三师师长黄樵松。指挥部设立于白河边一酱菜店顶楼，城区尽收眼底。楼下，街道边，一副新制的巨大白茬棺木，写一行黑字"黄樵松之灵柩"，以示与日军血战之决绝，触目惊心。从小西关到玄妙观，巷战激烈，双方刺刀在拼杀中闪烁寒光。日军炮火猛烈射向卧龙岗。清风楼（宁远楼）、半月台等建筑物，大梁断裂，所存典籍被焚毁一空。中国守军以最后一个排的兵力，与数百日兵对峙多天，战至最后一人。草庐屋顶被战火掀开，诸葛亮处于光天化日下、彩色泥塑中，面红耳赤，一动不动。举着太阳旗的日本人低头仓皇走过，不敢斜觑。对这一个中国战神，日本人怀有敬畏之心。

战事结束，道士与村民，将烈士遗体深埋于松林。从此，这里长出一种细碎血色菊花，似乎为暗绿碑文补充腥烈芳香，像输血，一年年试图唤醒英灵。在岳飞挥笔《出师表》的地方，好男儿慷慨赴死，如伯牙，破琴绝弦酬知音。

草庐旁，一展室内，陈列关于卧龙岗的黑白历史照片：墙壁布满深深浅浅、大大小小弹痕，阵雨般，伤痕般，敦促后生我辈，保持失眠、苏醒、起身奔赴的能力。

新时代游客来南阳晃荡，迈出车站、机场，必直奔卧龙岗，访诸葛亮与岳飞之踪迹。读一读廊前檐下《出师表》，自我认知就清醒几分："哎呀呀，我也淡泊，志向不明；我也宁静，到不了远方。"走下卧龙岗，在小餐馆里喝胡辣汤、吃油条，对南阳的理解就入肠入心、五味俱全了。

有诸葛亮、岳飞在南阳，有你、我、他，在中国，谁能说自己"面前缺少一个知音的人"？

小水九月寒

1

眼前这一条河，名字叫"小水"。顺理成章，旁边村庄是小水村。晴日里，小水哗哗啦啦流淌，落雨天则轰轰隆隆成为大水。向西流，与蛇尾河碰头，拥抱着一起向南流，汇入老鹳河，再依次进入丹江、长江、东海，像一个少年，在不断成长、宽阔中，渐趋苍凉。

两脉青山在河边蜿蜒起伏，被称为"双龙"，以前叫"蛇尾"。大概觉得"双龙"比"蛇尾"气象盛大。我还是喜欢"蛇尾"二字，灵动，有魅惑力。尤其是清晨和傍晚，太阳在山梁上细腻镶出一道金边，的确像金蛇狂舞，让我想起成语"虎头蛇尾"——太阳如壮烈虎头，多好；有灵动蛇尾衬托虎头，多好。

小水村，行政关系隶属双龙镇，即从前的"蛇尾人民公社"。镇不大，住满远远近近来采购香菇、猕猴桃、中药材的生意人。街道上，挂满各种商贸公司、旅行社、农家乐、饭店、咖啡馆、茶社、修车店的标牌，霓虹灯闪烁，花花绿绿。附近有龙潭沟、地下河等风景区，河南、陕西、湖北等地车牌，简称"豫""陕""鄂"，充满大路小街，像在证明三省关系密切无间。

朋友开车载我，从西峡县城出发到双龙镇，再到小水村。一条公路与小水相平行，像兄弟，携手并肩越山穿岭，去往太平镇。再远处，进入商洛地界。秦代开辟的"东南快车道"，在唐代更名为"东南大道"，大致上覆盖了朋友开车经过的这段路线，自长安、商洛逶迤而来，经西峡、南阳、襄阳，通向江南。一代代的将士、文人、囚犯、粮食、剑戟、竹简、情仇、生死……持续闪现在身前背后山水间。悲欣交集之地，往往是杰出者萌发生长之土，此乃历史铁律。

二十世纪七十年代，西峡县城汽车站发往太平镇的班车，每天数次途经小水村，停下来，售票员高喊："小水何家，到了！"乘客上上下下，车再开走。这"何家"，指的是从郑州下放到小水村的何南丁家。作家何南丁，笔名"南丁"。西峡人在这里设一站，且冠以"小水何家"之名，是很抒情的事，足见"小水"与"何家"亲密无碍。

一九七〇年十月，三十九岁的南丁，带着妻子左春和女儿何向阳，乘一辆满载书籍和生活用品的卡车，离开锣鼓声声、红旗飘飘的郑州，来伏牛山中生活。这是他第二次下放。历次政治运动中，河南省文联一贯被斥为"庙小妖风大"——几十个文人，全军覆没于风浪中。下放，接受山风吹拂，比享受"妖风"待遇开心，出郑州像一次逃亡。南丁的烟瘾，在山风与"妖风"之间养成。前一次下放，南丁独自到信阳大别山区劳动，唯一根香烟能安抚指尖、释放积郁。一团团烟雾升腾眼前，像山雾，可遮掩部分表情，增强安全感。"风烈则云扬。"他一边抽烟，一边嘟囔。某日，在郑州火车站广场候车，烟瘾乍现，口袋里没烟也没钱。南丁狠狠心，摘下所戴的"上海"牌手表，换了两包"黄金叶"牌香烟，松一口气。

伏牛山中小水村，比大别山农场明媚、温暖，因妻子和女儿陪在身边。生产队长王衍昭喊南丁"何大哥"，听起来像"何大锅"。把三间仓库腾出来，盘大小两个锅台，一个炒菜，一个做饭，南丁就安家了。书多，堆在床头、桌上、地面。王衍昭见状，率村人在仓库边垒砌起一间小书房，让南丁有了写作、看书、独处的地方，"作家"这一身份感，略微得到加固，不至于完全溃散。

一个夜晚，暴雨滂沱。半夜听到金属叮叮当当撞击声，南丁觉得异样。第二天清晨才知道：王衍昭担心山洪冲击何家，半夜里从床上爬起来，喊上副队长陈元亨，用铁锹为何家房基处的雨水改道，使之排泄到河里去。

多年后，何向阳也成为诗人、作家，曾经沿黄河行走数月，写出长篇散文《自巴颜喀拉》。其中，有这一句话："在底层人民的宽厚里安顿自我。"写这句话时，她大约想到小水，想到小水村里一同笑过、哭过、挣扎过的底层人民。

2

南丁爱伏牛山，爱小水，把这里作为寄身存志的家园，做了长久生活下去的打算。没料到，三年后，一九七四年，又被调回省文联，回到疾风骤雨中。在郑州，每每遭遇凉薄、痛愤之人事，南丁眼前就浮现伏牛山、小水，想起最亲近的王衍昭，耳边响起西峡班车售票员高喊"小水何家"的声音，就多了一份安然和定力。

他是有退路的人，用八百里伏牛山作为后援，永远不会绝望。

"小水何家"那一站点，在何家离去后保留多年，好像亲戚走了后，桌上，仍有一碗茶冒着热气，热切等待他回来、坐下、谈天说地话桑麻。何家门前，从石头缝隙里生发几棵檀树，散枝开叶，像张手眺望旧日主人。我来晃荡的这一天，没找到汽车站点，也没看见何家房子。在小水河边立一会儿。几只鹳鸟，高翔或低掠。逆风而起时，缩紧身子，像黑色感叹号！顺风而下，则张扬双翅，像一大团快乐怒放的白花。鹳鸟翅膀下的羽毛是白色的，故，西峡在古代曾名"白羽"，足见本地鹳鸟之纷纷扬扬。

当年，南丁在这条河边出现无数次，看鹳鸟起落，抽烟，想着山内外的事情。幼小的何向阳紧跟父亲，什么也不想，只看河里活泼的鱼。她喜欢吃鱼。

南丁会做农活，割麦子、割稻谷、扬场。扛起装满粮食的麻袋，飞一样奔跑。搬石头筑梯田也手脚灵活。村人喜欢这一个壮劳力："何大哥实诚！自家人！不像大作家，不惜力。"听到这评价，南丁比短篇小说《检验工叶英》在几年前问世后被文学界激赏时还愉快，嘿嘿嘿嘿笑，眼睛细眯得近乎消失，给大家发烟，再擦燃火柴一一点燃。

但南丁不会捕鱼。去蛇尾街买两盒鱼罐头回来："给你两河（盒）的鱼！"向阳听懂了，咯咯咯咯笑。多年后，看见"盒"这一物体，或听见"he"这一发音，向阳都会想到"河"，从小水，到世界上一切河流，潺湲或浩荡于眼前。在童年，在伏牛山，她开始体会修辞的秘密和魅力：以隐喻负载人意，用借代揭示本质。

小水村人善捕鱼，撒网或垂钓，送鱼到何家。何家做了饺子、菜合子等美食，也送到邻家去还情。何家与村人，活成一条河里的鱼群，被流水亲密联结为一体，共同感受天地间的寒暑凉热。

向阳最亲近的同学是大芬。清早，天还黑，大芬提着墨水瓶改成的小油灯、背着书包，来何家窗前，轻声喊："向阳，向阳……"向阳小声回应："来了，来了……"也提着小油灯，吱呀一声拉开门。两个小学生，两盏灯，沿着小水，去一公里外的小学校上早自习。

南丁听见动静，披着上衣，光着脚，迈出门槛，看两个小身影、两点微光，消失在山路拐弯处。天色渐亮，像是由那两盏小油灯的光芒扩张而成。

3

二○一五年，阴历九月，一辆大巴自郑州朝黄河方向开。八十四岁的南丁靠窗坐着，我靠他坐着。同行者还有谢冕、耿占春、王家新、唐晓渡等作家。我们一起去看黄河的中下游分界处——桃花峪。像是去研究如何划分一个人的中年与晚年，以便调整步伐和呼吸。

我多次和南丁相处，在会场，或者在采风路上。一九九八年，河南省作协召开青年诗人研讨会，我、冯杰、蓝蓝、森子、杜涯、扶桑，作为被研讨对象，接受批评与表扬。南丁的发言，我记忆犹新："六个诗人，男孩们在写世界，女孩们在写情感。"那时，我在他眼中还是"男孩"。后来，"黄河诗会"在伏牛山中的荆紫关召开，南丁参加，此地距西峡不远。他喜欢唱歌，一路大声或小声唱着喜欢的歌——"我就是我，是不一样的烟火"，"啊，多么辉煌灿烂的太阳"，"田野小河边，红莓花儿开"……我们跟着应和，一路欢声笑语。南丁像幼儿园园长，像六月，带来儿童节和青蛙叫。

自一九八三年起，南丁担任河南省文联主席、作家协会主席，用一身天真气，维护文学的天然与真实。就职会上，诗人苏金伞很高兴："穆桂英五十三岁挂帅又出征——祝贺南丁！"笑声掌声一片。那一年，南丁虚岁五十三岁，以新发表的短篇小说《旗》，开新时期"反思文学"之先声。渐渐地，他把精力转移到文学组织工作，创办《莽原》，召开作品研讨会，建文学院，选调作家进入作协从事专业创作……短时期内，"文学豫军"这面旗帜，因穆桂英一般的南丁，高扬在新时期中国文学现场。张一弓、李佩甫、田中禾、二月河、周同宾、张宇、杨东明、墨白、孙方友、行者、齐岸青……星辰般相继升起于文坛，光照南北。

某一日，大清早，农民作家乔典运，在西峡坐上长途汽车，过内乡、镇平、南阳、平顶山……他不时捏捏口袋里的信封，还在，就松一口气。那是南丁签发的河南省作家协会邀请函。进郑州，满城灯火，眼花缭乱，乔典运没了方向感。问着，走着，终于找到经七路上的河南省作家协会大院，在招待所住了十多天，修改小说。他说话有些迟缓、结巴，纸上句子就短，句号多。烟瘾也大，一双草绿色旧军鞋，被烟灰烧出几个洞。室内烟雾腾腾。南丁来看他，开玩笑："腾云驾雾了，成仙了！"乔典运嘿嘿嘿嘿："假装……飞起来了！"两个人一起哈哈大笑。半夜写完一篇，心情激动，乔典运去招待所旁边的家属院，敲南丁家的门："南丁，我……想和你聊聊中不中？"南丁笑眯眯披着衣服来开门："中，中，欢迎哩很！"端出酒、花生米，两个人在书房里喝着聊着。从前的旧事，当下的情景，涌上心头眉间，两个人醉醺醺不知不觉到天亮。

自五十年代开始，南丁就成为乔典运的责任编辑，帮他斟酌那些快板书、剧本、小说，改错别字。下放到小水，两人常来往，一同去黄石庵林场里晃荡、散心、说闲话，成为终生好友。后来，乔典运以《满票》《村魂》引爆文坛，两次获得全国优秀短篇小说奖。南丁高兴，组织评论家为其鼓呼："河南出了一个老乔！""鲁迅之后又一个国民性批判者！"

去黄河边的桃花峪游荡这一天，我已离开河南去上海生活多年。南丁看见我依然很亲，像看见一个头发花白的"男孩"。这或许因为一种特殊乡情的存在——我是南阳人，像一条索引、脚注，能让他一下子想起西峡、伏牛山。多年未见面，南丁形象、秉性没有变，坚决不去坐另外一辆体现身份感的高级商务车，与大家拥挤在大巴上。他笑眯眯看我，低声说着正在做的事情：刚出版回忆录《半凋零》，写凋零的友人和自我；正在写《经七路三十四号》，从五十年代河南省文联筹建，一直写到当下，涉及种种纠葛与烦难，有顾虑："好多事情不宜写，也不必写了……"我理解他的厚道与善良。这一个世界，本来就是由许多不为人知的秘密组成的。

经七路三十四号，是河南文艺界的圣殿，也是小社会。刚开始写作的九十年代初期，我曾随友人进入这一大院，无限向往。前院为办公楼，挂满各种协会、杂志社的标牌。后院几排楼房，住满作家、画家、音乐家、戏剧家，琴声与歌声隐约荡漾。院子里有食堂、招待所、澡堂、理发店、图书馆、放映室，充满自足自在的气质。沉浮与忧喜，年年累积叠加，使经七路三十四号成为观察中原沧桑的某种特殊角度。切入这一角度，南丁不乏勇气，更需智慧和慈悲。

说吧，悲伤将因为一系列证词而预警，不再轻易卷土重来。说吧，欢悦也因为各种细节得以确认，不再显得虚幻和恍惚。

二〇一六年冬，南丁因病去世。《经七路三十四号》，一部未完成的遗作，在二〇一七年出版。

父亲去世后，批评家、作家何向阳重回诗人身份，写了大量诗作。大约也与她生过一场病有关。句子短促，不断换行，一首诗的形状像蜡烛，充满被风吹灭的紧迫感。所谓诗，就是

失，对失去的光线和暖意，在字里行间挽留与重建。"我越来越
与那些人们忽略的事物相像。"她这样说着，在喧嚣的时代里，
选择小水一般的边缘处，与那些"忽略的事物"共相并生，从
而获得只有诗人才能体验到的幸福——因充满难度，而面目独
到。在《局部》一诗中，她写下四行惊心动魄的句子：

我更爱一首诗

还未写出的部分

犹如深爱

那站在人群中一直沉默的诗人

4

一九七〇年那一次下放，组织上让南丁选择去向，他说
"南阳"。

一辆卡车摇摇晃晃出郑州，把何家成员拉到卧龙岗下一个
村庄，安家。过一段时间，南丁觉得，这里还是离城区太近。
诸葛亮躬耕地已不适宜躬耕，大街上游行队伍的锣鼓声、口号
声、歌声，声声刺耳。南丁就跑到南阳地委请求："我想去伏牛

山，去西峡，中不中？""中啊，就是艰苦一些啊，深山啊。"一辆卡车，又摇摇晃晃朝南阳盆地边缘处开去。西峡县委提供两个村子，供南丁选择，南丁看中最远处一个村子："小水！小水吧。名字多好。"

与南丁同一时期下放到南阳的作家，还有《朝阳沟》的编剧杨兰春。当时领导号召"县县出鲁迅，村村出郭沫若"，杨兰春把烟头往地上一丢，用脚一拧，嘴角一撇："别说那些'县县出鲁迅'的大话，能把鲁迅文章抄一遍就不简单了！"这姿势、表情、观点，惹怒领导，杨兰春被批判、下放，尚能选择去向，就到南阳方城一个村庄里种地、养羊，偶尔辅导革命文艺宣传队排练节目。

"去南阳"，是南丁和杨兰春的共同选择，因此地处于湖北、陕西、河南三省交界处，充满被忽略的边缘感。离当时发烧的话语中心，远一些，再远一些，有利于知识者独立自主。南丁选择去西峡，尤其如此。南阳最西端的西峡，自身也是小盆地，像大盆子内安放的一个小盆子。群山一重一重环绕，像屏风，一重一重阻挡外部的窥探与叵测。春和景明，夏禾繁茂，秋高气爽，冬天的雪让山岭振拔洁白，这一系列景象，对一个人，都是教育和慰藉。

屈原第一次的流放地"汉北"，就是豫西南这一带。他仗剑行吟丹江边："有鸟自南兮，来集汉北……"侧耳听取渔夫之歌："沧浪之水清兮，可以濯吾缨；沧浪之水浊兮，可以濯吾足。"作《九歌》："魂魄毅兮为鬼雄""绿叶兮素华，芳菲菲兮袭予"。屈原岗上有一座屈原庙，我去看了，塑像屈原满脸萧瑟。庙外有学校，书声琅琅，像山泉哗啦啦流淌："路漫漫其修远兮，吾将上下而求索……"屈原岗下，回车镇，屈原在这里试图拦回楚怀王奔往秦地的马车，"自怀王入秦不反，楚人怜之至今，故楚南公曰'楚虽三户，亡秦必楚'"（司马迁《史记》）。

一块刻有"屈原岗"的清代石碑，立在田野。碑上部，另刻有一行小字——"地以人存"。诚哉斯言。但人以地生，同样是真理和常识，故有"一方水土养一方人"之说。石碑旁，小路边，有一更小的石柱隐现于杂草，用红油漆写着四个字"地下有光"——我明白，杂草埋没了第五个字"缆"，但这样的埋没多美好——地下有光。是的。大地下，充满无穷无尽光辉的事物，从花朵，到前贤，一年年随大风春草涌现，使生者不至于孤穷无望。

南阳西部的人或者说宛西人，祖先为楚人。三户城遗址，目前淹没于南水北调的源头丹江水中。楚国的斧钺、矛戟、编钟等文物，屡屡出土，在西峡、南阳和郑州的博物馆里，散发幽远的光。在西峡，常听到一句楚地流传甚广的俗语"不服周"——不服从于北方那一个周天子。与周为敌，复与秦为敌，不服气，不甘拜下风。

民国时代，西峡出现一个"不服周"的犟人——军阀别廷芳。自一九二八年始，割据西峡、淅川、内乡，推行"宛西自治"，以严苛律条惩治盗窃、抢劫、男女私通等不轨行为，偷一穗玉米就会被处死。发行宛西货币。兴办学校。植树造林。三十年代初，从德国进口西门子发电机，在鹳河上建设水力发电厂，建"西峡口电灯公司"，伏牛山中的电灯比南阳城早亮数年，令来此巡视的民国官员震惊。别廷芳还建立众多枪械厂，扩充地方势力，鼎盛期兵卒规模达十万人之众，令蒋介石头疼、疑虑。这些制造枪炮的钢材，从上海、武汉采购，沿长江、丹江、鹳河，用船运到西峡。枪炮隆隆，为西峡积蓄一批工程师、匠人，使西峡在新中国建立后能够进入猎枪制造、汽车配件制造领域，名动大江南北。五十年代初，西峡就建起外国专家楼，苏联专家和家属们穿着花花绿绿的布拉吉、列宁装，在手风琴伴奏中跳舞，进餐馆指导本地厨师制作罗宋汤、面包……一座山区小城，引领南阳乃至中原新风尚。

别廷芳曾与中共为敌，后又与新四军联手抗日，在"新唐战役"中歼灭日寇数千人。一九四〇年，病亡，年仅五十七岁，入土前眼睛大睁。五年后，一九四五年八月二十二日结束的"西峡口战役"，是载入史册的中日最后一战，在日本宣布投降后又延续七天，可见西峡地理意义之非同寻常。别廷芳非同寻常，冯玉祥称其"怪人大业"。至今，学术界对于别廷芳的"宛西自治史"，仍研究、争论多多。

显然，西峡表里山河，非逍遥避世之桃花源、理想国。正是它的复杂难言，才吸引南丁这样一个观察者、思想者，一次又一次前来。

5

在西峡，南丁创作出一部独特的作品：幻灯片脚本《踏遍青山——八点七五在西峡》，一九七二年秋，为赞颂西峡县电影放映队而作。胶片宽度为八点七五毫米的电影，适合在山区流动放映。

这一年春，西峡县委李书记想起作家南丁，派人来小水村，请他去编写幻灯片脚本，宣传电影放映队事迹。吉普车停在山路边，喇叭按着、响着，梯田里劳动的村人抬头、直起腰，担心、议论着："找何大哥的吧？没啥事吧？"县委干部扯着嗓子喊："何老师！何老师！李书记请您去县委一趟呢！"听这语气，温和，恭敬，村人松一口气。南丁大声回应："唉！唉！来了来了——"对村人们笑着挥挥手："没事没事，去去就回来了……"从梯田走到路边，把高挽的裤腿放下来，采一把树叶擦擦鞋上的泥点，坐进吉普车，绝尘而去。

这是南丁在下放期间第二次参加的、与写作有关的社会活动。

前一次活动，是受蛇尾高中薛校长邀请，为学生们讲一堂写作课。这消息提前传遍西峡，外校学生也远远近近赶来蛇尾。教室小，南丁就站在操场上讲。学生们坐地上，仰着小脸听这位大作家讲高尔基、杜甫，手捏铅笔头，把作业本垫在膝盖上歪歪扭扭记。一个大眼睛女孩，从五十公里外的太平镇搭过路货车来听课。讲课结束，学生们围着南丁，不说话，笑着，看着他。女孩也笑着，看南丁，不说话。南丁弯下腰问女孩："你叫啥名字？""廖华歌。"多年后，廖华歌成为诗人、散文家，还记着南丁那一天在她作业本上的留言："好好写作。"

南丁随着电影队跑遍西峡山水，拍照片，做笔记，构思。深夜，一场电影放映完毕，人们举火把、提马灯，在山路上远远近近星星点点散去，大声唱着笑着，这是他终生难忘的美景。

幻灯片制作很成功，随电影放映队在西峡各个村庄放映。南丁写了主题歌，由县城里长得最俊美的一对男女青年演唱。

在二〇一五年通往黄河的大巴上，我问南丁还会唱那首主题歌吗？他小声哼一段旋律，拍拍头："记不住了。"我笑了，他也笑了。

"在西峡那些年，倒是听见不少民谣，有意思哩很，忘不了。"南丁给我说了几条——

十座大院深宅，一夜只占床宽。

菜里虫，菜里死。肉里虫，肉里死。钻窟窿打洞一辈子，窟窿洞里死。

蟋蟀不敬蚂蚱，一块地里的虫。鸽子不敬鹦鹉，笼挨着笼。

船顺水，帆顺风，顺风顺水一场空。

不跟卖肉的讲价钱，不跟打铁的论短长，不跟卖瓜的争斤两——没刀的人不能没眼量。

　　路再宽，走路靠路边；河再广，下河顺河边。饭桌再大，坐桌坐下边；戏园子再敞亮，看戏靠门边。

　　这是民谣，也是哲学、诗。有抒情，有讽喻，有智慧也有圆滑世故，大彻大悟大哀凉。我赞叹："真好，像咱南阳人的话。"南丁感叹："也是河南人、中国人的话。里面有人性、国民性。西峡出一个乔典运，不偶然，天造地设。"

　　一个作家就是地理与气候的产物，像土特产、地方戏、风情民俗。

　　西峡人与商洛人，往往在太平镇这一两省边界处，围一张桌子，聊天、喝酒、谈生意。商洛人喝醉了，说贾平凹。西峡人兴奋了，谈乔典运。像讨价还价，彼此都有筹码、底线和资源。秦岭与伏牛山紧密相连，各自生发一个小说家，让两地人民皆大欢喜。南丁在一九七〇年选择西峡作为下放地，原因之一，也是乔典运生活于这里。在西峡城郊五里桥，乔典运因写作而从农民变成干部，又因写作而重新成为农民，放牛、受批判，不顺风不顺水。南丁同样避开"顺风顺水一场空"的命运，逆风逆水泅渡，方能够在新时期抵达新彼岸。

除了乔典运，伏牛山还澎湃贡献出猕猴桃、香菇、山茱萸、地黄等果蔬和药材，享誉四方。中药厂、中药作坊、中医院，比比皆是。郑州、洛阳、南阳的人们，纷纷来此地购房养老、租房避暑，寻找长髯白须的老中医诊断、咨询。老中医一边号脉，一边低语："哦……哦……在山里住一段就好了，别操心山外的事，那都是身外事。"像哲学家，像作家，一概说着深刻准确的话。在纸上写药方，酷似写作，直指隐疾病灶。

当然，老中医的字迹都漫漶难辨，似风吹野草莽苍苍。

6

一九七五年，南丁主动请创作假，重回西峡，住在蛇尾人民公社大院读书写作。他恋旧，喜欢回头张望。退藏于密，在伏牛山的秘密里，藏身养神避喧嚣。一条身体的归路，往往是心灵的广大前途。

这次来蛇尾人民公社大院生活半载，南丁是想离小水、王衍昭和那几棵檀树，近一些。

从蛇尾，到小水，路途不远。南丁时常步行到王衍昭家里，喝酒，抽烟，说说儿女，聊聊九月寒——当地出产的这一稻子品种，名闻中原。阴历九月收割，产量低，米很香。类似于低产优秀作家，鄙视高产的商业化、流水线式写作。南丁与王衍昭都话不多。小水在附近哗哗啦啦流淌，话很多，替他们说。偶尔看对方一眼，嘿嘿一笑，都知道对方想到什么，就觉得很好。

八十年代以后，南丁与王衍昭又见过三次面。

一九八五年，西峡县召开文代会，乔典运当选县文联主席，南丁代表省文联到会祝贺。其间，南丁带着妻子左春和女儿向阳重回小水，住王衍昭家里。王衍昭设宴待客，满桌的菜、酒杯，满屋的欢声笑语。南丁眼睛小，笑起来，眼睛就消失在一脸波纹中，像一双小鱼消失在波浪中。正在郑州大学读书的向阳，眼睛大，看到儿时的玩伴大芬已出嫁、抱着孩子来看她，就喜悦而惆怅。

一九九三年，西峡县召开乔典运作品研讨会，名家云集，讨论"乔典运现象"，从乔典运的乡土写作，勘探通往鲁迅"国民性批判"的路径。其间，作家们乘汽车去山里看风景，过小水，南丁下车略停顿，王衍昭外出不在家，只见到他的妻子瑞。次日，会议继续进行，南丁在麦克风前抬头，忽看见一个体态瘦小的农民在门外探头探脑，心里一颤："衍昭啊……"王衍昭五更天上路，步行三十多公里，来县城见何大哥。两双手握着，两双眼睛对看着，还是没有太多言语。抽完一支烟，南丁说："等会儿一块吃午饭，再聊天。"王衍昭说："俺带干粮了，得赶紧回头走了，到家天就擦黑了。"南丁怔怔看着这个兄弟的背影在路口消失，半天没缓过神。

二〇〇八年，南丁来西峡参加笔会，路过小水。已十五年没有见面的王衍昭，白发满头，腰弯了，看见南丁第一句话就是："俺正要卖了牛去郑州看您哩！"他听说左春去世了，就想去郑州安慰何大哥。"瑞也去世了。俺也一个人了。"王衍昭说。南丁点头，看着他，两双手握着。"今年下暴雨，咱们修的大寨田冲毁了，田也老了……"王衍昭一改从前的沉默寡言，一句紧接一句，说不停。南丁点头再点头，看着他："我得走了，衍昭，大家在车上等我哩，不能多说了，以后我再来找你，再说话，好不好？"王衍昭眼巴巴看南丁，点点头，流泪了。南丁眼睛也红了，忍着，伸出双臂想去拥抱。王衍昭显然不习惯这样一种现代抒情方式，就用两只胳膊搋着南丁两只胳膊，情状类似打架。随行摄影记者抢拍下来，照片挂在南丁家里。不久，王衍昭被自己养的那头牛顶撞心脏，去世了。

在通往黄河的那辆大巴上，南丁给我谈起这三次见面，哽咽了。他觉得那头牛听懂王衍昭的话了，知道自己会被卖了变成路费，像受委屈的孩子向父亲撒娇那样，一头撞向主人，不知道轻重分寸。南丁自责："如果我早一点给王衍昭寄点钱，请他到郑州来见我，就不会有这事了吧？靠卖一头牛来见我，他多难啊……"看见南丁有泪光，我也难过起来，扭过头，看窗外。

黄河边，阴历九月寒。南丁与大家一一合影。每次合影都是一种告别、永别。后来，我看到这次聚会的照片上，一只雄鹰恰好在河面掠过，像母亲的一个伟大手势，把老少几代人的来历与前景，都揽在她苍茫的怀抱里。

草木之人

1

在傍晚，进入南阳盆地边缘的西峡县城。

酒店外，电子屏幕上有一行字流动闪烁，像一行鹳鸟翩翩来去："打好乔典运这张文化牌，做好恐龙蛋这篇大文章。"我笑了。乔典运与恐龙蛋并列，为伏牛山与秦岭接壤处的西峡，带来经济腾飞新梦想。

二十世纪八十年代，新时期的春天，农民作家乔典运以《满票》《村魂》等小说，在中国文坛引爆乡土文学的烈焰，两度获全国优秀短篇小说奖。文学界传颂："河南出了一个老乔！鲁迅之后又一个国民性批判者！"林斤澜说："西峡人杰地灵——人杰乔典运，地灵恐龙蛋。"恐龙蛋布满河边山间，村人熟视无睹，把它们像石头一样垒砌为堤坝、院墙。直到九十年代初期，这些伪石头才与恐龙联系在一起，被走私、贩运、研究，甚至成为打通关系、促成交易的礼物，装在设计精美的礼盒里，被南阳人提着走南闯北。西峡建起恐龙博物园，头颅漫长的恐龙模型，吸引游客的钞票、观察、猜想。

目前，"乔典运文学馆"正在建设，用来收藏和展示乔典运的著作、手稿。他的小说语言就是当地土话，句子短，句号多，像沾染着泥土痕迹的恐龙蛋。我在纱网围起来的这一建设工地外，站一会儿，好像看见一个戴着面纱、武功高强的山中侠客。

晚上，当地朋友陪我看西峡县豫剧团演出的《乡醉》，根据乔典运同名短篇小说改编。主人公"木易"，一个新上任的乡党委书记，只能假借酒醉，痛斥官僚主义、推动雪灾救济。可叹，可思。一九九七年二月，乔典运因癌症去世，六十七岁。如果他活在今天，如何书写木易的当下故事，笔下将出现哪些转折、高潮或深渊？一个早逝的作家，与笔下人物一概未完成，而时代在剧变。

舞台上，浓眉大眼的木易，顶风冒雪，独自进山探访农户。他的同事们在乡政府会议室里围着炭火打牌，脸上贴着代表输赢的五颜六色小纸条。木易在山路上边走边唱：

> 多少问题像一块脓早该捅破，
>
> 不捅破，还是老百姓受苦受痛受折磨。
>
> 牛大还有捉牛的人，山险还有青松不挠不折。
>
> 此一番也是上战场，我不前冲谁能信任我？

唱腔高亢，锣鼓铿锵，板胡紧拉慢唱，梆子紧追不放。

豫剧是生发于明朝中后期的河南剧种，在陕西、山东、安徽等省份同样风行。西峡演唱的豫剧，属"豫西调"，也叫"靠山吼"，依靠着伏牛山大吼大唱，适宜演绎《闯幽州》《穆桂英挂帅》《三哭殿》一类悲壮剧目。道具必须真刀真枪，写实，分量沉甸甸，让演员易于获得角色的手感、命运感。开封一带的豫剧，属"豫东调"，寥廓、连绵，像无边无际的豫东平原，道具也轻盈、写意了许多。

木易走在舞台上的伏牛山布景前，高唱"靠山吼"，字字意难平，声声志未休。他挂着的树枝，也是真树枝，绿叶随着锣鼓一步一抖动。

乔典运没来得及看这部豫剧。如果活着，或许能亲自改编自己的小说。他写过剧本、唱词。许多农民出身的作家，比如高晓声、李文元，都有这样的能力。民间戏曲，造就了六十年代前后出现于文坛的作家们的世界观、价值观。新中国注重以戏曲教化人心。河南省文联五十年代创办两本刊物，发表剧本的《群众文艺》，比发表小说、诗歌的《奔流》影响还要大，每期发行量达几十万册。作家南丁曾是《群众文艺》编辑，给乔典运改稿子、写信。收到南丁的信，乔典运就洗净手上的泥巴，小心翼翼撕开，读着，嘿嘿笑……

当下，乔典运多篇小说被西峡人改编为豫剧，在酒店或风景区的小剧场里演出，作为接待来访者的一种礼遇。乔典运真的成为一张牌，被响亮地打在市场经济这一巨大牌桌上。他应该很高兴。比当年作为"牛鬼蛇神"这一种牌，被打在会场上、舞台上，要高兴许多。

2

乔典运似乎一夜成名，在《人民文学》《北京文学》《上海文学》等刊物频频亮相，出入于各种颁奖仪式、研讨会、宴会，接受赞美，就必须及时以土话表达谦卑："我，一个农民，山里人，草木之人。我知道自己能吃几碗饭，大家高抬了，千万不能拿个棒槌当针使，惹笑话。"及时平复周围人士的嫉妒之心，显现出一个西峡人的生存智慧。

"露头的橡子先朽"，是南阳盆地里流传甚广的俗语，其对应的书面语就是"木秀于林，风必摧之"，意即：要从众、平庸，避免因"出类拔萃"，惹来攻讦、雨打风吹、朽败。对人性中的美感与善意，这一俗一雅两句话，都显得缺乏信心。

成名之前大半生，乔典运已经是露头橡子，藏不住了，名扬西峡——

五十年代初期的退伍军人，地主后代，肺结核患者；戴手表高调亮相于田野，拒绝驻村工作队队长对这一手表的艳羡和暗示，继而遭打压；用邻居家学生的旧作业本"翻个身"，当作稿纸，写山歌、剧本、小说，歌唱西峡建设新成就；收到稿费，就请邻居进县城下馆子，接受油漉漉的嘴唇们发出的"大秀才啊大作家啊"一类恭维；作为"牛鬼蛇神"接受批判，结结巴巴自我剖析"拉拢贫下中农"的恶毒动机；从县城下放回乡，喂牛种地；被他人递来的香烟中隐藏的炮仗炸黑嘴巴，呵呵笑，揉揉嘴唇；听革命群众当面研究如何偷生产队粮库，如何炮治（南阳土话，即"惩治"）他；逃亡，在伏牛山中披星戴月，被抓回来继续接受"艺术斗争"：

大会开始了，主持人讲话了。这时，我们大队的造反派把我叫到主席台后边，声色俱厉地问我，你老实不老实？老实。你想死呀想活？想活。想活了你就老老实实听话，你敢别扭一下，今天夜里就打死你。我听话。听话了就告诉你，我们今天夜里同台演出，我们是革命群众。你当反革命。我心里一沉，我这一辈子还没有登台唱过戏，要配合不好演不好，惹革命群众恼火了可不得了。我沉默不语。斗争会开始了，我扛着刘少奇像就主动上台，他们不让扛刘少奇，说，你弯着腰上，偷偷摸摸四下看看再上。我很听话，就从幕布后边溜到前台，弯腰弓脊四下看着。这时从那边幕布后跑出来几个男女民兵，手持钢枪，猫着腰蹿上来抓住我的领子，说，这不是反革命分子乔典运吗？你半夜三更跑出来干啥？剧情就开始了，这个问我是不是想偷，那个问我是不是想抢。这个说我想放火，那个说我想下毒，我的台词只有一个字：是。革命民兵很说了很唱了很控诉了一阵子，派一个民兵下去把"刘少奇"拿上来交给我，叫我抱，叫我扛，叫我亲，然后几个民兵端着枪押着我下了台。原来这叫艺术斗争，我出了几身冷汗。

这一场景，出自乔典运自传体长篇小说《命运》，写于罹患喉癌之后。在患喉癌之前，还患有其他三种癌症，多次躺在郑州、北京的手术台上，"成了癌症专业户了"，他这样自嘲。用遗言般的语调，抓住即将消失的余光，写《命运》，回溯命运：关于一系列非常年代，关于乡村，关于自我。"我照抄生活。"他忍着剧痛写，耳边大约持续回响着一句话："来不及了，快，快，快……"看着实在无力写下去的手稿，张嘴大哭，却发不出一丝声音——喉咙已经被手术刀切除大部分。《命运》这部书，未完成。把一个乡村知识分子的个人史，作为一个国度、一个时代的病理切片，留给后人诊断。一九九八年出版，半部杰作惊天下，是他去世一年后的事情了。

"艺术斗争"，是河南发明的批判方式，让阶级敌人"演出"自己的罪行，让革命者"演出"正义和真理，从而增强斗争的戏剧性和对于观赏者的吸引力。一斑见豹，足以见出"极左"这头斑斓大豹子的凶猛和狡猾。河南，拥有开封、洛阳两座古都，历史上就是离皇城最近的地方，盛产小麦和《诗经》，也盛产臣民和暴徒，京城里传来的声音都能被放大、扭曲到极端，并别出心裁地实践。五十年代"亩产十万斤小麦"的"放卫星"新闻，就出于乔典运所在的人民公社。

观看"艺术斗争"，成了西峡县群众喜欢的一种娱乐方式。"男女老少都来了，看斗争人，是最大的乐趣，因为看到了比自己还不如的猪狗，发现自己比一些人还高一头两头，心里就比喝糖水还甜。"乔典运站在舞台上，偷眼打量舞台下那些脸，从远远近近的山村里跑来的脸，亢奋、麻木与鄙夷汇合而成的脸，就知道自己"演"得不错。

乔典运像露头橡子，在政治风雨中朽了。新时期揭幕，天下太平，终于能够依靠言辞确立自我，却在喉咙这一发声机制上出现病变，毁灭了。命运就是这样意味深长。乔典运自谦为"草木之人"，其实，是一种奢望。每一个人都被时代裹挟，如何能草木一般隐逸避世于野外？"草木有本心，何求美人折！"这是张九龄对唐代草木与草木之人的赞美。乔典运抱持本心否，被美人折取的欲望强烈否？质疑他，其实是质疑我、我们。在上海，我与草木的关系日益疏离，在衣冠楚楚的投机者、老谋深算者、冒险家们中间，活下来，用写作清洗内心。

好在，乔典运拥有一个短暂的晚年，用一系列面目独具的表达，赢得草木般的不朽。

忠实于自己的命运，"述往事，思来者"（司马迁），这是所有伟大写作者的特征。

3

身材瘦高，一张马脸，乔典运笑起来咧着嘴巴，像马上要哭起来。说话有些结巴，就不爱说话，埋头读书、写字。心理学认为，结巴的原因是恐惧，直接联通内心的口语，会带来无法修改的灾祸。患喉癌、动手术后，他沙哑着嗓子嘟囔："这……可好，不用……说话了……"随身带一个小本、一支笔，写几个字，给来医院探望的朋友看，像遗言。

乔典运的一双手尤其小，捏着笔，合适。"我种地不行，身子没劲，只能吃文字饭，这饭也吃得难。"一九八九年秋，《南阳日报》在香严寺召开"白河文学笔会"，乔典运被我和其他朋友簇拥着，一边走，一边闲谈，路边菊花开放。"五十年代，我……写过四句民歌，投稿给《群众文艺》，现在只记得两句：'高高山上一棵槐，两个姐妹采花来。'第一次拿稿费，五元钱，巨款啊，给女儿看病，救了她的命。就……更有劲头写。写了，发表了，加入作家协会了，还能证明自己不是反革命分子，多好。乡亲们信我是个好人了，后来……人家不信了，说作家中也有反党的，是最险恶的反动派，藏得深。我就还是受批判，把一个公社的……批判会，都承包了，其他那些地主富农分子，可高兴了。"大家都笑起来，笑得不太好看。

香严寺位于丹江边，湖北、陕西与河南三省交界处。这是一座唐代名寺，是唐宣宗隐姓埋名、避祸禅修之地，与少林寺、白马寺、相国寺，并称"中原四大名寺"。六十年代，古寺改作一所小学，佛像被红卫兵捣毁。我们来开笔会的那一年，寺内空荡荡，墙上隐约有神仙、云朵在壁画中随风飘荡。晚上，点着油灯，在卡带式录音机伴奏下，朋友们跳舞，假装获得了神仙、云朵一般的飞动感。乔典运站一旁看，一根烟接一根烟抽，笑着，像哭着。"我也跳过舞，忠字舞，对着主席像……跳啊跳啊。我现在一看见跳舞，就想起从前。"乔典运对不会跳舞的我，摇摇头，叹口气，吐一口烟。再叹口气，又吐出一口烟。他右手手指，被烟熏火燎得焦黄，像造假不太成功的金条。

在藏经阁，乔典运给文学青年们讲课。藏经阁没一本经书，空荡荡。一张张小课桌围出巨大"口"字形状，我们围绕"口"字四周，喝茶，吃葵花子，听乔典运说话。"北京有一个大作家，口才好，知识多，会说话，不像我说话……这样难，结结巴巴。他说话，让领导听起来像是在为领导着想，群众听起来像是在……为群众着想，大家听了都高兴。"引发一阵笑声。乔典运面无表情，像冬日里荒凉的山岗。北京那一位"大作家"，也曾被下放，其讲话艺术，实乃被现实训导而成的口腔艺术——用"极左"这把手术刀，改造口腔发声结构。这，也是一种有难度的口腔手术。

《命运》中的一些故事，乔典运在那次笔会上讲过。

当年，全公社数千饥饿的农民集结于河滩，连续四天四夜，相互揭发私藏余粮等不轨行为。揭发方式很新颖：给揭发者戴上红布条，给被揭发者戴上白布条；被揭发者可以因揭发他人而去掉白布条戴上红布条，戴红布条者转瞬因被揭发而戴上白布条。河滩炎热，不断变换着红、白格局的人群，相互推搡、辱骂、呼喊、痛哭、厮打。一个因为在县城会议上"放卫星"却缴纳不出粮食的生产队长，被批斗后，乘人不备上吊于河边杨树，像一颗发射失败了的小卫星，悬停在空中……

疯狂。四天四夜。乔典运在河滩上观察着，颤抖着。因写新闻稿、民歌、剧本而远近闻名，受县委书记器重，他暂时摆脱"牛鬼蛇神"的标签，未戴上布条。他怀疑自己如果戴上白布条，也会加入相互攻击的人群中去，为摆脱白布条的耻辱。

因恐惧被加害而去成为加害者，这样的悲剧，在一个时期内屡屡上演。乔典运曾为了表现进步，揭发老婆偷吃玉米秆，举报姑父对"大跃进"发牢骚，惹来家人亲戚的愤怒和排斥。从此很难再听到真心话——被假话包围，并真诚地写着假话。他在批斗会上扮演的"抱着、扛着、亲着刘少奇"的角色、变形记，我，如果身历其境，也可能去扮演，去变形？

那次"白河文学笔会"，我睡在古寺一侧四合院中的偏房内，想从前的事情。幼年，我也曾目睹忠字舞、锣鼓红旗、被墨汁涂黑面孔的人，惊恐地躲到外婆和母亲身后。我为新时期的到来而庆幸，为自己而庆幸。古寺偏房，大概是从前的僧寮。墙外竹园苍苍茫茫。几十个小佛塔隐藏于竹园里，像壮硕的竹笋，证明春天的存在。

若干年后，独自乘渡轮越丹江，重游香严寺。古寺出现了门票、菩萨、金刚、方丈、小和尚，香火缭绕。乔典运在这个世界上消失多年，我也老了。

4

出入于西峡县文联小院里，喝茶、聊天、下棋、写作，这是乔典运作为著名小说家的八十年代生活。

乔典运喜欢下象棋。一圈破沙发，围绕一小圆桌，桌面有一个用刀子刻出的象棋棋盘。下棋的对手，有县委书记、干部、文人、街坊邻居、乡下来的农民。乔典运蹲在沙发上，看马走日象走田，让卒子过河一去不复返。棋子啪啪响，掌控大局的霸气与豪气，洋溢周身。夏天，傍晚下班回家，乔典运穿一双底子快磨破的拖鞋，手提一捆青菜，与小城街头的农民没什么区别。

某杂志曾经对乔典运做过采访，一问一答——

问："你成功的经验和秘诀是什么？"

答："贫病交困逼出来的。"

问："你喜欢读什么书？"

答："读生活这一本大书。"

问："你最大的嗜好是什么？"

答："吸烟，没有烟去街上捡烟头。"

问："你最大的烦恼是什么？"

答："没本事，不如别人。"

问："你向往什么样的生活？"

答："不冷不饿不受歧视。"

问："你喜欢和什么样的异性相处？"

答："不故作高贵的女人。"

问："你最喜欢的座右铭是什么?"

答："世上从来没有救世主。"

这完全就是一个农民式的回答，不会引用名人名言，说自己的话，朴拙，诚实，充满自嘲和悲慨。

乔典运一直被文学界称为"农民作家"。同样在八十年代成名的江苏作家高晓声，曾下放农村，后回到南京生活，也被称为"农民作家"。这一称谓，证实作家与土地的关系，揭示其文字中草野气息的由来。文坛上，蜡像、木偶、化妆师、吹鼓手一般的写作者，自古比比皆是，草木之人稀缺。

《命运》作为长篇小说出版，其实是一部自画像、忏悔录。乔典运面对自我，辨认出种种的蜡、麻木、粉饰、吹吹打打。"公社稻子长得强，攀着谷穗上天堂。地是竹箩天是仓，收的粮食没处装。"回忆当年这一类作品，他脸红得像伏牛山落日。在一个极端政治化的年代里，高音喇叭响彻小城与山乡，"套红的号外一天发几个，信不信? 信。没有不信这个贱毛病。满脑子都是热情激情，谁有闲心去分真真假假。"乔典运这样写着，手抖动着，稿纸上的字，纷乱得像野草。

从"信"到"疑"，乔典运在八十年代终于成为乔典运。

自谦"草木之人",其实是一种自我召唤:顺应于自然节律,随风霜而青枯荣衰,拒绝再做不自然的人。癌症治疗期间,他牙齿落了好几颗,口无遮拦。疾病带来疼痛,也带来直面绝境的勇气。在《命运》中,他对世相与自我严苛剖析,言无禁忌。

二十世纪六十年代前后,乔典运就因出版小说集《磨盘山上红旗飘》、戏剧集《霞光万道》,告别农民身份,成为《西峡报》记者、县文化局干部。受批判,下放回乡,重新成为农民。七十年代末又有了城市户口,可以吃"商品粮"。在西峡县文联这一小院里,咀嚼生活,反刍记忆,像一头南阳黄牛,无非穿一件米色风衣而已。去北京领取全国优秀短篇小说奖之前,儿女买来这一新衣,乔典运穿上,对镜子一看,嘿嘿笑,"像省城里、北京城里的那些大作家了"。文学界领导想调动乔典运进郑州当专业作家,他拒绝。他把西峡比作"一眼小井",尽管自己是井中之蛙,但看见的天空,和一只海鸟看见的天空肯定不一样,有自己独特的视角和景深。在差异中表达共情,于局限中获得深刻,自故乡抵达世界,这是乔典运带给我的启示。

夏天里,一个巨大的葡萄架,枝叶繁密,葡萄累累结实,让西峡县文联小院生机勃勃。屡屡有狐狸窜行其中。狐狸精们喜欢一边吃葡萄,一边打量人间书生。乔典运停下笔,抽烟,桌子一角用菜盘改成的"烟灰缸"，积满烟头，像一场战役后遍地的弹壳。对着窗外葡萄架发呆，想想《聊斋志异》中的人与鬼，叹息一声，埋头继续书写鬼与人之间的纠葛。

担任县文联主席、县人大副主任后，乔典运有一份在小城里很高的薪水。病中，他笑着像哭着，对儿子调侃："娃呀，好好伺候我，爹多活一个月，就等于……给你多养一头猪啊！"这仍然是农民式的眼光和语言——用猪的价值，来衡量自我和世界的意义。

5

中国文学，在一定意义上就是乡土文学。中国就是一个放大了的乡村，人人是公开或隐秘的农民。即便当下，上海，还有人在豪华小区里悄悄养鸡、种菜，肠胃深处的饥饿感在遗传。农民的宽厚与狭隘、隐忍与暴戾、智慧与愚昧、善良与恶劣、坚毅与软弱、自尊与奴性……以各种比例，隐伏于每个人身上。

一个走出南阳盆地的人，在巴黎或郑州举着咖啡、红酒杯、话筒，那精心设计的手势和语调间，依旧浮动着早年粗陶饭碗中红薯一类食物的糖分和酸楚。

　　乔典运一直吃"胃舒平"，咽喉中时常酸水泛滥，这是年轻时大量食用红薯的后遗症。全家曾经靠啃生红薯，度过半个月辰光。因乔典运是西峡著名的"牛鬼蛇神"，不论县城还是公社的供销社，都不敢卖给他火柴。邻居也不敢从自家灶膛里借一缕火种给他，免得被揭发立场不稳。

　　异常的时代，教育、成就了一个异常的小说家。在一系列小说中，乔典运塑造了各种各样的农民和城乡政治人物。从他笔下，可以看见我、我的父辈乃至一切人——

　　　　三爷在村里又香又臭，说到底是香得流油香极了。年轻人看不起三爷，都拿三爷当玩意玩，常常三三两两去找三爷开心，问三爷："三爷，旱了吧?"三爷就反问："王支书说旱了?"年轻人回他："王支书说了。"三爷又问："王支书咋说?"年轻人说："王支书说旱了。"三爷就看看天，很认真地说："可是旱了，好久没下雨了。"年轻人笑了："哄你哩，王支书说不旱。"三爷就认真地看着地，用棍子戳戳，说："就是嘛，地下还有墒哩。"

　　这是乔典运短篇小说《问天》中的一段。读着读着，我笑了，大约也像哭一样难看。在上海的某一座写字楼里，我觉得自己也像"三爷"，拿一支笔，在公文上戳戳，琢磨着怎样随声附和上司，以便实现个人利益最大化。真实、独到地表达自我，危险，像露头椽子先朽，像高出于林端的秀木被摧毁于暴风骤雨。就这样，在趋同中消弭自我。"虽千万人吾往矣"的英特迈往者，何在？乔典运用寓言、杂文的方式写小说，让每个人代入并自省，以有锋芒的嘲谑、有温度的悲悯，献给在乡土与市井中精神垂危的人们——这是一种源于鲁迅，途经萧红、张天翼、沙汀，在乔典运、高晓声身上澎湃延续下来的现代文学传统，有断流的危险吗？

　　乔典运小说，使我想起契诃夫的《套中人》《小公务员之死》。比如，《冷惊》中，王老五家菜园里的韭菜被人割了，就满村高声大骂小偷，后来得知是被村支书老婆所割，就后悔、害怕、冷惊，一再跑去向村支书赔礼道歉，自觉要求村支书整他一番。村支书没有整，王老五越发疑神疑鬼，几乎神经错乱。村支书只好整他一番。王老五神经霍然恢复正常——正常了吗？我苦笑。乔典运爱契诃夫，笔下的小人物，像说西峡土话的俄罗斯人。高尔基爱契诃夫，认为他像是站在路边对笔下人物呼吁："你们可不能再这样活下去了！"也像乔典运站在西峡对小说内外的人物们呼吁。

在中国作家塑造的人物形象序列里，高晓声贡献了"陈奂生""李顺大"，乔典运贡献了"三爷""木易""王老五"及其他，都没有辜负所承受的苦难与光荣。

西峡，历史上属楚国，南水北调的源头丹江就在这里，水面下，是屈原《国殇》中咏颂的古战场。屈原也曾流放于此地，写下《天问》。乔典运写《问天》这篇小说时，应该想到了屈原。天问亦即问天，问万物四季与世道人心，而答案，被一代又一代书写者用笔墨追寻。

在《天问》中，屈原问了许多关于神话和庙堂的事。我最喜欢的句子如下："苍鸟群飞，孰使萃之?""薄暮雷电，归何忧?""日月安属，列星安陈?"完全契合伏牛山中的风景人意。鹳河上的鹳鸟，团结群飞，因流水生动，鱼群活泼。暮色里，隐隐约约闪烁的雷电，预告山雨将至、五谷丰登，让异乡归来者不必忧愁。日与月，确立寒暑盈亏的规律，陈列于天空的星辰，照拂大地上的人们。

曾被视为不吉利的扫帚星，众人避之唯恐不及，后又成为西峡乃至南阳、中原引以为荣的文曲星——乔典运，星光灿烂，从坟墓深远处，向人间源源不断散发出草木般的葳蕤光线。

母亲与故乡

1

一九四九年，在广州乘船去台湾时，王庆麟十七岁。溃败中的国民党开足宣传机器，把台湾塑造成天堂般的地方，招徕才俊。众多南阳少年吃了一碗红烧肉，就报名参军，越海而去不复返。像余光中、周梦蝶、洛夫们一样，在海峡对岸，王庆麟被乡愁催生成为著名诗人"痖弦"。

八十年代起，海峡对岸的老兵，能够回到阔别数十载的大陆探亲了。其中，一个当初提油桶上街买油的少年，被抓壮丁去台湾，此时白发苍苍还乡，仍提着那一桶油，在从前的街口徘徊，遇不见一个亲人。痖弦回到南阳市郊的杨庄营，母亲已入土。他让陪着上坟的亲邻走开，独自面对一座荒坟，坐了一下午。

　　按照记忆，他在杨庄营重建出生时的那座房子。站在新落成的"旧宅"前，看不见从中走出一个母亲，痖弦笑着，泪流满面。当年，母亲拐着一双小脚，赶到南阳中学送别，用毛巾裹着油烙馍塞到儿子手里。少年王庆麟觉得在同学面前很丢脸，一手推开："弄啥哩，弄啥哩！"他觉得这不过是一次旅行、一次小别。看儿子与同学挤满军车，朝南方绝尘而去，母亲号啕大哭。临终，让邻家侄媳传话给儿子："你年轻，早晚会看见他回来，就给他说，娘是想他想死的呀……"

　　"我自己的文学有两个源泉：一个是母亲，一个就是故乡。故乡就是母亲，母亲就是故乡。"这是痖弦创作谈。母亲死了，故乡南阳成为一个温暖替身，怀抱痛悔交加的游子，从少年，到暮年。他给自己另起过一个名字"肖梦白"。母亲姓肖。

　　不仅仅是痖弦，对于另一个南阳籍台湾诗人周梦蝶，乃至任何人而言，地理意义上的故乡，都难以返回。从前的山水城阙、世故人情，被崭新的建筑学、经济学、政治社会学，雨打风吹去。所谓故乡，就是亡故了的家乡，只能在记忆里、美梦中，独自重建，面目各异。

　　在台湾，痖弦屡屡梦见少年读书时居住过的左营，夜夜恍惚出北关，却总是走不到家门前，在一阵焦灼中醒来，枕头湿了大半。终于站在当代南阳街头，觉自己仍是异乡人：北关已消失，通往左营的一条旧路上耸立起楼盘。民国时代，南阳老城区有八十一巷：通贤街、通书街、邮驿街、进元街、长春街、奎楼街、景穆街、良贾街、湆滨街、豆腐街、银钉街、寨河沟、城河沿、武庙坑、老盐店、新夹道、狮子坑、小仓坑……它们在新版《南阳城区地图》中渺无痕迹。次第出现的人民路、车站路、工业路、建设路、文化路等名字，抽象、生硬、大而无当，丧失了细节与意象中的市井烟火气。

丧失得多么迅疾，写作就多么必要、重大。

2

在台湾，少年王庆麟埋头挖战壕，防备来袭。此时期，海峡彼岸，福建南日岛上，少年谢冕也正埋头挖战壕，防备国军反攻大陆。多年后，诗歌评论家、北京大学教授谢冕访台湾，诗人痖弦陪同。站在一所大学的榕树下，痖弦指着旧日战壕位置，忆往事，叙当下，两人搂着肩膀哈哈大笑。

"痖弦"这一笔名，来自某日台北街头传来的二胡声。沙哑，悲伤。王庆麟身心为之一颤、喉头一哽，像"痖了的琴弦"。想起母亲的小脚和油烙馍，他哭了。开始写作，把一张白纸写得群山四合、水穷云起。

痖弦诗歌中的乡愁意象，一概来自南阳盆地。不论是《盐》："二嬷嬷压根儿也没见过陀思妥耶夫斯基。春天她只叫着一句话：盐呀，盐呀，给我一把盐呀！天使们就在榆树上歌唱。那年豌豆差不多完全没有开花。"还是《红玉米》："宣统那年的风吹着……"还是《如歌的行板》："观音在远远的山上，罂粟在罂粟的田里。"以及《斑鸠》："女孩子们滚着铜环，斑鸠在远方唱着。"以及《秋歌》："歌人留下破碎的琴韵，在北方幽幽的寺院。"以及《一般之歌》："河在桥墩下打了个美丽的结又去远了……"

当下，南阳盆地正处于剧变中——

不再缺盐，榆树继续生长。没见过陀思妥耶夫斯基的人，依然很多。红玉米因市场价值低而稀见，在个别地域小规模生长，或许仅出于种植者的美学需要。民国时代的课本、校钟、戒尺，一概冷了，进入南阳博物馆，与汉代画像石、陶猪、陶狗、古碑、古玉饰品一起，表达这一地域的历史底蕴。"表姊的驴儿就拴在桑树下面"，供游客们骑上去，拍照。驴很郁闷，对先辈们曾经介入的交通运输业、农事活动，很陌生。汽车、联合收割机，在公路上和田野里放肆奔跑，拒绝吃青草、发情、交配。被禁的罂粟花，在新一代性感女子的腰肢中，隐秘怒放……

幸而观音依旧，端坐在盆地四周的群山上、寺庙里，佑护离乱兴废的世界。幸而，春鸠鸣不停。幸而白河、湍河、唐河，这些盆地里的河流无穷尽，保持了在桥墩处打结的古老手艺，波纹细腻动人，如绫罗绸缎。幸而，五月，每年仍能来南阳一次。

需要一部分永恒不变的景象和节律，让后人与祖先，互通款曲、彼此认领，而不至于孤绝无望。

3

到台湾后，痖弦最早认识的爱诗者，是同在军队中服役的湖南衡阳人洛夫、安徽无为人张默。军营所在地名字，竟也叫"左营"。三人一同读书、写作，彼此点评诗稿，建立"创世纪"诗社，创办同名诗刊。印刷、发行经费紧缺，就各自把保暖的军毯等用品，拿到当铺去。这一诗社，与纪弦、郑愁予、羊令野的"现代派"，余光中、周梦蝶、向明的"蓝星诗社"，形成

162

台湾诗坛三足鼎立之格局，共同影响中国现代诗歌面貌。

晚年，痖弦与洛夫都移居加拿大，两家距离是二十分钟的车程。二〇一六年，洛夫返回台湾定居，两年后去世。"衡阳雁去无留意。"

洛夫有一首诗《血的再版》，写给在湖南苦苦眺望台湾的母亲，试图"攀着脐带爬行到生命的起点"。当然，这首诗，也可献给在南阳苦苦眺望台湾的痖弦母亲、周梦蝶母亲。当然，也是写给所有母亲集结而成的故乡。"你那暖如一盆炭火的拥抱，才会使我深深感知，取暖的最好方式就是回家。"

我更喜欢他的另一首诗《边界望乡》：

说着说着
我们就到了落马洲

雾正升起，我们在茫然中勒马四顾
手掌开始生汗
望远镜中扩大数十倍的乡愁
乱如风中的散发
当距离调整到令人心跳的程度

一座远山迎面飞来

把我撞成了

严重的内伤

"乱如风中的散发"，依然是母亲白发凌乱飞动的肖像。

另一位台湾诗人余光中，有代表作《乡愁》，从"一枚小小的邮票""一张窄窄的船票""一方矮矮的坟墓"，到最后，将乡愁放大成为"一湾浅浅的海峡"。两岸隔绝数十年，是中国历史上没有过的痛创。诗，就是丧失、失败、失魂落魄。八十年代，洛夫终于回到大陆，面对祖坟，像余光中诗句那样："我在外头，母亲在里头。"

一代又一代诗人，都是内伤严重、望乡、丧失母亲的人。书桌边缘就是边界线，雾正升起，可望而不可即。

洛夫把自己的寓所命名为"雪楼"。处于亚热带的台湾，终年无雪。显然，这楼上的雪，只能是湖南大雪，落在梦境和笔尖。他诗中写了大量的"雪意象"。其中，有三本诗集的名字与雪有关：《葬我于雪》《雪崩》《雪落无声》。

痖弦爱这位长自己四岁的好友同道。他说洛夫是"高龄产妇"，诗作数量巨大；自己则是"早年结扎"。一个诗人不必再怀孕悲伤、生产痛苦，也罢。

洛夫自加拿大回台湾前，与痖弦话别，彼此嘱托叮咛。看着洛夫背影，痖弦哭了。

4

痖弦半弯下腰，用右臂紧搂周梦蝶。周梦蝶戴着绒线帽子，坐在藤椅上，左手也紧紧抓着痖弦臂膀。两人一同面对镜头。身后是小窗子，树木浓荫，使窗子明一半、黯淡一半。靠窗书桌上，摆有砚台、毛笔、一叠纸。两个小书架立在墙角，就是周梦蝶所言"孤独国"的边境线？

痖弦："这些天老是萦记梦公，见了，就心安了。"

周梦蝶："别萦记。俺也算行到水穷处了，水还在，穷还在。"

两个人都嘿嘿笑，有些苦涩。

痖弦："最近回南阳，家乡人稀罕您、念叨您，盼您回老家走走看看。"

周梦蝶："你写过'死去的人不再东张西望'，俺是将死未死之人，还能东张西望？"

痖弦："能，咱俩一起回老家东张西望。"

两个人都嘿嘿笑。窗外沙沙沙沙有了响声。

周梦蝶抬头看看暗下来的窗子："又梦僧雨了，天擦黑了，回去路上当心。"

痖弦："放心，又不是寥天地。咱俩一起去吃碗芝麻叶面条吧，俺看见一个河南餐馆。"

周梦蝶点点头，没吭声，木雕一般。

面对痖弦与周梦蝶的一张黑白合影照，我猜想着，写下这一场景和对话。是虚构的，也是真实的。类似于周梦蝶梦中的蝴蝶，是虚构的，也是真实的，足可安慰一生一世。我，一个南阳后生，试图以想象力，来到两个同乡前贤相聚晤谈的现场。周梦蝶寓所外，新店溪奔流，像他老家淅川县境内的丹江，日夜奔流。

在同一时期，南阳为现代中国贡献出两位重要诗人，是一个奇迹。其原因，正是痖弦所说的"母亲与故乡"。

南阳属于楚汉文化冲突与交汇处。丹江下，就是屈原《国殇》所叙之古战场，也暗藏欧阳修幼年借居读书的龙巢寺。汉代后，南阳成为重要都城，士子辈出。历次改朝换代，长安、洛阳、开封的世家男女，纷纷来盆地避难求生。抗战期间，周梦蝶亦即周起述就读的开封师范学校等大中院校，纷纷自开封搬迁至伏牛山，使南阳文脉得以赓续壮大。南阳话，似俗实雅，大约是宫廷书面语流落民间后演变而成。周梦蝶和痖弦面对面，自然说南阳话。其中，"萦记"，萦绕于内心的挂记；"稀罕"，因稀无、罕见而喜爱；"念叨"，想念一个人就会唠唠叨叨；"梦僧雨"，细雨，像僧人梦见的雨，或者说可以用来梦见僧人和禅寺的一种雨；"天擦黑"，天空被油漆匠擦上一层黑色，傍晚了；"寥天地"，寥廓野外……

我选择紫色

我选择早睡早起早出早归

我选择冷粥，破砚，晴窗：忙人之所闲而闲人之所忙。

……

我选择读其书诵其诗，而不必识其人。

我选择不妨有佳篇而无佳句。

我选择好风如水，有不速之客一人来。

我选择轴心，而不漠视旋转。

我选择春江水暖，竹外桃花三两枝。

我选择渐行渐远，渐与夕阳山外山为一，

而未曾偏离足下一毫末。

我选择电话亭：多少是非恩怨，虽经于耳，

不入于心。

……

我选择持箸挥毫捉刀与亲友言别时互握而外，

都使用左手。

我选择元宵有雪，中秋无月；情人百年三万六千日，

只六千日好合。

我选择寂静。铿然！如一毫秋蚊之睫之坠落，

万方皆惊。

……

我选择不选择。

  这是周梦蝶代表作《我选择》。在纪录片《化城再来人》中，我看他一手抚下巴，一手握着作为手杖的、折叠的长柄雨伞，兀自背诵。我尝试用大陆普通话朗诵这首诗，效果大打折扣。像他那样用南阳土话再念一遍，内心就仿佛喝过冷粥，仿佛晴窗下的破砚，有阳光一针一线，填补那隐隐作痛的裂缝。南阳土话，就是东汉、北宋时期的官话，宜用来断交、诀别、传令。语调沉痛而决绝，似有一把板胡、一只梆子、一面鼓，在

隐约伴奏，嘶哑、急促、隐忍。

痖弦能说字正腔圆的普通话、流畅的英语。周梦蝶则无论何时何地，只说南阳土话。一口蒸腾着土腥气的乡音，狷介孤绝如其性情。用土话，维系与故土的隐秘关联和记忆？他随身装着纸条、笔。对方若听不懂南阳话，他就掏纸条和笔，写出来，辅助说明语意。选择难懂的土语，就是选择一条冷僻的土路。会有三两蝴蝶，从路那一端飞来、从庄子时代飞来，让孤寂的人迎上去，喜悦万千。

土话、蝴蝶和笔，支持周梦蝶把孤岛上的生活过下去。

5

与少年王庆麟亦即痖弦在同一年离开南阳时，周起述二十八岁，有了儿子和女儿。妻子拉着他的手哭泣、挽留，母亲则笑着说："好男儿，走天涯，去吧，儿啊……"转过头去，身体颤抖如骤雨中的树。周起述这一去，果然是海角天涯。母亲与妻子，相继在隔海眺望中死去。

周起述在武汉改名"周梦蝶"，乘船越海服役。那是一支糊涂的军队，高唱"向前，向前，向前——我们的队伍向太阳"，后来发现竟是解放军的军歌，才不唱了。因身体瘦弱，退伍，周梦蝶做过茶馆雇员、守墓人。自一九五九年起，在武昌街摆书摊谋生。书摊高三尺七寸，宽二尺五寸，最多可放四百二十一本书——这就是他诗中吟诵的"孤独国"。晚上收摊，走出孤独国，在旁边茶叶店内打地铺过夜。每天挣够三十台币，能维持最低水准的生活，足以思考、写诗、坐禅。把街头而非寺庙作为禅修地，多么难，就多么动人。"忧喜心忘便是禅"，心忘忧喜多么难，就写诗，参禅度己。

与痖弦拥有稍微热闹的处境相比，周梦蝶的孤寒浓重几分。与圆融、豁达、当过演员和电台台长的痖弦相比，周梦蝶羞涩孤单了几分，沉默寡言。和女子聊天时很愉快，会用诗意的话，细声赞美其衣着风致。喜欢参加婚礼，有鲜艳女子可看、可赞美，仅仅是小心翼翼看、小心翼翼赞美而已，不逾矩。一个男子，瘦弱得像一阵凉风，在婚礼和女子们的美好中，取暖。他有一个铁盒子，装满女子照片、信件、卡片。有来客追问其情事，他就把铁盒子拿出来，翻检着，沉默着。再追问："爱过谁？爱到什么程度？"周梦蝶就笑着，叹息着："我理想中的爱人嘛，是观音啊。"观音不会下嫁人间。周梦蝶也就只能独身。

书摊边，常有漂亮女子围着他，倾诉烦难。周梦蝶就用南阳话慢慢宽解，语调温暖。女子脸色渐渐明媚起来，似云过雨收。"那时，我读辅仁大学，在重庆南路下车后，总绕路去明星咖啡馆买糕点，站在骑楼下吃，为的是偷看那些围在周公书摊旁边的女孩子。"纪录片《化城再来人》的导演陈传兴，回忆早年"偷看"场景，笑了。这一纪录片中，台北明星咖啡馆内，周梦蝶坐在曾经与女子相会时所坐的老位置上，怀念着，吟诵着：

> 若欲相见，只须于悄无人处呼名，乃至
> 只须于心头一跳一热，微微
> 微微微微一热一跳一热。

他哭了。像孩子一样哭了。坐在上海小客厅里，面对纪录片中这一场景，我也泪流满面，像一个客人，面对这无主无助的世界。

周梦蝶的旧书摊对面，是明星咖啡馆，一九四九年自上海迁来，老板是白俄贵族。蒋经国夫人蒋方良，喜欢来品尝俄罗斯方糖。因周梦蝶在此端坐、修禅，明星咖啡馆成为台北文艺地标，作家、艺术家往往来此聚会。周梦蝶看见好友来，就起身进咖啡馆对坐聊天。街边的书摊依旧敞开，路过的人站下来，翻翻书，在纸盒里随意扔几块钱，拿着书走了。天南地北的游客，来咖啡馆徘徊，寻找周梦蝶坐过的位置，听店员讲他"一杯咖啡放八块方糖"的往事，就感叹："诗人的苦涩多严重啊！"

周梦蝶有五件厚薄不等的长袍，随天气变化，次第在身，妥帖得很。似云霞之于青山，如溪水之于白石，妥帖得很。他的身体，配得上一件古风长袍。冬天里，厚长袍里面不穿衬衫，直接挨着身，这是旧时代南阳人的习惯。五十九岁那年，做手术，胃被割去四分之三，体重迅疾下降到三十七公斤。那长袍都不合身了。头颅显得更大，眼睛依旧明亮像少年。遇友人家小孩，会弯下腰，用全部力量去握手，小孩痛得咧开嘴，他也没有察觉。他有爱，不会敷衍潦草地对待这个世界。

他吃米饭时很慢，一粒一粒吃。只选一碟花生下饭，其他菜肴看都不看。全程沉默。痖弦或其他友人吃罢，看着，等着。他吃完了才轻声解释："若不这样慢慢吃，我咋知道，这一粒米与下一粒米的滋味，有啥不同？"像创作谈：若不这样慢慢斟酌，咋知道这一个字与下一个字的滋味，有啥不同？"人则一朝而三分为托钵僧、七分为寄生蟹矣。"这是周梦蝶小传中自己写的话，也是自画像：托着墨水瓶这一小钵，寄生于砚台。痖弦对友人感叹：时间越久，周梦蝶在中国诗学上的地位会越高，"因为，只有一个周梦蝶，空前绝后"。

周梦蝶诗作数量不多。苦吟，像孟郊和贾岛一样寒冷、瘦削。有一首诗，周梦蝶想了、写了四十年，就是《好雪，片片不落别处》。在老得捏不紧笔时，终于写出来，十行。高兴得很。在《无题》中，他写到雨："每一滴雨，都滴在它本来想要滴的所在。"让我蓦然想起南阳俗语："屋檐滴水点点照。"他是好雪好雨，落在、滴在纸上，一张纸就成了故乡。

晚年，周梦蝶梦中得到七言二十八字："也无门户也无墙，风自翩翩水自香。晓来觅句五峰顶，霜林一抹为谁黄？"醒来，忙展纸记下。"五峰"即五峰山，位于周梦蝶寓所后面，青苍苍，酷似故乡伏牛山的一个纪念品。纪录片《化城再来人》中，有一场景：周梦蝶裸体进入澡堂池水中，热气浮动如大雾；动作缓慢艰难，瘦骨嶙峋，像一叶漏洞百出的秋荷——"秋阴不散霜飞晚，留得枯荷听雨声"。一生的雨，台北的雨、武汉的雨、南阳的雨，打在这一游子身上，平平仄仄仄平平。在雾气腾腾的澡堂里，他或许能想起童年时代，裸体进入故乡的炙热荷塘……

人在船上，船在水上，水在无尽上

无尽在，无尽在我刹那生灭的悲喜上

是水负载着船和我行走？

抑是我行走，负载着船和水？

周梦蝶的这些句子，写台湾新店溪，还是写南阳丹江？我不知道。但我知道，这是人间的船、水、负载，悲喜生灭无尽在。

二〇一四年五月，九十四岁的周梦蝶去世。那一天，我刚好在丹江边，与一群同学聚会。巧合。遂确信，我就是周梦蝶相识而晚生的再来的人，替他还乡，辨认春秋战场的马嘶阵阵、唐代寺庙的霜钟声声。

"寒烟外，低回明灭：谁家的牡丹灯笼？"先生这样问。我回答：是南阳五月的牡丹，为一切亡灵生灵，照亮回家的路。

6

二〇一九年，《痖弦回忆录》由江苏凤凰文艺出版社推出。从对南阳和童年的回忆开始叙述，再到从军、渡海、写作、主编《联合报》文学副刊，等等。

自然，我对这部书的开卷部分，尤感亲切。痖弦以口语方言，像大风卷黄土，让故乡扑面而至：

> 河南是非常苦难的，河南比其他省份更像中国。河南人非常老实，安土重迁，河南人一切都是家里最重要，出了门都跟假的一样，回家才是真的。国军中，河南人在部队里很少当到连长以上的——因为家里没饭吃出来当兵，等到家里稍稍好一点就回家了。……湖南就不一样，湖南人出来都是大官。曾国藩时代有湘军，湘军的基础一直到我退役之前还在台湾的军中存在。……我们河南人呢，出来以后好不容易熬到班长、排长，等到家里旱灾过去了、蝗虫过去了，就回去了。过几年又闹灾荒，又出来从大头兵干起，一直上不去。抗战胜利后，河南的乡绅和一些知识分子组织一个请愿团去中央哭诉，说不要再课河南人太高的田税，因为河南人太苦了。

读到这里，我苦笑。自古，中原就是兵家必争之地，多灾多难多顺民，大部分人的最高理想，就是"三十亩地一头牛，老婆孩子热炕头"。新时代中原人，东南西北走天下，骨子里仍旧有泥土清香和牛叫缭绕，竞争、攻伐、独霸天下的野心，不大。喜欢说一个"中"字。它既是地理意义上的中，即中原之中、中国之中，更是一种价值观和方法论：不偏不倚，不剑走偏锋，允执厥中。尽管我也走出了中原，同样"跟假的一样"，时时在上海回头张望，似在寻找一条退路。但我又能退到哪里去呢？

晚年，痖弦自台湾移居加拿大，为了长期患肺病的妻子张桥桥，能有一个空气清新的环境。他设计的寓所，看起来像繁体的"桥"字，故名"桥园"。他在妻子身上发现一个故乡，栖息于此，爱之弥深，呼其"我的林黛玉"。林黛玉们总是轻轻咳血，表达忧郁和美。二○○五年，张桥桥去世。痖弦常坐在书桌前，抚摸早年情书，低头抽泣。一个老人，洒脱、宽和，如弥勒佛，一旦抽泣，更显得惊心动魄。

张桥桥在日记中这样回忆恋爱中的痖弦：

那时，他常来找我，但我想我是决不会嫁他的。他既不高也不瘦（我喜欢高瘦子），并且有许多女朋友，在我看来是个"坏人"。但那年他过三十岁生日，我带了一束桂花和蛋糕去看他，他好高兴，临时约了几个朋友来喝酒庆祝。切蛋糕时，他站在那儿直笑，两个门牙长长的，好傻，完全不是我平日看到他的那种样子。还有一次，我们在月光下散步，他看着月亮……慢慢哼起来，声音低沉而优美，歌声全变成他对故乡和母亲的呼唤，听得我的心紧紧地抽起来。侧脸望他，也正有泪自眼眶滚落，透过松针的月亮在泪中碎成千百个。

就是这月光和泪水，让张桥桥爱上一个体形不太理想的诗人，爱上丈夫那关于中原的乡愁。

在回忆录里，痖弦这样说："我很庆幸，我保留了对母亲、故乡清晰的记忆，让我在八十多岁还能一闭眼睛就'回到'故乡，听到鸟叫声，闻到麦田的清香。""加拿大是大山大水，但是山都没有线条，是物质的山，不是精神的山。"观察异国山川森林时，痖弦也在对比着，沉思着，伏牛山的蜿蜒与茫茫，浮现眼前……

王国维在《人间词话》中说："天以百凶成就一词人。"但，故乡的天，也以万般美好成就一诗人。

痖弦给两个女儿起名"小米""小豆"，这也是南阳两种主要农作物的名字。小米就是黄谷子，小豆就是绿豆，在秋天里成熟、入仓，穿过火焰和肠胃，转化为人性和悲喜忧欢。

他对小米说："我这一生是失败的。"小米答："没有比失败的一生更像一首诗了。"

7

痖弦的诗龄，到一九六五年为止，后致力文学编辑出版事业，主编《联合报》文学副刊、《幼狮文艺》。不写诗，能稍稍快乐一些？新丧失、新失败、新的失魂落魄，让新生代诗人席慕蓉、蒋勋等，接力体会、表达吧。痖弦引导他们，如何在诗中得到救赎、慰藉，而不至于倾覆。以有限的诗作，立足于现代中国诗坛，痖弦这样的例子不多。他赞赏惠特曼终生七度修订《草叶集》的做法，反复删改、再版一部《痖弦诗集》。我手中，是广西师范大学出版社二〇一六年的版本。

在痖弦诗歌中，"呀""啊"一类叹词很多，并通过句子重叠、对偶等手法，使其作品充满音乐性、节奏感——

谁在远方哭泣呀

为什么那么伤心呀

骑上金马看看去

那是昔日

谁在远方哭泣呀

为什么那么伤心呀

骑上灰马看看去

那是明日

谁在远方哭泣呀

为什么那么伤心呀

骑上白马看看去

那是恋

谁在远方哭泣呀

为什么那么伤心呀

骑上黑马看看去

那是死

　　这是痖弦的《歌》，一首光阴与生死之歌，呀呀声不绝。显然受惠于南阳民间谣曲与地方戏，神牵梦萦于故乡戏台上下那些二嬷嬷的哭诉与祈求。

　　在南阳，戏曲说唱艺术种类很多：曲剧、豫剧、宛梆、大调曲、鼓儿哼、三弦书、剪板书、锣鼓曲、莲花落、槐书、渔鼓、蛤蟆嗡、琴书……锣、鼓、镲、梆子、板胡、唢呐、三弦、竹笛、笙、箫，旁敲侧击，紧拉慢唱。盆地遍布大大小小各种舞台，甚至会在葬礼上，给死者演唱一次《穆桂英挂帅》。死亡，的确是一次孤独的、无法还乡的远征，需要以强烈的旋律，赋予上路者勇气和方向。

　　有锣鼓阵雨般响起的地方，就是戏台，也是一种特殊的寺庙、书院、私塾，叙事、言志和抒情，交加融汇，让那些不识字的南阳人，也能受到历史、伦理和审美的启蒙。比如，我的祖父余孟光。他扛着板凳，追着戏班子，去邻近的一个个村庄看戏，被《杨家将》《程婴救孤》《花木兰》《朝阳沟》等剧目，惹得眼泪汪汪。回到家，才发现把板凳忘在麦田里、井台边。他丢掉过许多板凳。由此可见，一部戏对一个农夫的精神世界，拥有巨大控制力。痖弦幼年看过的曲剧《李豁子离婚》，至今仍在盆地里上演。这是民国早期出现的一部新剧。我祖父能说出这部戏的主题:"婚姻自由,过不成了就离婚,新社会了。"

受戏曲影响,乞丐们都能学习、掌握一门诵唱技艺,在吝啬的人家门前表演:"别人门前俺一阵风呀,你家门前俺站一个坑。"那主人脸红了,赶忙送上食物或零钱。南阳人都能熟练运用讽喻手法,像东汉出现过的本地文人张衡一样,用隐喻,让心志的传达更明确有力。

少年王庆麟也有追戏班子跑的经历,造就痖弦诗歌中的音乐性,"啊""呀"二字屡屡可见。他曾敲过锣,锣声就是"啊"和"呀"。父亲在南阳民众教育馆任职,常雇人掌鞭赶牛车,拉一车图书去乡下巡回展示。每逢寒暑假,王庆麟也跟着父亲和牛车,提着一轮太阳般的紫红铜锣,在进村时敲响它。锣声响起,村人围拢而来,听穿长衫的王先生,讲解南阳、开封、北平的新鲜事,传授种植、育儿、卫生的新知识。王庆麟听到激动处,会情不自禁敲一声锣,吓得人和牛一惊一跳,然后,人笑牛叫。

在台湾,豫剧成为主要剧种,因老兵籍贯以河南、山东、陕西一带居多。豫剧的大喜大悲大情仇,适合在这舞台般的岛屿上演出。演员们哭是真哭,笑是真笑,看戏的人也跟着真哭真笑。连岛屿周遭起起落落的潮汐,也像是在哭和笑。

痖弦登过舞台，唱豫剧。也演过话剧《国父传》，扮孙中山，举臂呼吁："革命尚未成功，同志仍须努力。"一口纯正"国语"，把南阳土话的腥烈气息隐藏得很好。嗓门大，则是一生改不了的习惯，连说亲热话时也是如此。张桥桥就调侃他："声音小一点，你要对夜晚保持尊敬。"他赶忙找笔在纸上记下来："你说得太好啊，一句诗呀！著名诗人林黛玉呀！"

一九八五年，新加坡第二届国际华文文艺营闭幕礼，痖弦端立于追光灯下，击鼓而非敲锣，朗诵旅美华人作家木心的散文《林肯中心的鼓声》。鼓声，心声，节奏与声韵两相激荡，令在场者动情动容。正是痖弦，发现了"文学新秀"木心，经《联合报》副刊和《联合文学》杂志大篇幅持续推出，一夜间，名噪华语文坛。

在南阳，在整个国度，舞台上的光源，从油灯、马灯、汽灯、电灯到追光灯，次第更新。灯火下的才子老吏、闺秀怨妇，持续纠缠、痛陈，"啊""呀"声不绝，把旧悲新欢怨别离，推向高潮，为一代代才子的咏叹抒情，提供澎湃动力。

再为我歌一曲吧，

再笑一个凄绝美绝的笑吧。

等待你去踏着，

踏一个软而湿的金缕鞋。

月亮已沉下去了，

露珠们正端凝着小眼睛在等待……

这是我喜欢的孟庭苇的歌《金缕鞋》，歌词是周梦蝶诗句，充满"吧""吧"，同样与南阳的种种"啊""呀"有关——与口有关，口诵心惟，感伤着，祷告着，身体内暗藏的故乡盆地，也一起疼痛着。

8

坐在南阳老城内一茶馆，喝茶。

每年夏天和春节，我都会从上海回南阳待几天，让一颗心慢下来，松弛下来。太慢了，太松弛了，就起身，重新回到那一座迅疾而紧张的庞大城市。我是有退路的人，就不必惶惶不安。

现在，一男一女，正站在茶馆一角小木台上，对唱《夫妻争灯》，娱乐若干茶客。

《夫妻争灯》的情节，围绕一盏灯的争夺展开：在光源有限的旧时代，一盏灯，应该照耀妻子的针线、家务，还是丈夫的书籍、功名？这一段民间说唱，历时约十五分钟，事关"男管女来还是女管男"之重大主题。一对夫妻，以天文、地理、风俗等知识与逻辑，互相诘难，最后和解——

谁家的夫妻不斗嘴

谁家的灶火不冒烟

小两口说说吵吵吹了灯

罗帷帐里安了眠

所谓争灯，其实争的是一颗春心、一腔爱意。这道理，清朝江南的袁枚也懂，写有《寒夜》一诗："寒夜读书忘却眠，锦衾香尽炉无烟。美人含怒夺灯去，问郎知是几更天。"现代捷克作家卡夫卡，也喜欢这首诗，甚至推测这夺灯的美人，是袁枚的小妾或新婚妻子，而非白头老夫人。有道理。卡夫卡像一个中国人、南阳人。在南阳，《夫妻争灯》也叫作《小两口争灯》。"小两口"一词，比"夫妻"活泼，这纷争，也就可信可观可乐。

我祖父看不懂这些纷争中的微妙动人，曾发过牢骚："一盏灯，争啥哩争？白天干啥哩？非得夜里比高低?"显然，他愚拙，不懂得这人间的万般风情。

此时，白天，茶馆里也亮几盏吊灯。茶香袅袅。男演员身着青色长衫端坐，弹三弦；女演员穿红色旗袍，端立于一面小鼓前，持鼓槌，一边敲击一边与男子对唱，眉眼含情。二人既是夫妻角色扮演者，又是争灯这一事件的叙述者，像作家，在第一人称、第三人称叙述方式间，反复跳进与跳出。《夫妻争灯》或曰《小两口争灯》，可作为当代小说写作教材，更是诗歌语言训练范本，周梦蝶、痖弦听过，我听了，都懂。

出茶馆，我来到南阳府衙大门外的旧书地摊前，淘了一本没有出版社标志的《南阳民间灯歌集》。

"灯歌"，关于油灯所引发的种种欢悦与烦难之歌，寄托吉祥祈愿。这本小册子，共收录一百三十四首灯歌，如社旗的《十二月》、内乡的《牛郎灯》、镇平的《十盏灯》、邓州的《姑嫂观灯》……这些灯歌表明：在电灯等现代光源出现之前，凡油灯参与的生活，都可以在灯歌中获得表达和存在感。以诗歌，辨认并言说这剧变中的新时代，我有信心否？当代生活里已没有油灯。

南阳灯歌的歌词结构，充满秩序感和逻辑力量，或以时间，或以数字，或以方向，依次引发：假如从"一月"开始唱灯，接下来必然会从二月的灯，一直唱到十二月的灯；从"春天"开始唱灯，接下来必然会从夏天的灯，一直唱到冬天的灯；从"南阳东边的灯"开始唱灯，接下来必然会从南阳西边的灯，一直唱到南阳南边的灯、北边的灯……

这些诵唱，对于痖弦、周梦蝶的诗歌结构，大有影响。周梦蝶的《我选择》，次第写出种种的选择与不选择。痖弦的《歌》，从"骑上金马看看去"开始，接下来，咏唱者次第骑上灰马、白马、黑马。似乎可以无限写下去。这世间，有多少种马匹颜色，就可以寄托多少种情感，生生不息。

一匹马也是一盏灯，鬃毛，就是从马的心脏这一灯芯散发出来的凛冽光辉，照亮爱着它、骑着它、书写它的人们，上路吧。

9

一盏传统的南阳油灯，大致上由灯台、灯碗各自独立的两部分组成。

"小老鼠，上灯台，偷油吃，下不来。"这是南阳人都会唱的童谣。可见，灯油是芝麻油、花生油、豆油，是从人嘴里省下来的一线光，照亮来路和前途。洋油，亦即从国外进口的煤油，出现在商铺里、油灯中，是南阳在二十世纪初期进入现代生活的标志。煤油灯更亮，油烟更小，且配置以玻璃灯罩，从外形上，向八十年代以后才普遍使用的电灯致敬。

由这一童谣，可见出传统的南阳灯台之嶙峋高危，对于一只馋嘴的老鼠，有摔下来或被捉住的风险。把灯碗放到灯台上，灯光照耀的范围扩大了，可供孩子读书，妻子纺线、织布、绣花，丈夫写字、算计、求功名，狗蹲在墙角斜看屋梁悬吊的箩筐里盛放的咸肉……

灯台分量较重，可防止倾倒。灯碗内装满灯油和灯草，很轻巧，单独拎起来，去黑沉沉的院落里关门或开门，吱呀呀，送走一个贵客，迎来一个相好。

这样一盏油灯，照过少年王庆麟、周起述，也照过他们的母亲，那泪流满面或微笑着的母亲。

在加拿大，在桥园，妻子故去后，寓所异常空阔，痖弦以旧物充实房间和自我。收藏众多油灯及其他南阳器具：戏锣、货锣、更锣、手炉、水烟袋、算盘、猪食槽、鸡碗、钱庄的升斗、柳条筐、插秧时保护指甲的铜片……他试图以这些细节，重建一个故乡，复活一个母亲。

他甚至把一只夜壶，从南阳带回桥园。担心这夜壶过海关时被错认为文物禁止出境，就提前用洗洁精，反复擦拭积垢。一只不登大雅之堂的夜壶里，有漫漫南阳长夜，有一具身体内部压力的潺潺释放。夜壶，也可以在装满煤油后，插入棉芯点燃，成为一盏巨大油灯，照亮重要的场面和事件，比如唱戏与革命。

人聚人散，一钩新月高悬，如一盏最伟大的灯，照耀这尘世里上演的无尽悲欢。

痖弦最珍贵的藏品，是一块从南阳家门前背负到加拿大的捶布石——像一张老唱片，保存了母亲深藏其中的捣衣声、哭声、风声。

小叙事

1 春天读玉

"玉"，一个美好的名字，被男士礼让给一部分女士使用。与玉密切相关的"石"，留给一部分兄弟作为大名或乳名，很恰切。在盛产美玉和大理石的南阳盆地，名字叫"玉""石"的男女，比比皆是。玉深藏于石中，玉是核心、灵魂。石环抱于玉外，石是胸怀、眷恋。玉与石，存在爱的关系。成语"玉石俱焚"，我乐意误读之：形容一种生死与共的恋情。

在南阳，各种规模的玉矿、玉器厂、玉器店，都会在墙壁上、橱窗内、板报里、交谈中，展现与玉有关的华美言辞，以自励自勉。我常想，倘若没有玉这一种物质，石头会多么孤单，中国文章会多么寂寞。

春天，一个上午，朋友约我到南阳以西百余里的玉雕厂读玉。"读"，这一动词真诚、恳切，配得上"玉"字的美好品质。相比之下，"看""览""阅""察"一类动词，显得浮泛、傲慢、通俗，只适合与"眼色""行情""文件""案情"等名词相搭配。

在玉器厂，认识了专心致志读玉二十余载的符先生，读他用雕刀从玉石中脱颖而出的花、鸟、水果、仙女。栩栩如生，惟妙惟肖。用玉表达柔美细致的事物，很合适。猛虎、铁马、壮士、星空，这一类冷冽奔放的形象，只宜于在石头上深入浅出。南阳在二十世纪二三十年代大量出土的汉代画像石，正是此类画面的载体，农人漫不经心地用来垒筑小桥、屋基、戏台、田埂，受鲁迅先生关注后，被收集于南阳卧龙岗上的汉画博物馆。观石刻石雕，最好选择西风残照时分。读玉器玉人，正宜于春和景明。我们来得正是时候。

玉和女人的关系，是叠印、互文。如花似玉的女人，以玉表达自我，很合适。玉镯，玉佩，成为她们身体的延伸，以优化男性视野和梦境。玉镯摇荡，玉佩闪亮，是和平盛世的标志。在"雪暗凋旗画，风多杂鼓声"的烽火岁月，头插彩翎、胸藏朱砂的男人，成为被仰视的英雄。但我愿意在这风和日暖岁月中，做一个被忽视乃至轻视的读书人，胸无大志，心有灵犀。

符先生善于读玉，比我高明。我只能读玉的结果，在各种玉器作品间目醉神迷。他善于攻读一块玉的美感生成过程，由斑寻豹，探幽显微。在伏牛山，他用一个月时间，反复阅读、斟酌一部比《红楼梦》还要复杂迷惑的"石头记"：一块内蕴不明、声色不动的石头。他最终横下心，以巨款购回。一点一点剥开石头，果然深藏翡翠。符先生又从中读出妩媚的眼、眉、唇、手……以减法原则运作雕刀，凸现出美貌仕女，被外国商人一见钟情、金屋藏娇。符先生读玉读出利润，惊心动魄。我读玉读得囊中羞涩，心旷神怡。

一个玉雕人的"读玉历险记"，使我产生心得：一切艺术品的创造，都是对被遮蔽事物的揭示和发现。惊世之作，必隐身于凡夫俗子熟视无睹的事物中。福楼拜多年前说："杰作就像大动物，拥有平静的外貌。"写作如此，读玉如此，寻意中人亦如此。南阳盆地里的美人，大都拥有平静外貌和不平静的内心。

在这个春天的上午，在玉器厂，我认识到：缺陷是一种赐予。一块带有紫色斑点的碧玉，被俗眼所贬值，但在一个玉雕人的慧眼中，紫色斑点化作一只玲珑剔透的昆虫，伏在绿意欲滴的大白菜上，生成一小块虫鸣风清的乡土——在局限中成就无限。犹如月亮上的阴影，引导盆地少年，对桂树、斧头、吴刚、嫦娥们的存在，展开无尽遐想。

我也许是南阳盆地周围山脉围拢而成的土井中的一只青蛙，对井外世界知之甚少，也从未妄想跳到井外化身为海燕或巨鲸。我若保持皮肤的湿润，发出蛙鸣，就能得到美国诗人勃莱的赞许。他与我一样热爱乡村生活，喜欢苏轼和陶渊明。我与他一样，有玉米地打猎、半夜醒来看一窗新雪、湖上钓鱼的经验。他所构建的"深度意象派"，与一个南阳玉雕人的眼光和技艺，有着相似的门径。与此对照，我明白，自己的缺陷或者说局限，都很肤浅。

明末清初的张岱，有一句话深得我心："人无疵，不可与交，以其无真气也。"一个看似没有缺陷的人，虚伪而可疑。一篇看似没有缺陷的文章，矫饰复平庸。我有理由毫不掩饰这篇文章的肤浅和片面。同行友人说出一句成语，使我心安——

"宁为玉碎，不为瓦全。"

2 乡村新闻

在伏牛山中一个名叫"刘家河"的小镇上，我与朋友滞留两日，认识当地农民张力启——镇政府聘用的新闻通讯员，五十六岁，体态瘦小，骑着破自行车，与干部们一同出出进进镇政府。旧西服别着钢笔，装着笔记本，怀揣一台旧傻瓜相机，捕捉乡村新闻。本地日报、晚报、电视台，经常出现"通讯员张力启"的字样或称呼。小镇上的人喊他"张稀奇"，他知道许多稀奇古怪的事情。

张力启递过来贴有新闻作品的厚厚剪报簿，窥视我的反应。剪报簿内，从二十世纪七十年代泛黄粗糙的"简报""动态"，过渡到新世纪套红彩印的本地报纸。从中，可以目睹一座小镇政治经济形态的嬗变，感受山区生活的鸡零狗碎——"抓革命，促生产，刘家河人民踊跃缴纳爱国粮""刘家河农民自编现代戏《枣树红了》参加县戏剧大赛""省农科院在刘家河建立小麦实验基地""希望小学里的希望""奇：孵出小鸡三只腿；怪：槐树开出桃花来""刘家河镇政府干部下乡自带干粮""刘家河有一个'广州保姆村'""赵新建打工打成小老板"……

喝醉酒，红着脸，张力启蹲在小酒馆一把椅子上，像鸡冠鲜红的公鸡蹲于树枝，亢奋健谈："俺写了四十年作品，一个农民从田头写进了镇政府，不容易，在俺们村，也算出人头地——能和镇长在一个灶台吃饭呢！年轻时想当作家，崇拜北京的浩然和咱南阳的乔典运，写长篇，写了一堆废纸。后来写故事，收集民间传说，在上海、郑州的杂志上发表过几篇。镇长听说我爱写，就说，你写屎那些玄玄乎乎的东西干啥？你就实实在在写新闻稿吧，当个农民记者，宣传宣传咱刘家河，多好。镇政府每月给我一千元工资，发一条新闻再奖励一百元，加上稿费，俺每个月平均有两千元左右的收入。够油盐钱了。不过镇政府老是拖欠，几个月兑现一次。我整天在外面跑，找新闻线索，家里的田也顾不上。我农活也不行，神经衰弱，用脑多，整天构思，失眠。我老婆壮得像头牛。我在镇政府出出进进，她脸上光彩，累了也高兴……"

张力启左手捏花生米，右手捏酒杯，感叹："新闻不好写。《南阳日报》的老师给我说，狗咬人不是新闻，人咬狗才是新闻，说得多生动呀。农村里的事，一年四季没啥屎动静，都是狗咬人，不稀奇。有动静也大部分不是好事。比如，三角恋，凶杀案，镇长不让写，影响刘家河形象。有些事情很奇怪。去年，三里杨村一群男人在田里干活，突然间雷鸣电闪大雨倾盆，一群人扛起铁锹钉耙赶紧跑，雷电追着炸。跑到一个废弃的机井房，雷电也追到机井房，一个脸上有疤痕的人说，一定是有人做了昧良心的事，老天爷要收回去，赶紧把他推出去，让雷电劈了他，别连累兄弟们。大家一商量，就把一个最懦弱的家伙选出来，推出机井房。那个家伙哭泣着站在旷野里，忽然轰隆一声响，机井房火焰熊熊！那几个人都死了。剩下这家伙成了那几个死者家属的仇人了。哎，这也不好写，迷信呀，人心太黑呀。可报社记者听俺说了后，人家也写了一篇新闻，说那几个人死了并不是因为老天爷要收了谁，是因为他们扛着铁锹钉耙成了电导体，他们是触电死了！是愚昧害死了他们，也是内心的丑恶害死了他们——这分析多深刻，一下子升华了，大记者境界就是不一样。"

我和他碰杯："你多写写好人好事，写谁谁高兴，镇领导也高兴。"张力启手拍桌子："老弟哎，知音呀。可有些好人好事也不能写呀，会闯祸呀。张林村村长义务为一个困难户种地十年，俺写了，县广播站播了，全镇人都笑话我：原来，那村长在给他相好十年的寡妇种地——白天种，晚上也种啊。后来看见那村长，俺俩都各自绕一个弯子走开……做人难，写东西也难呀。"离开酒馆时，张力启大声嚷嚷："俺请客——俺请客——稿费请客!"他右手插进裤子口袋中翻腾起来，直到我朋友结完账，那一只手才趋于安静。

日前翻读报纸，一则头版头条的特写吸引我——《镇长进山记》，署名"本报通讯员张力启"，生动讲述刘家河镇姜镇长的故事：深入山村帮贫扶困，与农民某某同吃同住同劳动，自掏腰包帮助某某发展养殖业，收获大，效果好。某某成了脱贫致富典型，还清拖欠银行多年的贷款。报纸加了"编者按"，倡导广大干部向刘家河镇姜镇长学习，深入基层，贴近百姓；倡导新闻记者要向农民记者张力启学习，及时捕捉、开掘现实生活中的新闻素材；等等。我感到，这一个农民记者，用爱漏墨水的钢笔这一支伏牛山里最短小精悍的猎枪，捕捉到最大的一头"新闻动物"了。枪声嘹亮，张力启的写作生涯达到巅峰。镇政府的奖金，肯定会抵达一千元左右的最高值。

不久，听到消息：农民某某把张力启告上法庭，言其从来没有拖欠贷款，根本不认识镇长，张力启的新闻纯属虚构，侵害名誉权。法庭判决张力启向某某道歉，赔偿精神损失五百元……后来，接到张力启电话，说他被镇政府辞退了，姜镇长也受连累，调走了。他打听我与《家庭》《法制世界》《传奇故事》《知音》的编辑关系怎么样，今后准备写凶杀案或生死恋，稿费高，能虚构。

3　台币

于家槐村的于金海，有着乡村里少见的白胖，令人怀疑他是饭馆厨子或乡镇企业老板。但他的确是彻头彻尾的农人，农忙季节偶尔到田野闪现一下，对割麦子、挖红薯的妻子刘爱花以示关怀。大部分时间，村民们很少能看见他影子。

于金海没像村里大部分青壮年人一样到广州、深圳打工。他对南方充满恐惧。于家槐有两个男人从南方回来时，少了两个手指、半个手掌。有一个女孩从城里回来，匆匆嫁到一百里外的村庄，五个月后生了孩子。"南方"，就是一个大贼，偷掉众多盆地男女的身体和青春。被这一个大贼所迷惑，无数人身背破被子、饭碗、洗脸盆，反复挤上开往南方的列车或汽车。

对那些闯荡南方的人，于金海不屑一顾："孔子说得多好，父母在，不远游！"于金海年迈的父母在田野里劳作，又黑又瘦。于金海站在树荫下眺望一番父母，把自己的"远方"划定在南阳和周围几个县城，在那些街道上晃晃荡荡、东张西望。

于金海是一个贼，一个比南方微弱许多的小贼。

四十七岁的于金海，偷窃史可上溯至二十世纪七十年代。幼年，于金海已显现出偷窃或者说改变事物正常秩序的天赋：把田野里的红薯、玉米棒子、豆角，藏在割草筐子底部，在进村接受村干部检查时，突然"扭伤"脚跟、号啕大哭，被"免检"回家；割掉于家槐这个村庄里仅有的十余头猪的尾巴，凑成家里春节时的一盘肉菜，那十余头没有尾巴的猪，号叫着满村乱窜；书包露出女同桌刘爱花彩色肚兜一角，让刘爱花羞愤得红了脸……

在窃贼众多的七十年代，于金海的"第三只手"、隐蔽的手，呈现出超常的想象力和分寸感，使大家在谈论于金海的白胖之可疑时，少了愤慨，多了趣味。一个人调侃："金海，我家槐花少了一瓣，咋回事呢？"金海看看天："蜜蜂采去了呗——"两个人哈哈大笑。据说，这些年，周围几个县城发生的窨井盖、铸铁雕塑一类物品被盗事件，都和于金海及其志同道合者有关。"兔子不吃窝边草，金海这小兔子吃不出啥大动静。"

发生盗墓事件以后，于家槐人民对于金海的态度，发生根本性变化。一个贼身上的喜剧色彩，彻底消失。

一个台湾老兵来于家槐，看望嫁到这个村庄的姐姐。老兵在南阳火车站下车后，雇出租车进入于家槐。"花了三百元车费呀!"满村人围观惊叹。台湾老兵穿着精致的西服、挂着拐杖，干枯的左手上戒指闪亮，提着大包小包礼品，走进几十年没有见面如今病倒在床的姐姐家里。放声大哭。几天后，姐姐去世。在那个老妇人入土下葬时，于金海探头探脑，看见台湾老兵在死者手中塞进一大卷钱币类的东西。

过了几天，新坟出现巨大缺口，棺材被人撬开!"挖祖坟"，南阳盆地风俗中最难以容忍的恶事。小镇警察来了，在坟墓周围提取脚印，照相。两天后，一个消息在于家槐周围四十里方圆内流传：一个叫于金海的人，在深夜把棺材撬开，摸索出一卷不值钱的台币，差点因缺氧被闷死在新坟内，被同伴慌忙拽了出来。

于金海捂着白胖的脸，垂头走出小镇派出所。刘爱花远远站在一棵槐树下，看见于金海身影，就转身而去。于金海捂着又白又胖的脸，碎步快跑撵上来，眼睛在指头缝里窥视老婆："我给咱家丢人了……"刘爱花嘶哑着嗓子："你丢人丢大了。你还有脸回于家槐?"于金海蹲在路边，小声嘟囔："我不都是为了咱这个家嘛，不就是对那一卷纸好奇嘛……"刘爱花号啕大哭："于金海!我被你赖上了，一辈子就这样了，可你叫咱娃以后咋有脸上学、找对象呀？我可怜的娃呀……"于金海的泪水也从指头缝里流出来："你……咋把我从派出所里弄了出来？"刘爱花哽咽："我在那个新坟前跪两天，台湾老兵才让人到派出所说情放过你呀，那一卷破纸不值钱呀……"

于金海和刘爱花在小镇外的路边蹲了一天。夜色降临，两个身影才模模糊糊移进于家槐。轻轻推开门，看见那两个饿了一天的孩子，坐在没有点灯的院子里。第二天，村人发现，于金海和老婆孩子消失了。他家的田地里，一对老人在喘息着，佝偻着腰背，挥动镰刀和铁锹。

过了许久，人们才知道：于金海去广州了，拿自己的身体，去会会"南方"这个大贼。

4 雨夜灭门案

桐树镇位于南阳与方城之间公路旁，在二十世纪八十年代发生过一起"粮食生意精"（收购粮食然后再加价转卖外地的中介者）刘天来的家人被杀案。刘天来的父母、妻、子，共五人，死于非命，在一个暴雨如注的夜晚。刘天来当晚恰好在县城洗头店洗了一夜头，幸免于难。灭门案的惨讯到处流传。警方从各地集中一百多名警察，住进桐树镇上放暑假的小学里，开展侦查。

对于凶手的冷静、狡猾，镇上人民很吃惊。选择雨夜，选择当时正在热播电视连续剧《霍元甲》的雨夜，作案。家家户户电视都回荡着"昏睡百年，国人渐已醒"的主题曲，男女老少闭门不出，眼盯屏幕，看昏睡百年的国人怎样醒来。街道上，偶尔有狗黯然独行。刘天来家高墙深院内的看门狗，被一个夹杂毒药的肉包子，颠覆在花坛旁。房屋正间的电视音量被开到极大，掩盖了行凶时发出的惨叫。楼上楼下三层房间分别倒下五具尸体。地板上的所有脚印，都被凶手戴着手套用拖把精心擦拭掉……

警察让刘天来提供线索，排查一切嫌疑者。以往那个能言善辩、满嘴跑马、得意扬扬的桐树镇首富，顿然成为萎靡、阴郁、痴呆的受害者。刘天来在警察提示下，把这些年积累的爱恨情仇，断断续续倾吐出来——

第一，他爱过一个女人，隐秘爱八年。那女人的丈夫周某在前不久发觉了，敲诈掉他两万元"损失费"。周可疑。

第二，生意对手张某可疑。刘天来最初跟着张某学习做粮食生意，摸清这一行的门道后，自立门户，在镇上粮食生意竞争中超越张。两人多年不说话了。两家的女人、孩子，一见面就互相咒骂。

第三，粮食生意的下家、湖北省枣阳市的粮食生意精杨某，可疑。杨压价太狠，刘天来威胁他："我生意做不下去，你也别想做，咱兄弟们的屁股都不干净！"杨脸色苍白。

第四，曾经在镇信用社贷款二十万元，刘天来给信用社的赵某"留了"五千元。最近，赵某催还贷款，刘笑笑，伸出五个指头，再笑笑。赵脸红了，低头不语。赵可疑……

警方按照这些线索一一排查，一一排除。在刘天来用五口棺材下葬家人的葬礼上，粮食生意对手张某、枣阳人杨某等潜在"杀人者"，也来吊唁，表情抑郁，似乎不是装出来的。刘天来一言不发，用萎靡、阴郁、痴呆的目光扫来扫去，如刀如枪的目光，杀呀，杀呀！杀着这些可疑的家伙。情敌周某、信用社赵某，没来。周某带女人去南方了。赵某被隔离审查，由于上述的五千元。警方按照情杀、财杀、仇杀的思路，调查一个月，无果而终，撤出桐树镇上的学校。

桐树镇恢复往日的平静，仿佛没有发生过这宗灭门案一样。仔细观察，这座小镇与从前相比，还是不一样了——

第一，镇上的院落围墙普遍开始加高，且在墙上插满尖锐的碎玻璃。

第二，粮食生意精张某收缩生意规模，最后转向黄牛养殖，雇一个从少林塔沟武术学校毕业的青年做秘书。镇上人都知道，那青年实际上就是保镖，与张某形影不离，走到哪里都虎视眈眈，把每个人都当成可疑的人。后来，保镖成了张某的上门女婿。多年后，进入晚年的张某，安全感越来越弱。偶尔碰见刘天来，眼神仍有些游移不定，表情难以调控，在"热情""平静""尊重"等状态之间难以取舍。他对着镜子练习表情，以备随时与刘天来在街上再次相遇。他要求自己不能显得傲慢，也不能显得胆怯，还不能显得兴奋或同情。暗藏一把匕首防身。他要求家里人对这个断了后代的刘天来，要客客气气、尽量回避，要看紧自己的孙子孙女，上学放学一路护送。他说："刘天来成了光脚的人。咱穿鞋的人要怕光脚的人。"

第三，在刘天来变卖家产、还清信用社贷款后，信用社赵某没有被判刑，只解除公职。赵某在镇上开茶馆谋生，看见刘天来，就喊："天来，喝杯茶，信阳毛尖，新茶。"刘天来就进来，喝茶，冷着脸，什么也不说。赵某也不多言，擦桌子、烧水，偶尔用眼角瞟瞟。某日，刘天来喝完茶，走时说了一句话，让赵某一下子两眼泪水："我把你害了，别人把我害了，公平了，你老哥别记恨了。"

刘天来被自己的仇恨支撑着，度过二十年。

没心思做任何事情。荒废了收粮食的生意，贱卖掉那座发生血案的宅院。反复朝县公安局跑。晃荡进桐树镇派出所，与所长互相递一根烟，抽完，转身离去。他甚至自己行动，调查情敌周某、粮食生意对手张某、枣阳人杨某、信用社赵某等嫌疑者，在当年那个雨夜里的行踪。一头雾水，毫无结果。在仇恨、猜疑和衰败中，进入老年。

刘天来把当年做生意赚来的钱，全部挥霍在寻找杀手的路上、洗头房女人的怀抱里。开始靠借镇上人的钱过日子："兄弟，我借钱是信得过你，你不是我仇人，我不怀疑你。"他向一切没有列入可疑者名单的人，借钱，不还，理直气壮。那些没有被借过钱的人家，反而惴惴不安，看见刘天来就主动打招呼："天来，需要啥你就说啊。"

二〇〇三年，贵州某地警方侦破一起命案，凶手供出二十年前在河南南部桐树镇流窜时，即兴作了一个案件，把一家五口人杀了——为了练练胆子和"手艺"。即兴杀人。消息传到桐树镇，刘天来一下子软了。身上暗藏二十年的、对这座小镇的仇恨，被贵州三个陌生杀手，在一瞬间废掉了。连享受仇恨的权利都没有了。他彻底变得一无所有。

刘天来关紧门窗号啕大哭一天，在桐树镇消失了。刘天来以及二十年前的雨夜灭门案，成为传说。

5 水库暗蓝

张玉琴走在通往村庄外那一个巨大水库的路上。

水库是一种召唤，在一九七三年六月的黄昏，持续响起。十五岁的初中生张玉琴，响应这暗蓝的召唤，缓慢走上水库大坝。

上小学，她就开始目睹大坝逐渐升高、阻挡河流、最终成为水库的全过程。那时，她没有意识到，这座水库与自己的关联，仅仅对水库建设时期灯火通明的壮观夜景，很迷醉。尤其是探照灯形成的巨大光柱，穿越两公里夜色，到达她居住的村庄。河南省唐河县马振扶公社扶岗村的一个农家女孩，梦境里有了光，那是迥异于暗淡油灯的现代之光。

她常常逃学，与一帮男孩跑到水库工地玩耍、看热闹。一台台巨大推土机像动物一样吼叫、窜动。红旗飘扬。喇叭里传出雄壮昂扬的进行曲，舞剧《红色娘子军》的柔美旋律，播音员传递的工地讯息。夜晚，工地上的文艺宣传队在演出，演员脸上涂着脂粉，在电灯下异常妖艳。工地露天食堂里的杂面馍头，炒南瓜的色、香、味、形，煽动着工人和张玉琴这个旁观者的胃……

马振扶公社扶岗村的生活，一派枯寂。田野生机勃勃，炊烟萎靡不振。生产队钟声引领垂头丧气的农民，在青黄不接的暮春挣扎。男人们勉强积攒起来的一丝力气，用在女人因饥饿而营养不良的身体上，用在和另一个男人为了一把柴火、三尺宅基地的辱骂斗争中。一生被钉死在这片土地上，像门框、墙壁或新棺材上的钉子，扭曲，泛出锈迹，脱落。

摆脱这种没有光亮的七十年代乡村生活，只有三种渠道——

第一，当兵，到远方去。有两个少年通过开"后门"、打开一扇通往马振扶公社武装部部长等领导家的送礼之门，去远方当水兵。大海上的水兵，寄回家中的黑白照片，被手工涂上红红蓝蓝的颜色，挂在堂屋正间显著位置，成为家族的骄傲，吸引媒婆和若干少女的灼热眼神。

第二，当演员，到县城去。有一个方圆二十里内公认的美女，被唐河县豫剧学校录取，成了县城里的人，腰里掖着商品粮粮本，每月可以去粮店领取二十九斤粮食、一斤香油、二斤猪肉。回村时，她骑着崭新的永久自行车，手腕上那一块上海生产的宝石花牌手表，被花手绢裹着。她的快乐隐秘而张扬，绯闻到处流传。

第三，当流浪汉，到异乡去。有三四个常年不见踪影的男人，可疑，被民兵连长监视家门。他们没有粮票和公社介绍信，怎么能在异乡身份不明地活下去？这是一个谜。其中一个人，被以"贩卖耕牛罪"之名送进监狱。多年后，八十年代初期，这个人出狱，成了远近闻名的农民企业家，养牛，宰牛，建牛肉冷冻厂……

张玉琴从小就知道，自己将会和母亲、堂姐、村庄里的众多女孩子，活得一模一样：十五六岁辍学，带弟弟割草、做饭、喂鸡；十七八岁等媒人登门说媒，去男方家看一看空洞的房子、捏一捏空虚的粮袋，与那个相中或勉强接受的男人一起，到马振扶甚至唐河县城里买几块花布做衣服，在黄昏乡村大路上拉拉那个男人的手，嫁人，丢了自己名字，被唤作"某某屋里人"或"张女娃儿"，生孩子，把孩子养大，被男人打骂折磨，生气，患病，苍老，死亡……大致如此。无非如此。

张玉琴对自己的性别感到羞耻，剪着近似于平头的短发。不喜欢学习织毛衣、缝纽扣一类女性技艺，喜欢与男孩子打闹。感觉自己很笨很丑很可怜，与这些男孩子打闹时，才觉得有了趣味和活力。羡慕这些男孩子的未来。他们即使不去当兵、当流浪汉，在村庄里、家里，也能保留一丝尊严。至于那个到县城当演员的美女，对于张玉琴来说，就像一个"瞎话"——乡村里瞎眼睛说书人讲出来的话，很虚幻，不真实。她没有那个姑娘的面容、风情和幸运。

瘦小寡言的父母，辱骂张玉琴的声音响彻村庄。似乎想以此向周围邻居证明，他们也是穷凶极恶的人，不可再被欺负——敲山震虎。但近邻那些"虎"，眼神更显出讥讽和凶猛。张玉琴恍惚明白，必须接受作为丑女孩生长在这一村庄、这一家庭的命运。她很早就听说，自己会为哥哥换一个妻子，"换亲"。她不知道那个未来丈夫、那个换来的男人，什么样子，像自己哥哥一样懦弱、多病？

张玉琴走在通往村庄外一座巨大水库的路上，一九七三年六月，一个闷热的黄昏。

水库上吹来凉风，使她短暂回想起水库建设时期的景象。那些头戴安全帽的建设者，身上洋溢出强烈吸引她的异乡气质。不同于村人乡邻，他们，代表一种全新的生活方式。尽管一部分工人，真实身份也是远远近近的农民，但穿上劳动布工作服以后，就陌生化了，焕然一新，生动而美好。说话也有一丝普通话韵味，看见张玉琴就亲热打招呼："妹子啊，逃学了？"水库建成，工人消失。张玉琴常常在上学途中拐弯来到水库，回想几年前的灯火、歌声、红旗。积蓄万千溪流而成的库水，以深蓝的光，照抚一个乡村女孩郁闷的眼睛和内心。

现在，大坝上，灯火开始点燃。守护水库的几个工人，住在大坝一端水泥玻璃构成的两层小楼，像生活在云端上、天堂里。那些人和水库，构成马振扶公社扶岗村生活的一个参照系，让张玉琴感觉，自己喘息在、挣扎在地狱。她笨拙而敏感。不知道究竟是什么在阻挡自己、伤害自己——父母、性别、村庄、容貌？对了，还有学校。来自学校的伤害，是否像这个黄昏以后报纸社论所表述的那样，唯一且致命？

田野中间的那所学校，毫无希望。连一座水库安慰内心的光芒和力量，都没有。她没有那些俊俏女同学的运气，能够进入学校宣传队，去县城演出、逛街，甚至有被选入剧团的可能。一个女孩俊俏了，起码能受到老师和同学偏爱。她是丑女孩、穷女孩，因丢失一块钱学费而被父亲满村追打。她是被老师奚落嘲笑的怪女孩，恐惧未来的悲伤女孩……

几个老师戴眼镜或不戴眼镜。领读课文的时候，普通话语调怪异。孩子们压抑自己的嘲笑声。这些乡村教师，在学校有一间办公室兼卧室，在附近村庄有一块自留地，兼有农民和文人的双重气质，暧昧、闲散而又自卑。对县城里的教师生活很向往。他们的远大理想，就是摆脱乡村和油灯，到县城里去，到电灯发出的光辉里去。

七十年代，教师这一职业，甚至没有村镇供销社柜台内掌握紧缺物资销售权的售货员地位高。县城学校对于这些乡村教师，就像水库对于张玉琴，是有光亮的一种存在。张玉琴不懂得，这些老师的淡漠外表下，同样有一颗黯淡、挣扎的心。她懂得，这些黯淡、挣扎的人，站在讲台上嘲弄一个女生时，绝对充满快感。她不懂得，老师在用伤害学生来补偿命运、缓解失败感。所有的懂得与不懂得，都让张玉琴焦虑、厌倦。

导火索是英语。一种异国语言，在七十年代初进入中国乡村课堂。进县城突击接受英语培训的教师，归来了，开始在课堂上讲解二十六个英语字母，教学生说"浪里雾起立漫毛"（Long live Chairman Mao 毛主席万岁）。哄堂大笑。其中，张玉琴那男孩子一般尖锐的笑声，尤令老师愤怒："你站起来！有脸皮吗？算是一个女娃吗?!"

水库建设时期，那些毕毕剥剥燃烧的导火索，被工人点燃、引爆出巨大的深坑和震撼，这景象，令逃课的学生张玉琴愕然、惊喜。现在，一种抽象的导火索，被张玉琴点燃。对于它可能引爆出的杀伤力，她一无所知。

英语考试，张玉琴默写不出二十六个字母，灵机一动，写打油诗："我是中国人，何必学外文，不写ABC，照样做接班人。"她不知道，水库上的这一黄昏完结之后，这一首打油诗，就成为七十年代中国社会广为流传的诗篇，也成为一枚政治炸弹。她被塑造成"反潮流小将"。张玉琴最后一次走向水库时，对此不知不觉。耳边仅仅回旋着英语老师抖搂那张试卷时涨红着脸发出的声音："想当诗人了?! 咱唐河出过一个大诗人李季，现在又出了你张玉琴! 伟大诗人张玉琴，马振扶公社扶岗人! 你木死人呀木死人!""木"，南阳土话，"不知羞耻"之意。那老师的表情、语调和体态，究竟是在宣泄愤怒，还是在表达狂欢? 学生们辨别不清。张玉琴哭了。

张玉琴走在通往一座水库的路上，一九七三年六月，一个黄昏。

走上水库大坝时，她把短暂的一生回忆完了。水泥玻璃构成的那一座两层小楼里，灯火闪烁。守护大坝的工人，在吹笛子、唱歌。张玉琴痴痴望着灯火，朝小楼走去。又止步，转身，缓缓靠近水边。扑通一声，她将瘦小的身体，投入水库广大的暗蓝里。扶岗村的男性自杀者，大都选择上吊、喝农药。女性自杀者则会选择这座水库。水库，更像一个穿暗蓝色衣服的温暖怀抱，接受绝望者的心与身。张玉琴投入其中，是否低低呜咽一声"我的妈呀"？

一种抽象的导火索，在南阳偏僻一角引爆，震动中国。原因是什么？一对父母，一座乡村学校，一个女孩的性别和容貌？只有张玉琴自己知道。

张玉琴不知道的是，因一个乡村少女之死，全国范围内的教师批斗运动随之开始。学校停课。那一位英语老师被判刑入狱。张铁生和黄帅们，相继在各地涌现、成名。张玉琴不知道的是，自己竟成为青松翠柏簇拥的烈士。亲人、同学和村庄里的人，都觉得"烈士张玉琴"，似乎是另外一个陌生女孩。但他们狡黠地保持沉默，享受一个少女之死带来的种种福利。比如，从县城到马振扶，再到扶岗村，那一条尘土飞扬的黄泥土路，被硬化成宽阔的柏油路。

若干年过去，新时期开始。这一暗蓝水库开辟旅游项目，接待观光游客。快艇在水面上燕子般掠过，年轻导游不知道这一水库暗藏的故事。"张玉琴"，这一名字只有部分人记忆着，成为回忆少年、青年生活的路标。张玉琴墓地的纪念标志不复存在。春天里，野花覆盖着田野上所有的坟头，怜惜一切亡灵，无论尊贵卑贱。

距离这座水库二百里外，在另一座小学里，有一个男孩渐渐长大成人，进入暮境，写下这些文字，才明白：我仅仅是在揣度一种无望的乡村少女生活。她，也可以名为"李玉琴""王玉琴""高玉琴"，在七十年代初期，丑陋或妩媚。我和她们，一起穿过少年、青年与暮年，完成各自平庸或奇崛的命运。也可能，提前中途消失。

卷
三

盆地农作物六种

1

小麦，南阳盆地里最主要的农作物。

亲人们对于时光迁移的描述，常以小麦状态为参照——

"种麦子的时候"：阴历九月、十月（摇耧播种的铃铛声传遍盆地。一个新婚男人会把肥沃田野与丰满女人联想到一起，摇耧播种的动作，异常亢奋）；

"麦苗青了地皮的时候"：阴历十一月、十二月（普遍的青，与霜降、白露、小雪、大雪这一系列的白，对比鲜明，盆地如同青白套色木刻）；

"麦苗藏着兔子的时候"：阴历正月、二月（兔子成为麦地活泼的心、春心——那个拔腿追赶兔子的人忽东忽西，动作夸张，像是在向麦地求爱求婚）；

"青黄不接的时候"：阴历三月、四月（小麦的青色向黄色缓慢过渡。瘦孩子饥饿的胃，像小手中布满裂纹的粗瓷大碗空空荡荡。一个虚无感强烈的人，像春天的仓库）；

"麦子黄的时候"：阴历五月（南风浩荡，镰刀闪亮，麦香飘扬——乡村最幸福的时光）；

"吃上新麦面的时候"：阴历六月、七月、八月（南阳面食远近闻名，小麦面粉被揉、擀、拉、切、蒸、煮、煎、炸，变换各种形态和口感，成就了盆地农妇洋溢于灶台与餐桌间的美名）……

听诗人沈苇唱一首新疆民歌："小麦啊，大麦啊，南风来分开。远亲啊，近邻啊，死亡来分开。"我接着唱：南风啊，死亡啊，小麦大麦不分开。小麦是大麦的妹妹，农作物家族中最受宠的孩子，不老不死不分开。

我喜欢法国诗人勒内·夏尔的诗句："你只为爱而弯腰。"像献给盆地里种麦子的人、割麦子的人、灶台上做饭的人，他们的爱和麦子，彼此弯腰，纠缠一起不分开。

在南阳盆地东南一角的余冲村，我和亲人们都姓余。在所供职谋生的单位里，我告别"小余"剧变为"老余"，未来成为德高望重之"余老"则可能性不大。一棵青青小麦，怜悯我从身体到精神渐次衰败。韩愈过南阳，看"桑下麦青青"，听"春鸠鸣不停"，那春鸠，就是麦地的灵魂，从北宋赓续至今，鼓舞南阳人保持忍耐和祈愿。二十世纪七十年代，盆地里接待远方贵客的食物，就是几个白面馒头，主人却蹲在一旁啃红薯。家徒四壁的穷人，只要拥有一小块麦地，就能把身体像装满小麦的破麻袋，一步步、一年年，最终搬进墓地里去。收割后突然变得空旷的麦地，拉麦子的牛车刚刚走过的颠簸土路，都会有孩子们反复弯腰、捡拾麦穗，在搬动自己的小身体、小麻袋。

多年后，在各地酒吧中，一个南阳人手擎一扎两百元的德国啤酒，常常暗自心疼地换算成半亩小麦扣除化肥、种子、收割、脱粒、税收之后的净收入，就感觉有一亩地的小麦和阳光，在手上金黄摇荡……周围，那些越来越胖的人，如果生于河北或山东的乡村，也都会这样暗自心疼，将一日三餐与故乡麦地进行换算。他不能容忍绅士淑女们优雅地将满桌鱼肉冷落在那里，那是半亩麦地啊！一个乡村之子，在众人愕然、不屑的目光中，狼吞虎咽。他必须把一小块隐秘麦地，完全装进身体，活在自己的哀伤和喜悦里。

请回到我的南阳盆地。

夏季。与麦粒脱离关系后的麦秸垛，金黄，硕大，一座一座堆积在打麦场上，等待进入灶膛燃烧。它们将一把一把进入灶膛，以火苗的新形态，重温阔别已久、一锅之隔、热气腾腾地以面食模样出现的麦粒和麦地。当然，它们也可能被铡成短短草料，供牛咀嚼、反刍、排泄。牛粪，在土地里，冷静等候新一代麦种落入，再萌发、抽穗、成熟。此前，麦秸垛往往成为孩子们、恋爱者或流浪汉的天堂：将麦秸垛的一个局部掏空，将"门口"虚掩，内部即可容纳数人、二人、一人，捉迷藏、亲热、睡觉……

乡村复仇者的报复手段之一，便是将仇人的麦秸垛烧毁，火光张扬，数里可见。第二天，那个耷拉脑袋去为牛寻找野草的受害者，暗自琢磨纵火者是谁，穿过村人怜悯或窃喜的目光，有一种前所未有的畏惧涌现内心。麦秸垛的消失，让他成为没有面子的人。开始反省一生中的恶行和劣迹：偷窃了某人的牛，贩卖到湖北；骗了某人的一百六十五元钱，假装从来没有这件事；挖开某人的祖坟，想取下死者手上的铜戒指；拍打过某扇窗子，想关心窗内的寡妇；诅咒过一个前途远大的孩子，在写有孩子姓名的小布人上扎满毒针；敲诈过一个发了点小财的人，在那人门前树枝上把脖子伸进打了活扣的绳索……他不寒而栗。

站在麦地边，看新一代小麦迎风灌浆。小麦碧绿，小麦生长，原谅一个恶棍的黯淡和迷茫。他蹲在地上，哭了。

又一年夏季到来，盆地里的恶棍提心吊胆，有意将麦秸垛堆得很小很分散，担忧它们能否安然进入深秋与寒冬。

2

水稻多见于盆地东南接壤湖北一带，那里水势丰盛、水牛硕大。

水是唐河水、淮河水。唐河自北而南汇入汉水、长江，最后去支持东海的澎湃汹涌。淮河自西而东，成为中国南北的分界线，也是中国历史的一道伤口：汉人屡屡别中原、渡淮河，在吴越江南避乱谋生，即"衣冠南渡"。

水牛是牛类中的爱水者，牛角壮硕弯曲、左右呼应，似乎想构成圆满花环状。水牛伏于河面，犹如一座会吼叫的小岛。小学美术课上的懒惰男孩，把水牛大部分身体藏在白纸里，用几个弯曲线条代表牛背，就可以用一幅《水牛》敷衍老师，且能得到不错的分数。长大了，如果写作，读到海明威的"冰山理论"，他笑了：这不就是"水牛理论"嘛！

河流穿过的平原，被盆地人民称为"河地"，比丘陵纵横的岗地和山区富庶许多，是鱼米之乡。岗地和山区的女孩，隐隐期望嫁到河地吃米吃鱼。每隔若干年，就会有洪水淹没河地，这一规律和前景，使她们望而生畏。在河地，新房都要建造在人工堆砌的高台上，才能娶来岗地或山区的新娘。

插秧，是河地里一种很艺术化的劳作——"左三棵，右三棵，中间又三棵"，充满节奏感和音乐性。插秧人弯腰复弯腰，似随风起伏，成为七十年代学校文艺宣传队普遍热衷表演的舞蹈题材。但我懂得现实中插秧者的辛劳，知道米的来历。当我吃净饭碗中最后一粒米，旁边食客，会吃惊地瞪大眼睛。吃相暴露童年。在唐河岸边，一个叫作"王起鳌"的村庄里，亲人们插秧归来，倒在床上鼾声大作。蚂蟥在他们脚上咬出血痕。一个雷鸣电闪的夜晚，跟随舅舅去稻田疏导雨水。我矮小，努力举高马灯，照亮舅舅腰部以下裤管高挽的腿、汹涌流动的雨水、紧张开掘的铁锹、不安的秧苗、泥泞深深的田埂……

雨过后，三两点星子浮现，蛙鼓悠扬。带着水汽的风，吹进村庄里开开合合的门窗。河地少女，普遍梦见远方头戴红星、腰插手枪的炊事班长，或镇上粮站掌握磅秤的站长。

秋天了，稻穗金黄。伶牙俐齿的镰刀，用薄嘴唇说服稻穗来到打谷场吧，解脱为稻粒和三餐吧。"金黄稻草堆成山，玉白米粒在饭碗。"民间说书人在马灯下拉动三弦，开场白必如此赞颂一番，也是祈祷一番。悠悠万事，唯吃为大。九十年代以后，割稻机在盆地田野大面积出现，比镰刀张扬跋扈。表哥在稻田弯腰拾起遗留的稻穗时，头皮被割稻机尖锐的爪子剐破，血流汹涌，脸色苍白。一副担架朝着郭滩镇狂奔，一路血迹斑斑点点。表嫂跟在担架后面边哭边跑。镇上医生为表哥两处沾满泥沙和谷粒的伤口，做清创缝合手术，缝二十多针。吊盐水。医生让表哥住院观察，每天十五元住院费。表哥算计："住一天等于扔掉一袋米啊！"心疼。傍晚，他就躺在担架上回家了。不断发烧、头疼，用湿毛巾裹着头降温。身体软弱。看着田野里的庄稼和女人，发愁。一天，在村诊所，赤脚医生怀疑他伤口发炎，打开一看，伤口内居然有一颗稻粒发芽了——

血，养育绿。血一般的阳光，养育盆地里一望无边的绿。

一个人在城市里遇到米，无法判断其籍贯。它们大约来自不同稻田，在同一米厂汇聚、加工、包装，贴上同一品牌。酷似出生于不同地域的孩子，在同一学校读书、梦想、出发，有了同一种毕业证。偶尔，我家楼下出现推自行车卖新米的乡下

222

人。从他带有河地水汽的乡音，可判断，这新米必来自同一水田，甚至出自同一少女弯腰插下的稻秧。稻穗的美，无与伦比，像狗尾巴，像堂姐表妹们梳理编织、伸到腰部的长辫子。多年后，在街头、电影或油画里，我喜欢看的那些女子，都有长辫子。

我注意到自己的叙述中，"酷似""像""仿佛""如同"等词汇，频频出现。这来自盆地的教育。在南阳山水间，众多景象彼此模仿和倾慕：镰刀与割稻机，稻田与受伤的头颅，稻穗与长辫子，雷声与心跳，莲花与舌尖……万事与万象，用彼此间隐秘或明显的关联，缓解孤独感，确立起人生与世界的整体性，为一代代写作者提供灵感和资源。"鸟去鸟来山色里，人歌人哭水声中。"杜牧这句诗，完全像在南阳写下。当代的鸟、人、歌哭，是那晚唐山色和咏叹的后裔。

在河地生活，一个人长得瘦小，像米粒。他插秧、割稻时爱唱的歌谣，比山区牧羊、耕种者的歌谣，多了转折和温柔，像流水。米粒、流水，使河地的南方气质非常鲜明。"那家伙下武汉做生意了！"这是对一个贩米商人的褒扬和艳羡。武汉比自己的省会郑州，离生活和梦境更切近。"下"，这一动词完全就是流水的走势。在村口与街头，屡屡可见长途汽车前窗挡风玻璃上，写着"襄樊""温州""广州"等南方城市字样。人们像米粒和流水，乘势而下，去打工、求学、迷茫。在古代，盆地才子骑驴乘船赶考的方向，是北方的长安、洛阳、开封，这一动作被称为"上"——上长安、上洛阳、上开封。"上"是攀登的情状，比"下"，艰难困苦了几分。

我曾面对"欲"和"精"这两个字，发呆，顿悟：所谓欲望，无非是欠缺一把谷子；所谓精华、精英、精神，必须依靠青葱稻米来滋养。

"既垂颖而顾本兮，尔要思乎故居。"东汉时代，南阳人张衡，如此书写一束稻穗沉甸甸俯向大地之情状，启示我：当一个人成熟，才有可能回到故乡。

3

红薯，在泥土中暗滋默长，似灯盏燃烧，指引迷路的蚯蚓回家，照亮关于万物生长所需养分的说明书。

明代万历年间，一个叫陈振龙的秀才，自菲律宾悄悄将原生于美洲的红薯，引入中土，成为支撑华夏人口增长的主要食物。在南阳，一个好胖子会拍着肚皮说："这都是红薯膘。"语调谦卑而感激。一个坏胖子会拍着肚皮说："不能再吃肉了，该多吃点青菜了……"不乏矫情与伪饰。

红薯在盆地农作物中亩产量最大，即便旱季也能丰收，廉价。一亩地可挖掘出一万斤红薯，堆成一座座小山，让人担心世世代代盛产红薯的一片田野，会凹陷下去成为深渊峡谷。实际上，这田野的情状一直没有变化，像生殖力旺盛的乡村少妇，献出一群孩子后，体形也没有变化。在盆地，类似奇迹比比皆是。"遇见稀奇，寿增一季"，这是一句俗语。那些慢慢晃动身体的老人，是众多稀奇事迹的目睹者、证人、参与者。童年，在收获后的苍凉田野，他们或许有过弯腰寻找残留红薯的经历：遵循红薯胀破地面留下的裂纹，挖掘，就会发现一窝孤单的红薯，像被抛弃的孤儿。身后，跟随一只觅食的乌鸦或白头鸦，呱啦呱啦，赞美生活。

南阳位于北方与南方的过渡带。我长期困惑于自己南人或北人的身份确认。在秋天，打井般挖掘一个垂直向下、左右对称、格局类似阳具与睾丸的红薯窖，这一劳作证明：南阳属于北方。朝北走，到燕赵以北草原为止，红薯窖遍布于万千村庄的屋后房前。转身朝南走，湖北一带就没有红薯窖了。

我曾经和祖父合作挖掘一个红薯窖，过程如下——

　　他在我家院落右侧远离果树林的地方，用铁锹画一个圆，摆脱树根的纠缠和捣乱。站在那一个圆里，像圆心，他高高挥动镢头挖掘，手臂和腿充满壮年力量。他土拨鼠似的一点一点消失在地面下，土，一筐一筐被我使劲用绳子拽上地面。一九九八年春，祖父去世。挖红薯窖，就像是为这一年彻底消失在地面下，进行适应性预习。红薯窖冬暖夏凉，是孩子捉迷藏、情人幽会、逃犯隐匿的好地方。孩子、情人与逃犯，在某一时刻，大约会产生变成红薯、永远暗藏在不为人知处的欲望。在盆地，法院或法庭印制的布告中，常出现与"红薯窖"字眼有关的生死细节，让一个人路过红薯窖时，隐隐感到不安。

　　窖藏的红薯比刚收获的红薯甜。时间的推移，使红薯蒸发水分，类似于中年以后的爱，变得内敛而沉静。红薯可切成方块煮食，可切成薯片晒干再磨成红薯面制作馒头，可搅磨成浆再制成粉条，可在糖厂加工成粗陋的红薯糖，等等。

　　我最爱的食物是烤红薯。祖母把红薯扔进灶膛。火焰熊熊，一边灼烤铁锅里的晚餐，一边催熟埋在柴灰中的红薯。祖母用烧火棍拨弄，红薯散发焦香，激发食欲。终于，一个焦头烂额、热气腾腾的烤红薯，熟了。我先把它塞在胸前暖热肚皮，再双手抱着大口咬嚼，小小脏脸上沾满红薯皮屑。

当下，在麦当劳或肯德基，遇到土豆改头换面而成的炸薯条，像遇到耸动肩膀、讲话中混杂英语单词的海归人士。街头，偶尔可见废汽油桶改制成的大烤炉，洋溢红薯焦香。对于我和许多拥有乡村经验的人来说，这烤炉，是可供觅取乡情、眺望故园的微型领事馆。烤炉边，那一个乡下人，双手和脸庞皱皱暗红如烤红薯，像领事，引领游子处理好乡愁一类事务。红薯在胃部燃烧后留下烙印，类似护照上的印鉴，使一个人，无法忘却自己的来历和归宿，铭刻红薯的恩情和痛楚——红薯，寒性，长久食用易形成胃酸。那些不敢再吃红薯的人，是深深爱过红薯的人，像失恋后，不敢再回味某一个名字。

一些阳具硕大、睾丸饱满的乡村之子，不论身在上海、巴黎还是黑龙江，总觉得有一座红薯地窖，在自己双腿间摇荡。

4

为什么玉米粒能均衡有序排列于玉米棒子？这是长期笼罩我心头的一个疑问。

历经一个夏天的抽穗、灌浆、结实，秋风起，剥开玉米叶子，玉米粒金灿灿显露无遗。牙齿般的玉米粒，使盆地学子都能喊出一个成语："金——口——玉——言——"在旧时代，那些喜欢镶金牙的乡村绅士，念诵四书五经，没有玉米嘴巴吐露的秋色动人心弦。

夏天之前，微甜的玉米秆，成为孩子们的诱惑之一。玉米地周围，有守夜者提马灯游走，对馋嘴孩子敲响梆子予以警示。我对玉米秆的甜，以及某日突然发现的玉米黑色穗须的甜，铭记至今。向妩媚的女同学献媚，手段之一，就是钻进玉米地折断嫩玉米秆去献礼。她嘴巴脸上，会留下玉米汁液和穗须的痕迹。玉米秆，玉米穗须，在舌尖短暂逗留，让孩子们能够幸福整个夏季。当玉米成熟，玉米地完全像一个哺育者、母亲。

一捆捆玉米棒子悬挂在屋檐下，风干，整个村庄都陷入金黄。大雁、野兔、麻雀、鹌鹑、狐狸、狗、牛、羊、猪、驴……其视野和嗅觉，焕然一新。乡村学校体育课上的接力赛，改用玉米棒子作为接力棒。四个小兽般的孩子，手握玉米棒子，围绕一块田野接力奔跑，像模仿四个季节接力奔跑，类似一种古老仪式，在感谢时光和泥土的恩情。

搓玉米，这项农事活动，从秋天一直延续到冬日乃至次年春季。油灯下，亲人们用特制的凹形铁锥，在玉米棒子上一行一行反复穿越，或者用两个玉米棒子相互砥砺摩擦，玉米粒沙沙啦啦坠落。一种需要耐心的劳作。一亩地玉米棒子，由一个忧愁的女人独自来搓，大约需要两个月的时间。在搓玉米的过程中，心绪明澈。像寺中的僧人，在沙沙啦啦捻动念珠的过程中，心绪明澈。由一对新婚夫妻偎依着来搓，一亩地的玉米棒子则需要半年，手中的玉米，粒粒灼烫，拥抱与亲吻穿插其间……

把玉米煮熟、蒸透、拌进酒曲，放入大布口袋发酵，再密封于硕大粗陶酒坛，酝酿。若干天后，拔出酒坛塞子，酒意强烈荡漾于空气中，诱引全村酒鬼和猪牛流连徘徊。玉米酒，这一种烧酒，被盆地人民昵称为"玉米烧"，燃烧在胃部，可驱寒祛疾。

祖父余孟光寡言少语，是余冲村酿玉米烧的好手。玉米丰收后，祖父的晚餐常常是两碗玉米烧。饮罢，一脸火红，满嘴胡话。酒馆里，那些想探询祖父内心秘密的家伙，只要端出一碗玉米烧，就等于掌握了制作流言蜚语的无穷资源。酒醒后，面对惹出的是非，祖父懊丧之至："都是这玉米烧惹的祸！狗日的玉米烧！"骂罢，对玉米烧热爱如故，但开始坚持一个原则：独饮，把家中门窗关紧。

黄玉米外，盆地里还有产量较低的红玉米，流传至今。

南阳籍著名台湾诗人，有周梦蝶、痖弦，因流落于孤岛，成为在纸上重建故乡的诗人。其中，周梦蝶负责梦见南阳蝴蝶，醒来，记下它们斑斓的样子。痖弦负责用哑掉了的琴弦，伴奏，诵唱："宣统那年的风吹着，吹着那串红玉米……"

一串又一串红玉米，挂在诗人笔杆下或乡村屋檐下，就是一行又一行好诗。

5

高粱，盆地里个子最高的农作物，比姓高的男人还高两米以上。

起风了，高粱像一群男人在狂舞。乡村女孩的情窦初开，与风中高粱的蛊惑有关。当她看见路边一棵高粱突然触及另一棵高粱、第三棵高粱……整个高粱地陷入动荡，她的脸蓦然红了。高粱也红了，是高粱一生中最美的辰光。"看哪，一男一女钻进高粱地里了！"村庄里最隐秘热烈的流言蜚语，与深渊般的高粱地有关。一个男人陷进去，如一滴水无声无息消融。一个女人也陷进去，如同另一滴水无声无息消融。

"我说你这个人哪，不是好东西！一下子把妹妹我呀，抱进高粱地！"在田野里埋头劳作的男人，突然直起脖子，狂吼高唱这一著名的南阳荤曲，会惹来周围农妇臭骂。

童年，我和堂兄弟、表姐妹捉迷藏，最喜欢依托高粱地进行。把一个小伙伴弄丢了，剩下他独自在高粱地左冲右突，直到后半夜才被亲人找回家门，是常有的事。他在高粱地遭遇的景象，会影响一生，比如：一只狐狸的艳冶媚眼，一群红蚂蚱绿蚂蚱半红半绿的跳跃，一个异乡逃犯阴郁中夹杂恐惧的脸，一棵在狗粪上成长的野生甜瓜吐出的嫩黄花瓣……

对于热爱幻想的乡村孩子来说，风中高粱地，就是乐土、教室和天堂。一个母亲悲凉呼喊："娃啊——回来吧——娃啊——回来吧——"意味着一个孩子不小心把魂魄丢在了高粱地，头脑混沌如大雾笼罩。母亲环绕高粱地呼喊，叫作"喊魂"。她要找回那丢进某一穗高粱的魂魄，重建一个孩子的精神秩序。

　　　　我们瘦了，庄稼地肥了，
　　　　就秋天了。
　　　　大雁把天空叫得很蓝很蓝。

高粱的红，高粱的高

又红又高地在马群羊群潮湿的眼睛里

浮动着我们的村庄。

女人们在田埂上喊："喝水呀——喝水呀——"

兄弟们一听就知道

哪个女高音、女中音、女低音

是自己孩子的娘。

但我们不敢停下手中镰刀看她们一眼。

那些陶罐捧在她们胸前

亲切得像长在那里似的，

使我们心跳手渴。

把高粱堆在狗守护的暮色里，

女人端上饭碗，

父亲淡淡地说："又该种麦了……"

天空就洒满麦粒和星星……

多年前，我写下这首诗，描述盆地高粱成熟时节的景象。

把自己想象成砍伐高粱的雄健男人，把喜欢的邻家女孩，想象成田埂上怀抱陶罐的丰满女人。其实，我并没有砍伐高粱的农事经验。追随在俯身挥镰的亲人身后，看高粱大面积倒下，野兔惊慌逃窜，这壮美而生动的景象，至今震撼着我的内心。

高粱产量低，磨成面粉后口感粗涩。之所以种植一部分红高粱，除了尚有一些实用功能（高粱叶子可垫在蒸笼里蒸馒头，高粱秆子晒干后可编织起来盖房、铺床，高粱根茎可作为柴火，等等），更多出于盆地人民的审美需求。它们那么高、红，那么激动人心。在人均拥有耕地数量急剧减少的今天，高粱不再广泛种植。偶尔在山梁上看见零零散散几棵高粱，表明：附近生活着一个浪漫主义农夫，在爱着高粱的美和孤单。

在晚年，在异乡，我只能通过写作加固记忆，与高粱一次次大面积重逢。尤其是九月，爽风凉天，我走进书房，假装走进高粱地——像父兄们那样，把长长短短的诗行伐倒，用一支笔，这一把世界上最微小、最锐利的镰刀。

6

棉花，花非花。一种另类的花——不吐芬芳，生发热量。

　　我仔细翻检唐诗宋词元曲，发现，自古至今吟咏花朵的浩瀚长短句中，没棉花。热衷于咏叹梅花、幽兰、水仙、莲花等温度低的花朵，那些古代诗人，一年四季都很冷？博物馆珍藏的画卷中，依傍梅花、幽兰、水仙、莲花的仕女，也冷清。豫剧中的女性很热烈，在乡村喇叭或野地里引吭高歌："棉花白，白生生——萝卜青啊，青个凌凌——"坐在泥巴课桌前的乡村小学生，在识字课上随老师对着"花"字欢唱："花，花，桃花的花，棉花的花——"

　　在盆地，棉花套种在麦垄之间空隙里。麦子收割毕，长期不为路人所知的棉花，一下子站起来，充满农人和动物的视野。像我就读的高庄小学复式班，高年级学生下课，埋头自习的低年级顽童，一下子挺起腰、醒目起来，被老师领进新的一课。盆地里的农作物中，棉花和小麦，关系最好。我和复式班中低年级的女同学高歌，关系最好。她给过我一块糖。把玻璃糖纸贴在眼睛上，校外的天空和田野，一下子陷入甜蜜和晕眩。

　　多年后，我多次骑自行车或开车，穿过尘土飞扬的高庄，回老家余冲村。不知道高歌在哪一片瓜秧间流汗，或远走高飞到哪一座城市喝咖啡。童年那一座小学校，渺无痕迹，当年的围墙、铁钟、黑板、课程表、读书声，转化为五亩左右的晨昏、棉花和风声。那个唱歌总是走调得像呼唤羊群的音乐老师，成了养羊的老人，在村口认出我，就流泪。我肯定让他想起很多喜悦或哀伤的事了。

播种、锄草、喷农药……这一系列农事，由男子勠力推进。之后，棉花的生长，紧密联系于女性劳作：她们翘起指尖打杈、除虫、摘棉花，姿态妩媚，满身疲倦；头上扎着用来擦汗擦泪的布帕，比手边蒙一层尘土的棉花更脏；纺车吱呀吱呀，织布机哐当哐当；与丈夫分别拽着新织出的棉布两端，拽着，拽着，两人就拽到一起、抱在一起；对着光，眯一只眼睛，将棉线穿过针眼；手戴戒指一样的顶针，顶动针线，把亲人衣扣密密缀紧，再俯身到他们胸前，把线咬断……

是她们而非诗人，最先知道露水在哪一夜晚开始凉了，白了，蚕鸣在哪一早晨急促了，哑了，必须抓紧制备寒衣。无数外婆、祖母、母亲、姐妹、女同学，日夜俯身于棉花地、纺车、织布机、针线、亲人衣襟，腰肢日渐佝偻，最终成为向土地表达归意的疲惫老人。

《现代汉语词典》中有一个动词："针对"。最初，指的就是女人们的精准手势：针对衣衫、纽扣、棉被，细腻缝合，精心补缀。当下，"针对"意蕴剧变，与把握市场走势或分析国际形势，发生关联。这一动词的实施者，是企业家、教授、学者、商人、官员。手中的"针"，则是如椽大笔、轻灵鼠标、心机、手段，与棉花和针线，毫无关系。新时代女性担负的责任，是针对面部弱点进行美化、优化，手中的"针"，则是眉笔、睫毛夹、口红。

乡村女性的欢乐悲哀，贯串于棉花的生发与摇曳。一个少女操持针线，为未婚夫绣着棉布肚兜上的鸳鸯戏水图案。一个农妇在棉铃虫猖獗时节，面对"敌敌畏"瓶上的骷髅图案，发呆。她们对棉花怀有复杂的情感。少女是一个农妇必经的早年，农妇是一个少女可能的未来。盆地场景：一个农妇，死在四个男子抬着奔往小镇卫生院的担架上。三小时前，她还舍不得放弃一朵田野里虫蛀的棉花。她果断放弃的肉体，比一朵棉花还卑微？在给棉花喷洒农药的时节里，那些平时把钱花在赌桌、酒馆、洗脚屋的男子，对妻子拳打脚踢的男子，突然温柔起来。把带有骷髅图案的农药瓶，小心翼翼掖在腰里，像掖着随时会爆炸的手雷。他们认真观察当前的家庭形势，忐忑复警觉。

当前，乡村里，纺车和织布机日益稀少，被收藏到南阳市民俗博物馆中，让游客们观察、回忆、感叹。新一代女孩纷纷来到县城、南阳乃至更远大的城市，谋生，追梦。告别祖母、母亲们的生活方式，她们的人生途径之一，就是进入棉纺厂。机床隆隆作响，大幅标语书写在厂区墙壁上："以棉纺厂为龙头，带动南阳棉花产业！"棉纺厂漫长的流水线，假装是田埂流水。天花板上的吊灯，模仿红日灿烂。那些有想象力的女工，恍惚回到乡村，车床像青蛙呱呱鸣叫……

白居易有自度曲："花非花，雾非雾，夜半来，天明去。来如春梦几多时，去似朝云无觅处。"他怀恋不已的对象，是一个棉衣般温暖的人，与棉花有关。

亲爱的土狗、驴及其他

1 亲爱的土狗

树木密集、狗叫嘹亮的地方，有一座村庄；类似于摇滚乐、老柴、蓝调、发动机噪声、私家车引擎轰鸣声汇聚的地方，有一座城市。

村庄里，狗的数目与人口数目，比例大致在一比三左右。从村庄内外游走的狗群规模，可看出村庄兴衰。穿过南阳盆地，那些黑狗、白狗、黄狗、花斑狗，对一个异乡人的出现，很敏感。狗叫犹如按响门铃，使村庄里的人们从劳动或休憩中抬头，打量你的面目和行囊。俗语流传："叫得响的狗不咬人，咬人的狗不叫。"提醒你，必须注意身旁那条漫不经心、在一定距离外跟随你的狗。你弯下腰，模拟捡起石头或土块的姿势，那条狗就会尖叫着转身逃离。你与狗，非常默契地进行一场古老而夸张的游戏。

当然，它们都是土狗，面目拙朴粗放，毫无名犬的精致、萎缩、傲慢、冷漠。成语"声色犬马"中的"犬"，指的是名犬。土狗，则是穷人家族最矮小的孩子。

史料记载，盆地养狗之风，自东汉盛行至今。东汉，南阳历史上最辉煌的时代——洛阳为首都，南阳为陪都，皇帝刘秀、皇后阴丽华，曾经是盆地里种稻放羊、纺棉织布的农人，东汉的官员与将军亦大都如此，南阳话遂成为官方语言。举世闻名的南阳汉画像石中，打猎、嫦娥奔月、七星高照、虎豹拉车出行、二桃杀三士等画面，比比皆是。尤其是狗，即便普通百姓坟墓，也会有陶狗陪葬、追随，驱散一个人对于死亡的恐惧。在地下，仍然有一座座狗叫嘹亮的村庄？

从童年，到少年，自外婆的平原，至祖父的丘陵地区，我有过短暂的养狗史。一条威猛黑狗，一条花斑小狗，先后陪伴我上学、捉蟋蟀、追野兔、走亲戚、看电影、赶集、打群架，像我的兄长、妹妹。后来，一条被人用猎枪打死下酒，另一条因病夭亡。那一条有病在身的狗，临死前紧紧依偎我，缓缓转身离去，消失在我不知道的地方，怕我看到它的死而伤心，也可能为了维护临终的尊严。

不再养狗，因为不想再一次次伤心。两条狗对一个南阳少年怀有的深情，成为我当下粗粝内心中温存的部分。

"狗不嫌家贫。"一句俗语。在盆地，乞丐身后，只可能跟随一条瘦狗而不是猫、鸽子、马、兔子。当乞丐索得馒头，狗常常扭过头，去看远处飞过的麻雀。直到乞丐呼唤狗的小名，它才回头凝视主人，走近分给它的那一半馒头。夜晚，他们依偎在柴火堆或废弃的房舍中，体温混同在一起，沉沉睡去。

狗的嗅觉史，就是一部隐秘的断代史。青草、槐树、苹果花、油菜、荷塘、小麦、玉米、橘子、土豆、白露、霜、雪……盆地气息嬗变有序。二十世纪七十年代以后，狗鼻子感到了异样——煤油、柴油、汽油、农药、化肥、雪花膏、香水、洗头膏、葡萄酒、啤酒、555香烟、雾霾……代表工业时代，使一条狗的感受力得到更新或损害。在惊奇和不安中，狗沉默着或大叫着，穿过日新月异的盆地。

"狗眼看人低。"另一句俗语。据考证，狗眼睛里的风物万象，一概呈现出黑白二色，像那些黑白水墨画家笔下的世界。无论绚烂与平淡，都被一条狗的瞳仁，归结为深黑、浅黑、雪白、灰白，似乎永远在夜色或暮色里穿行。在一条狗的眼睛里，万事万物都低矮而黑白。这一俗语，常被用来谩骂那些傲慢自大者，似乎侮辱了狗，或许也泄露了狗们的隐秘愿望：让人物、禽兽、山水、建筑，都低矮到童年状态，让盆地成为小盆景。

一个人，倘若能用一双这样的眼睛对待世界，多美好——把周围男女看得低矮下去，成为儿童；把周围鸟群看得低矮下去，如同一只手掠过亲人和少女们的腰；把日月看得低矮下去，成为村庄里最大的油灯；把树林看得低矮下去，像风中草地。

2　驴在叫

马叫如笑，驴叫如哭："喂——哇——喂——哇——"

驴叫，是乡村动物中最酣畅淋漓的嘶鸣，高亢而苍凉，回声四起，酷似豫剧、曲剧、宛梆等本地戏曲中黑头的叫板。南方，之所以盛行阴柔委婉的沪剧、昆曲、苏州评弹，与当地缺乏驴、缺乏驴叫有关。柳宗元说，贵州高原引进的第一头驴子，虚张声势，徒有其表，最后消失于老虎的躯体。那头驴的祖籍肯定不是南阳。一头积极参与政治斗争的美国驴子，高高飘扬在旗帜上，去反对一头大象，也不会引起南阳驴子的艳羡。至于博尔赫斯想象的三条腿、九张嘴巴、双耳影子覆盖波斯北部行省马桑德兰的巨型驴子，更是与南阳的驴风马牛，不相及也。

在南阳，一头驴，知道自己的坚韧和软弱在哪里，知道本地人民的来路和前途是什么。它撕心裂肺的叫声，源于深情与悲情，而与恐吓、谋略和自负，毫无关系。一头驴张开嘴巴咏叹，打破方圆三里以内的寂静。村庄内驴子的数目，比牛、马、羊、狗、鸡、兔、鸭、鹅，少许多，免得众多驴子如泣如诉的嘶喊，加重农人的感伤。类似于在竹林中爱好发出驴鸣的魏晋名士，不宜在崇尚黄钟大吕的儒家社会中占据大比重。二十世纪末期以来，手扶拖拉机、小型卡车、面粉厂，如雨后春笋，逐渐取代马车、牛车、驴车、磨坊。但一座村庄不应该没有一头驴。没有一头灰蒙蒙如同晨雾般游移不定的驴，亲人们依靠什么来传达隐秘的欢乐与疼痛？羊鸣，过于微弱；牛叫，过于端正；马啸，过于淡远；猪吼，过于悲俗。要有驴，要有驴叫，帮助乡村万象传情达意、生生不息。

大多数时候，驴子对周围的时代和世相，保持沉默。埋首走自己的路，让流水、麻雀、昆虫、牛铃铛、车轴、半导体收音机、儿童、碾子、锣鼓、唢呐、笙、鞭炮、钟、发动机、收割机、插秧机等事物，说去吧，大声或小声说去吧。与牛马相比，驴子体形瘦、爆发力弱，但充满韧性和耐力，胃小，对饲料要求极低，无论麦秸、草、豆秧或棉花秆，都能使它胃口大开、心情愉快，是穷人们热爱饲养的动物。

一头驴知道自己做不了大事情，但比鸭、鹅、兔子等矮小琐碎的动物，更有责任感。它拉动驴车，往田野里送去麦种、化肥，朝集市上运来瓜果、粮食，车辕上坐着花花绿绿的女人和孩子，心疼驴子的男人则在坎坷土路上追着驴车跑。它在狭窄磨道内循环游走，脸蒙面罩，满身尘埃。闻见粮食被石磨粉碎后散发的芳香，咳咳咳咳打响鼻，别有用心地赞美和歌唱。主人明白驴子意图，笑了。劳作结束，一头驴的最大享受，就是吃到主人双手捧到它唇边的黄豆或小麦，再躺到太阳晒得灼热的尘土里，打几个滚。最好再看见一头异性驴子含羞走过，就高叫几声抒情，相约去村外树荫里幽会半日。但一头驴子的爱情，常受制于绑在树上或门墩上的绳子。若主人善解驴意，解开绳子，这驴子就撒蹄而去，薄暮时分才回到家门前的灯光里，心满意足……

一头驴不会私奔，那是马们的事情。"驴"字半含"户"，显出驴对于门户的依恋；半含"马"，显出驴对于马的艳羡。

因此，才有了公驴、母马之间的"跨文体写作"，作品就是边缘化、独一无二、不可复制的骡子，整合了驴与马之精髓，自律而又劲健。

多年后，与驴有过漫长交往史的我，在没有驴子的城市晃来晃去。穿行人海，如同一头驴穿行马群，很孤单。有一头驴隐居体内，必影响一个盆地之子的心境和行为。我的自行车就有着驴车的简单结构，负载瓜果粮食和女人孩子，越过一座桥或隧道。但我的善意在减弱，爱意在消退。一头驴子在乡村土路上遇到陌生老人，会停下来，直到老人爬上驴车再迈动四蹄。我骑自行车，对于街头乞丐的眼神，视而不见，并用"他们都是骗钱的人"来糊弄良心。上班也戴着墨镜，类似于磨坊里的驴子蒙上面罩，走一条黯淡、循环往复、毫无新意的路。我也常拍拍上司马屁，以便赢得比一捧麦子或黄豆昂贵的"年终红包"。偶尔到酒吧高歌，也会泄露出一头驴子的情状：打滚高叫，溅土扬尘。周围，那些马一般优雅的先生，侧目而视。

我爱驴。尽管在缓慢蜕变、背弃盆地，但以土气的驴子为镜，我身上仍能映照出一种驴子般的秉性——"犟驴"，南阳民间对驴子以及驴一般的人，有这样一种称谓，责备间暗藏疼爱。所谓犟，就是不逐风潮而动，立场在四个蹄子或者说两只鞋子内，抓紧大地，坚定不移。

从天真明快的童年小毛驴，到阳具硕大生殖力蓬勃的壮年公驴，再到沉浸于回忆和怀想的暮年老驴，驴一生，与盆地男人的一生何其相似，与我相似。一个热爱汉语、满身烟尘的男人，站在驴子一边，很合适。盆地流行著名俗语："骑驴看唱本——走着瞧。"表达出对于一条驴子之路所通往的未来，抱持信念。那些雄心勃勃的人，骑在马上，或坐在马转化而成的轿车里，看地图或合同，举望远镜。马叫如笑，驴叫如哭。笑未必喜，哭未必悲。

当我在异乡人海里疲惫倦怠，就转身回盆地，听驴子和大风高歌长啸，就对命运这一长篇唱本，有了看下去、走下去的勇气和力量。

3 牛，伏牛山

牛，盆地里形态最大的动物，使民间俗语"吹牛"，有根有据——吹动一头牛，比吹动竹笛、唢呐、笙箫，需要更巨大的体态、肺活量和虚荣心。

清晨，拾粪者在鸡鸣中起床，身背粪筐上路，手握铁铲。他能够从路上散落的动物粪便体积，判断昨夜是否有羊、狗、驴、狐狸、兔子、牛穿过。树林幽深处，被拾粪者忽视的一堆牛粪，有一朵野花从中穿越甚至被淹没。民间俗语"鲜花插在牛粪上"，指美女嫁给丑男。丑男如牛粪，知道自己在滋养美色，就必须牛粪一样全力以赴。

牛群走动，蹄音杂沓。一旦迈上公路，那欢跃耸动的臀部，便被赶牛人系上粪兜加以约束，以免公路管理所和公路尽头的城市愤慨、罚款。当下盆地，普遍使用小型卡车、播种机、收割机，来运输、耕种、收获，耕牛在田野消失，肉牛在围栏中增肥。身背粪筐手握铁铲的拾粪者，望着吃汽油的小型卡车、播种机、收割机所排泄的浓烟，很惆怅。丢下粪筐，转身走在通往化肥厂的路上。不久，他穿着用化肥包装袋剪裁漂染而成的所谓裤子，高唱豫剧埋头劳作，臀部隐约有"含氮量百分之八十，南阳化肥厂制造"等字样。

动物往往依靠体味划分势力范围。八百里伏牛山，这头最大黄牛散发出的磅礴腥膻气息，使周边广大地域保持生机和信心。民间俗语中的"牛气"，指的是那些成就感强烈、引人仰视的人，但他们往往不具备伏牛山和牛那样隐忍而大度的秉性。

牛，与伏牛山肤色相同，金黄、英俊而天真，大眼睛里保存两潭泉水和天空。我仔细看过一头黄牛的两潭泉水和天空，它将目光缓缓移向旁边树木，像羞涩的孩子或少女。在狭窄小路上，一个人与一头牛相遇，它会侧身让人先走。我曾在宽阔大路上被迎面而来的一头母牛拦住。它用嘴巴提示、引导、催促身后一头饥渴的小牛，喝几口我手提的木桶中的泉水。假如有过在牛屋中过夜的经历，一个人还有可能目睹小牛犊刚刚降生时的情景。它被母牛用舌头细细舔舐，像新芽，被一阵春风吹拂。

这些年，现代化养牛场在盆地大量出现，常位于官员和商人下车参观、洽谈合作比较方便的高速公路旁。牛，在流水线上吞咽复合饲料，面对记者摄像机、照相机的闪烁，表情茫然。"南阳黄牛，肉质鲜美，名动四方，誉满海内"，这一类句子，出现于路边广告牌，闪耀在电视、报纸、手机上。乘坐敞篷卡车，一群群黄牛奔向南阳市肉联厂。生命中这独一无二的长途旅行，蓦然终止于巨大电棍的袭击，转型为著名的"伏牛山牌"牛肉制品，走向全世界。

一个步行或骑自行车、摩托车的牛贩子，沿公路送往南阳肉联厂的牛群，规模比较小，从农户或市场上一头一头搜集而来。牛贩子与养牛人，借助于衣服遮掩，用手指讨价还价，以避免周围买卖者获悉行情，这一种幽默景象，在盆地屡见不鲜。小规模、野外散养的牛，比养牛场内大规模的牛，自由自在，被吹奏柳笛的牧童骑过，被画家画过，被诗人咏叹过，吃着立春后带着露水的花花草草。走到南阳市肉联厂门口，这些牛会流泪，低声像喊"妈妈"一样"哞哞"呼叫……

"牛市"，股民生活词典中动人心魄的一个词语，与牛的关系很抽象。为什么不叫"驴市""羊市"？因为"牛市"里的资本，可带来牛毛般浩瀚的利益，能洋溢出牛群走动一般的胜利气势？但牛市里，只有焦灼的面孔和呼喊，没有牛眼里的泉水和天空，缺乏林间牛粪护花惜香的爱意。我拥有过短暂养牛史，割草喂牛，不小心被镰刀割破手背留下的疤痕，犹如一个微缩的童年遗址，存续至今。而今入暮境，我尚存羞耻心和善意，端赖于那些牛引导我在身体内收藏了茫茫青草，而非指数曲线般的危崖与深渊。

牛，是农家最重要的财产。祖父因恐惧牛被盗走，睡在牛屋里，把牛缰绳系在手腕，半睡半醒中度过一个个夜晚。牛，能够使穷人保持自尊和勇气，犹如伏牛山，成为内陆欠发达地区幻想强盛的重要依据。"伏牛奋起"，这是南阳各级官员讲话、记者述评、企业规划、学生作文中频频出现的词组。这座山，一直处于盆地北部边缘，与桐柏山和秦岭东西接壤，海拔恒定，对"奋起"似乎没有兴趣。在冬季，一个南阳人，环顾八百里伏牛山南北两侧荣枯鲜明的风景，就会恍然大悟：这头牛，伏卧终年，就是为了用伟大身体作为屏障，抵御北方寒流来袭，让盆地气候接近亚热带，各类植物农作物能够欢聚一堂、欣欣向荣。

侧躺在一个小旅馆的木床上，我以慵懒而局促的睡姿，向窗外那一脉苍苍青葱的伏牛山致敬。有谁敢用拾粪者、牛贩子、盗牛人、屠夫、厨师、食客、股民一类眼神，觊觎之，献媚之？

伏牛山中的植物和人物，都是牛背牧童
短笛横吹就是八百里风声。
小麦幼小，永远不会变成老麦。
果实变成果酒，像女孩变成女人——
酒厂和秋季，就是醉人的洞房和婚礼。

从山北，到山南，

我是牛背上的植物还是人物？

果酒芬芳，新娘美丽。

伏牛山蹄音踏踏，在深夜才清晰可闻。

只有婴儿和垂死者能看见它走动的样子。

走出伏牛山的植物和人物

在外省异域子夜时分的地铁、酒吧中怀抱乡愁。

侧耳倾听豫剧老生般的苍凉牛叫

像依然在呼唤它或他的乳名，比如

黑妮、地黄、菊花、当归、丑娃、猕猴桃……

在酒吧，一个伏牛山人与一瓶故乡果酒相遇

酒瓶上的厂址依稀指明童年方向——

中国、河南、南阳、伏牛山

就感觉果酒在体内恢复成山顶果园，

胸前领带、项链，化为叮咚作响的牛铃铛。

遂感觉手中雪茄犹如故乡覆雪的烟囱

吐出一缕缕炊烟，直逼青天。

就和几个残留部分乡音的男子

围坐一起，想家，

组成一座小规模的伏牛山……

4　鸡鸣

当盆地最高的树枝上有曙色像新芽在萌动，此一时分，可对应以下词汇：

"凌晨"，太阳这一架战斗机力压夜晚、侵入白昼。

"拂晓"，一只大手掌拂去夜色。

"黎明"，万物明亮如猛虎，"把黎明看作是一切事物的胜利"（纪德）。

"清晨"，必须强调天亮时段的独特品质——清，万象无尘。

"早晨"，早啊，众生重新上路；早啊，一切的爱和喜悦，都不算太晚。

英语中，关于此一时分，似乎只有morning一词在潦草应付。

盆地里的公鸡庄重高叫，宣布新一天的到来。最东边，桐柏山下的人民开门见山，见山脉以上的天际，泛出鱼肚白、玫瑰红、火红……盆地低处的村庄，暂时处于阴影的遮蔽之中。最西边，一缕月色融入伏牛山悬崖以及寺庙里的佛眼。

自东而西，鸡鸣就这样潮水般、多米诺骨牌一般，渐次蔓延而去。万事万物一一醒来。假如有一个人，在最东边的鸡鸣中起程，向西，打马或者驾驶越野车穿过南阳盆地，须以怎样疯狂的速度，才能始终使马头或车头撞入黑暗，让马尾或后备轮胎甩起光芒？在河南、湖北和陕西交界处的荆紫关古镇，这个人，勒马停蹄或熄火停车，听鸡鸣正同时叫醒三个省份的黎明。

当桐柏、伏牛、秦岭、武当，这四座山脉一概处于晨光中，南阳盆地就被一个巨大花环明媚环绕。所有上早自习的中小学生，在高音喇叭传出的广播体操音乐声里，舒展腰肢。"发展体育运动，增强人民体质。原地踏步——走——"公鸡们没有原地踏步走，一边啼叫，一边四处寻找母鸡和草籽。广播体操音乐，从我小学时代的第四套演变成当代的第二十套，唯有鸡鸣不变："咯咯——咯——咯咯——咯——"

黑暗中的公鸡，对光线的感受力，为什么如此敏锐、精确？体内是否有一只闹钟，暗自嘀嗒嘀嗒作响？时针、分针与秒针，构成一只公鸡的神经系统，嘀嗒嘀嗒走动，一旦发出阵阵鸡鸣、钟鸣，黎明随即来临。自古至今，那些关于时间的计量器具，沙漏、日晷、座钟、手表，都没有公鸡神奇。我仔细观察过出生地余冲村的公鸡，羽毛和羽冠，会随时间推移嬗变颜色，类似日晷指针在变换自身投出的阴影。一只公鸡把母鸡推倒，在母鸡这一特殊沙漏内，安放某种沙砾，一枚鸡蛋就泄漏下来，让农妇记住一天又一天的消逝。

一个敏感的人，像暗藏一只闹钟的公鸡，沉睡或苏醒，待时机成熟，就吼出自己的喜、怒、哀、乐、悲、恐、惊。当下，大多数人身体内的钟，衰败了，对时代的流逝与剧变，毫无感知力。小酒馆里，他们醉醺醺用吃剩的公鸡骨头，拼成公鸡形状，与自己体检时的 X 光照片相对比，困惑："为什么？为什么我会做出不合时宜、秋行春令的荒唐事？"

我爱睡懒觉，热衷做梦，跟不上黑夜与白昼嬗变的节奏。闹钟响起，匆忙起床、洗澡、穿衣，赶乘地铁、汽车、飞机，谈生意、说废话、造谣、献媚、怀旧、狂想、沮丧……显然，这是一个与大自然节律格格不入的人。行囊中总要塞一只闹钟。这或许来自祖父的遗传？他早年外出贩牛，每到一家旅店都要询问掌柜："养有公鸡吧？别误了我明天早晨上路……有几只公鸡?”一般来说，如果公鸡规模在五只以内，它们的歌唱，对于鼾声深沉的祖父是无效的。

当下媒体屡屡出现“走红”一词，又俗又滥。走红，最初指公鸡在树枝上走出一缕晨曦，而今，常用来渲染那些在艺术圈或商界迅速提升知名度的人物。在缺乏鸡鸣、不乏噩梦的生活中，走红者伪装成公鸡，侵入公众视野和听觉。喝鸡尾酒时，想不起鸡鸣，在高脚玻璃杯里也看不见一只高脚公鸡的斑斓，这样一个人，如何能扣人心弦?

被写得俗滥的另一句话，是“亮丽的风景线”。那作者，一定没有目睹过鸡鸣声中盆地群山峰顶渐次明媚的轮廓线。

目前，盆地部分乡村尚存鸡鸣。鸡鸣三更，进城卖菜、买种子、打官司的人，起床了。鸡鸣四更，磨豆腐、嫁闺女、去寺庙烧香的人，起床了。鸡鸣五更，上学、做早饭、挑水、种地、割草、放羊、走亲戚、织布、说媒、盖房子、打铁、烧窑的人，起床了……除了强盗、窃贼、新婚者、懒汉、病人、小镇发廊内眼圈发黑的不洁女孩——鸡鸣暂时放弃他们，终将唤醒他们，谅解并怜惜一切错误、卑微的人。

田野里埋头劳作的农夫，不会戴一块手表。他如果戴了，就会像那些一边做爱一边抽烟的人，显得缺乏诚意。即便去小镇赶集或相亲，需要戴一块手表，他也会习惯性抬头，眯眼看看太阳在空中的位置，看看阳光在墙角、篱笆、树木、门槛投出阴影的位置，做出判断："嗯，不迟，正好。"对手腕上三个指针嗒嗒走动的准确性，他始终充满怀疑。

一只不会被工厂粗制滥造的公鸡，值得信任，为盆地召唤来第一缕可靠的光线和醒悟——

"醒悟就是从梦中往外跳伞 / 摆脱令人窒息的旋涡"（特朗斯特罗姆）。

鸡鸣！

5 猪的意义

猪，南阳乡村千家万户中最天真的家庭成员之一。在远古，某一前贤创造"家"这个字眼时，脑海中大约浮现一头猪，遂把猪作为屋顶下的唯一景象，阐释"家"的意义。他忽略了桌、灯、酒、神像、椅、床、蚊帐、女人、粮食、柴火、水缸、瓢、灶台、烟囱……只要屋顶下有一头猪，一个家族的秘史与前景都会次第涌现。

悠悠万事，唯猪为大。

在盆地，猪的地位与家族中矮小孩子的地位，大致相同。吃饭时，猪与孩子一同呼呼噜噜吃。玩耍时，猪与孩子一同在泥水中趔趔趄趄跑。上学时，猪与孩子一同走在通往校园的土路上。孩子钻进教室咿咿呀呀朗读课文，猪在操场上哼哼哼哼散步。猪是简单的，快乐的，可爱的，与孩子们关系紧密，往往被家长起了孩子般的小名："小黑""小白""小花""小二愣子"等等。

乡村里爱恶作剧的家伙，常常这样戏弄某个愚拙的人："我给你说一个对象咋样？漂亮极了——双眼皮，大眼睛，穿双排纽扣毛皮大衣，脚蹬小皮鞋，走起路来一摇一摆，说起话来哼哼哼哼……"那人动心了，遂被引领到一头正在树荫里午休的母猪面前"相亲"。恶作剧的家伙，愚拙的人，一同哈哈大笑。猪被惊醒，面前两个人的欢乐，使它整个下午都很愉快，哼哼不息。它对自己从没有给周围人事带来哀伤和愤怒，深感欣慰。

有猪的地方就是家，家与家联合起来就是家乡。乡村里相女婿，如果获悉对方没有养猪，那肯定是一个不可靠的人家——没有猪做基础，"家"字中的屋顶悬空飘浮，成为浮云，随风流荡。这样一个未来的女婿必然是二流子、浪荡子。没有一头猪在家中需要操心喂养，他肯定到处闲逛，骑摩托，提酒瓶，穿花衬衫，梳着锃光油亮的大背头，招惹远远近近的蜜蜂和蝴蝶。他甚至会成为一个在黑夜里奔跑、翻墙、抢劫的人。在古代，北方游牧民族侵入中原，就是因为草原上没有一群猪需要牵挂。

在盆地，没有养猪的人很可疑，孤单无依。两个陌生农夫在酒桌上相遇，在公共汽车里相识，知道对方养猪规模超过自己，就充满敬意，虚心交流养猪体会，从饲料配比、预防疾病、配种，到阉猪、增肥、销售，无所不谈，甚至成为朋友来往终生。两家的猪也可能来往终生，杂交出新一代优质品种。

拥有一头优秀的猪、种猪，比如"约克夏"之类有异国风味的猪，一个男人在村庄里的地位，比较高，会有许多男人递烟、若干女人递上挑逗的眼神。之后，他牵着一头优秀种猪，走在通往若干母猪的路上。之后，他可以收获若干钱币、五十斤玉米乃至某个女人的暗示。如果他以一头种猪为掩护，在若干村庄寻找艳遇，就有可能获得绰号"约克夏"，成为混同于种猪的人。九十年代以来，壮年男子纷纷外出打工，乡村阴盛阳衰，"约克夏"般的人、种猪一样的人，屡屡闪现在一些虚掩的门扉内、急促的灯影下，制造若干情事、绯闻和悲剧。

　　阉猪匠在乡村里的地位，卑微，但实惠。走村串乡，他吹出的笛音"呀嘟——呀嘟——"，酷似"阉猪——阉猪——"。养猪人听见了，打开猪圈，若干小猪就要承受短暂阵痛，以换得身体的持久宁静和肉质提升。运气好的话，阉猪匠一天可以阉掉三十余头猪，收入在六百元左右。

　　在路上，阉猪匠如果碰上那个绰号"约克夏"、手牵一头种猪的人，彼此会意一笑。阉猪匠嘲笑一番："兄弟，你阳气太盛。我手艺不差，给你试？"两人哈哈大笑，擦肩而过，奔往大致相近的方向。

　　盆地里的猪，有以下几种归宿：

　　在春节期间被宰杀。杀猪匠雄壮粗野。杀猪场面令孩子痛苦，跑到村外也能听到猪的呼喊，他就用小手堵着耳朵大哭。对杀猪匠的酬劳，往往是一大盆猪内脏。被分解成长条状的猪肉，系在棍子上，叫作"礼条"，由穿上新衣的孩子扛在肩头送往亲戚家。亲戚家舍不得吃，就由自家的孩子把礼条再送往其他亲戚家……春节期间，一副礼条在若干亲戚之间循环、抒情。最后，这礼条有可能被送回初次出发的那一人家，气味异常。舍不得扔掉，就用盐粒腌起来，再烹炒煎炸，就满嘴香气、一身力气了。

因红事（婚礼）白事（葬礼）而被宰杀。一个女人嫁到村庄里，需要一头猪消失在全村人民的欢乐和肠胃里。一个老人告别尘世，同样需要猪头作为祭品摆上祭台，陪伴亡灵踏上漫漫长路。

被南阳市肉联厂宰杀。猪贩子驾驶卡车、敲锣打鼓，沿着一个个村庄零散收购，再集中送到南阳市，转化为火腿肠、肉糜、排骨等食品，再乘火车与飞机迈向全世界。盆地乡村的猪们，"小黑""小白""小花""小二愣子"们，在各种超市、菜市场、餐桌、人体里，获得新远方、新命运……

近年来，养猪成本因饲料价格（主要是玉米）上涨而增加。养出一头二百斤的猪，需一年时间。一斤玉米价格则高达两元五角，三斤玉米养不出一斤猪肉。这头猪，在猪价低谷时期很自卑，大约只值七百元。扣除成本，养猪人赔了钱。一些镇长要美化环境、发展旅游，嫌弃猪圈，在公路边建设的新村落里禁止养猪。盆地猪群规模锐减。养猪人进城蹬三轮送货，或拉一个外国游客串街走巷看风景，一天能挣一头小猪的价钱。更多人出走到南方打工，村庄寂寞而空旷。

《南阳晚报》调查报道，在某个名叫"王家湾"的村庄里，出走的养猪人现状如下："王万里，在兰州做厨师，每月六千元；王有福，在成都当泥瓦匠，每月三千三百元；王富贵，在郑州做缝纫剪裁，每月三千九百元；李新春，在南阳当保姆，每月管吃住另外再给三千元；刘秀玲，在上海当清洁工，每月四千元，住在公司小花园里，水、电免费；赵发财，在深圳当工人，每月五千三百元，机器轧碎过两根手指……"文章末尾，署名"杜传"的记者这样抒情："在南阳众多村庄里，孤单的老人养一头猪，是为了延续农家小院的生气和信心。"

猪少了，盆地空虚，猪肉价格上涨。当下，一头小猪就值一千元。乡村女孩出嫁，最时尚的嫁妆是一卡车猪欢声歌唱。那些禁止养猪的镇长后悔了，开始鼓励养猪。在远方晃荡的年轻人纷纷回乡，借钱或贷款盖起养猪场。白天忙着饲料配比、预防疾病、配种、阉猪，夜晚全家人睡在猪场里防盗贼。猪少了，贼就多了。

盆地里一个著名偷猪贼，骑自行车在若干村庄漫游，能顺风闻出猪圈位置，朝猪圈里扫一眼就能判断猪群规模和生长态势，制定出跨度长达半年的"偷猪进程表"——不宜偷一百斤以下的猪，要循序渐进，追求可持续发展。他选择在阴历十五到阴历二十之间的夜晚，月光大好，利于偷猪。"猪对月光和月光下的人影，充满信赖和依恋。黑暗中，它们就会不安、慌乱、嚎叫。"偷猪贼被捕后如是说，接受电视台记者采访时，像诗人一样赞美月光。他在猪圈上凿洞，用柔和的语调、树棍，引导双眼迷离的猪半梦半醒走在蜜糖般的月光下，趋近公路上预先停放的一辆小型卡车。"偷来的猪也不能贱卖，要卖高价，要有很心疼这些猪的样子，就不会被人怀疑。"

警察们在众多猪圈和猪肉市场上困惑、蹲守、眺望。直到某一月夜，终于和这个偷猪贼相遇，惊喜、慌乱、团结，一同摔倒在地上。手铐像南阳盛产的玉镯一样闪亮。猪们静观这一场景，嘟嘟囔囔发出赞叹。

这些养猪、偷猪的事情有新闻价值，让媒体欢喜。若干养猪人被请到南阳电视台《新农村》栏目，畅谈"猪肉价格周期率"，建议政府减免生猪税费——矮小的猪，竟然承载屠宰服务费、消毒费、检疫费、教育附加税、城市建设维护费等。养猪人面对女主持人话筒，表达幽默感："俺不知道猪需要教育，也不知道俺的猪也能在城市里散步。"盆地万千电视机前的人，大笑不已。

一天，某镇长深入基层调查研究，称赞养猪人是"有为之士"，动员他们把养猪场建到临近公路的开发区，便于领导视察，树立本地形象。"有为之士"发愁：在开发区养猪，收税名堂多，养猪成本高，猪的心情也没有在野外愉快，肉质差一些。拒绝。镇长无奈，下令盖起一个没有猪的"养猪示范场"，围墙刷上标语："拉动养猪产业链，全镇人民奔小康"。某日，有一高级别官员在公路上奔驰，看见标语，脑海里浮现猪群壮景，指示：次日来猪场召开现场会。镇广播站发出紧急召唤："全镇人民注意了：为集中展示我镇养猪业发展成就，镇政府向养猪农户借猪一天，报酬是每头猪一百元，数额有限，欲来从速。"全镇人民赶着自家的猪，从四面八方朝着镇上那一座空荡荡的养猪场汇聚——猪，自卑复自傲的猪，抽象复现实的猪，促成某个镇长的虚假政绩和丑闻。

目前，盆地猪群养殖力度空前，正争取尽快恢复到多年以前的密度：农夫数目与猪的数目大致为一比一。一个农夫、一个卑微的人，与猪互文互动，使盆地热力四溢。以猪为镜，一个人的进攻性、破坏欲，都会大幅度降低。甚至连丘吉尔这个大约属老虎的人，对猪也深怀谦卑之心，在伦敦低语："狗讨好我们。猫藐视我们。只有猪能和我们平等相处。"丘吉尔与一个南阳盆地养猪人，完全能够达成共识：猪是唯一能陪我们吃熟食的动物。

一头猪最终消失于刀俎、火焰和人力，这命运，一个人又何尝能够躲过？人吃大地一生，大地吃人一口——坟墓，就是大地最终张开的嘴巴。万物守恒，彼此补救。南阳大量出土的汉代古墓，有众多陶猪陪伴亡魂穿越黑暗中的孤独。而今，陶猪在南阳博物馆内展示东汉风俗。猪年出生的孩子，依旧很多。属猪的人，走出盆地，晃荡在北京、纽约、新德里，仍会以猪的隐秘视角看待世界。他们不屑于和那些属马、属龙，或以马、龙自命的人，去进行惨烈竞争。让那些马、龙，去追逐"成功""腾达""远方""云端"一类缥缈概念吧。这些爱猪、养猪、属猪的人，暗自抱持一种秘而不宣的幸福感。

一头猪与大地芳草的关系，素朴、清新而恒久。

6 猴子之舞

一个身体肥沃的新野女子，手持奶瓶喂幼猴。母猴病死，那孤儿般的幼猴，就把这女子当成母亲，在她绚烂的怀抱里钻进钻出。

这是夏天的中午。树荫浓绿，热风劲吹。

女子对我说："这猴娃可亲我呢。我老了靠它养呢！它叫'小四'。比儿子强，儿子有了媳妇忘了娘，花喜鹊，尾巴长——靠不住!"两个叫"小二""小三"的男孩站一旁,撇嘴、嫉妒、无奈。一只大猴在家中排行"老大",跟着她丈夫去外地演猴戏了。还有一只老猴,演不动了,退休,成为女子的"六弟"。小二和小三,就必须喊这只老猴"六叔"。

在大江南北许多城市街头,我常看到一群人围观艺人挥鞭高唱,几只猴子卖力表演:钻圈,摇滑板,骑车,投篮,爬杆,跳霹雳舞,穿衣化装,拳击赛,掷飞刀,反抗南霸天,西游取经去……演出高潮中,临近结束时,小猴就端起盘子向观众讨钱。艺人口音暴露来历:新野。农忙时节回家种地,农闲挑担子、背行囊、挤公交车、爬火车,在异乡漫游赚钱。

南阳盆地周围群山并不出产猴子。动物学家考证,这些猴子演员的祖先是太行山猕猴。因猴戏,猴子像人一样在新野繁衍生息,有千年历史。南阳汉代画像中有猴戏表演场景,证明:在没有电影、广播、电视剧的东汉,官宦人家通过猴戏娱乐身心——以猴为镜,他们时常摸摸臀部,担心也有一只尾巴忍不住从华服长衫内挺立起来。"别翘尾巴""夹起尾巴做人",盆地流行这两句古话,大约与猴戏之启示有关。

罗贯中在《三国演义》第四十回写到"蔡夫人议献荆州,诸葛亮火烧新野"。没提及新野猴子在战乱中的命运。新野籍南北朝诗人庾信，羁留朔方，望乡咏叹："唯有河边雁，秋来南向飞。"他笔下也没出现猴子。端庄中和、哀而不伤的古诗词，怎么会容纳一只毫不雅致的猴子？像一个不那么雅致的新野艺人，丧失了被言说、关照的价值。

在通往外地的长途汽车或火车上，一只猴子站在扎紧的麻袋里，克制自我，不发出异样的声音和动静。麻袋立在过道，或扔在车顶大网里。周围是人的汗气、酒味、脂粉味、吵骂声、汽车喇叭声、收音机声、手机铃声、狗叫声、风声……猴子一声不吭。它不能让处境类似于猴子的主人为难。它忍耐着自己的屎、尿、屁、饥饿感、叹息，在麻袋构成的小宇宙里，半醒半睡半混沌，期待终点站和一碗热面条的到来。

四川或陕西的一个县城街头，警察、保安与观众，愤怒制止猴戏表演，抗议一个新野艺人扮演的"黄世仁"鞭打一只猴子扮演的"杨白劳"。"黄世仁"被揪到派出所审讯，"杨白劳"哭泣求情、呜呜哀鸣。其实，那鞭打，仅仅是虚拟、夸张的煽情动作，以图获得观众怜惜和人民币。猴子像家中那些孩子，是艺人的心肝、活命之本。它们懂。

夜晚，在小旅馆遭偷窃。若干贼毫无收获，悻悻而去。一个假装睡去的艺人捏紧手中的两个馒头，松一口气。他的全部收入，都藏在馒头核心处，这是世代祖传的防身术。当然，明清及以前的旧时代，馒头里藏的是银圆、铜板。

霜降到立冬，种罢麦子，猴戏艺人离开新野上路卖艺。第二年，五月小暑时节，回到盆地收麦子，全家团圆。在天南地北消磨半年时光，一群猴子与一个艺人，可赢利三万元左右，这是一个家庭的学费、药费、种子费、化肥费、礼费、手机费、电费、油盐费、嫁妆费、丧葬费……猴子归来，在家门前呜呜哭泣，像浪子游子还乡，被泪眼汪汪的女主人抱在怀里亲着，抚摸着，喊着"老大啊""六弟啊"。

树荫浓绿，热风劲吹。新野女子一手搂着幼猴，一手指着两个男孩骂："不能忘恩负义，是六叔养活了你们小鳖子！"她哈哈笑。我也呵呵笑。

那个所谓的"六叔"或"六弟"，蹲在门槛上嗑瓜子，回忆往事中曾经出现过的一只美丽母猴。远处，几个妇人随着音乐跳健身舞。"六弟"或者说"六叔"伸长脑袋，观察她们，也想加入人类的欢乐里去？

南阳民间有一支古老歌谣《下九流》："一流玩马二玩猴，三流割脚四剃头，五流幻术六乞丐，七优八娼九吹手。"现在，下九流中的若干支流，已升格进入上流、上游，如："玩马"成为马术运动员，"割脚"成为洗脚屋总经理，"剃头"成为持有香港培训证书的发型艺术师，"幻术"成为精神病诊所里的催眠大师，"优"成为德艺双馨表演艺术家，"吹手"成为唢呐演奏家。唯有"玩猴""乞丐""娼"，依然在人间下游，暗自流动。

这些年，猴戏衰落。年轻人喜欢去大城市闯荡，当快递员、厨师、建筑工人、保安、保姆、门卫、房产中介、挖掘机驾驶员、酒店服务员、骗子、窃贼……一只猴子进入大城市谋生的可能性，小了。即便从形态到心境，它酷似一个南阳人，也无法去警署办理身份证，如何能在高铁车站或飞机场靠刷脸通过安检？

一个写作者，也是猴子？被笔杆这一条绳子牵着，命运之神站在旁边敲锣打鼓。他忍耐着，挣扎着，爱着。纸上字迹，就是猴子舞蹈的身影和凌乱足印。

花朵充盈

1 槐花灿烂

暮春，槐花在南阳盆地大面积雪白灿烂。一种态度拙朴的树木，在春夏之交满头花瓣，犹如女鬼妩媚一现。槐，就是树木中的鬼魅？

与松树、桐树、杨树、楠树、栗树等树种相比，槐树实用功能有限：

槐花，采摘洗涤后拌以面粉蒸煮作为食品，甘甜，名为"蒸菜"；

槐荫，盛夏时节供乡亲或过客乘凉、拴驴、打牌、说闲话；

槐树枝，折断即为木柴，烧饭，取暖；

槐树丛，鸟巢密集，鸟类天堂；

槐树，有限的生长高度被穷尽后，伐倒，可作为新房檩条，成为栋梁是其他大树的事情；

槐树墩，被镢头、镐、锹，用一根烟工夫或一个下午挖出后扔在墙角，人可以坐，雀可以落，猪可以拱，鸡可以刨；

槐树坑，雨后蓄一汪水，牛羊麻雀等走兽飞禽渴了，俯身啜饮，顺便看看倒映在水坑中的一小块天空；

槐树根，在地下盘根错节游走，高兴了，随时探出地面举出绿叶，一个流浪汉回到蛛网密集的家门，在窗前或灶台旁看到一棵小槐树，像等候他多年的绿妻子……

在盆地，小路旁、河流边、土墙内、坟墓外、石桥头、牛车下、戏台上，往往有槐树丛生。即使干旱年代，它们仍绿叶纷披，像穷人家极其好养的孩子、猪、狗。从幼年，到中年，我在穿行盆地的过程中，体会乡亲们对于槐树的深情。歌谣为证："房前种上大槐树，不忘洪洞众先祖。村村槐树连成片，证明同根又同源。老鸹窝里老鸹叫，一代一代过来了。春天里来吃槐花，味道鲜美人人夸。山西习俗带南阳，不忘洪洞是故乡。"

《明实录》等史料记载，以及世代民间口头传说，表明：

南阳乃至中原的五百五十四个姓氏，是明朝洪武年间以来数次大规模移民的后裔。每次移民的出发地，都是洪洞县广济寺内一棵荫蔽数亩的巨大槐树下，树上布满密密麻麻的老鸹窝。移民们把槐树、老鸹，视为故土的象征和徽记。他们携带槐树苗上路，进入南阳，便被无边的荒凉沃野惊呆了。谁有力气和野心，谁就可以成为大片土地的主人！清早，他们起身，把犁铧深深扎进黝黑泥土，直到深夜才恋恋不舍回到出发地，身后犁痕构成一个巨大的不规则环形。环形野地中央，栽一棵槐树，树身悬挂一个标牌，写上姓氏"张""高""王""余""马"等，一个村庄的雏形就出现了：张村，高庙，王庄，余冲，马家河……

槐花灿烂。老鸹亦即乌鸦，在白色槐花之间出没咏叹。广济寺内，那一棵大槐树与老鸹关系亲密，使南阳人对老鸹怀有复杂情感。喜鹊羽毛美丽、叫声清脆，与老鸹对比强烈。老鸹不祥的乌黑色，如一团阴影飘摇于盆地上空，"嘎啦——嘎啦——"的歌唱，悲哀刺耳，宣示死神的存在，发出不祥预言。盆地里，一个喜欢说扫兴话的人，会获得绰号"老鸹嘴"，成为老鸹的隐秘替身，被人敬而远之，尽管他常常揭示了某种真相和走势。像"老虎""老鼠""老赵""老魏"一样，被敬称为

"老鸹"，显现出人们对这种异常鸟类的敬畏之心。需要老鸹与喜鹊，组合出人生的复杂性和不确定性。如果身边存在一个恶棍，人们会祈望老鸹盘旋在他头顶，像轰炸机或无人机，发出定点清除的威胁。而临终的老者，在老鸹的枯涩叫声中，能隐约听见洪洞县广济寺内的钟声？

如果把槐树视为春天里眉眼妖娆的女鬼，老鸹，大约就是簪在她绿发间的饰品。在罗兰·巴特所说的万物普遍"脱魅"的工商时代，盆地里的槐树，因散发鬼气而魅力犹存——"魅"，指的就是那些似鬼非鬼的事物？

歌谣流传："谁的小脚指甲两瓣瓣，谁就是大槐树底下的女；谁的小脚指甲两瓣瓣，谁就是老鸹窝下的男。"当年，为防止移民在迁徙途中逃回山西，官府便在他们小脚指甲上劈一刀留作印记。从此，移民后代的小脚指甲，神秘遗传出两瓣形状，如槐花。当下，亲密如兄弟姐妹的人们，洗脚后坐在河边或泳池边，端详对方小脚指甲，犹如商场官场上的人们彼此掏出名片，就拥有了共同来路和一脉相承的隐痛——

恍惚有一只墨色老鸹的嘴巴，在剥啄白色花瓣。

2 桃花的运动

桃花在惊蛰前后进入繁盛期，艳异无比，惊醒盆地里的春天——惊艳。

闪电模仿桃树枝条，蓦然闪现，又迅速折断。雷声回荡，春雨潇潇。雨后桃花，仿佛美人肌肤上渗出点点滴滴的汗水。

把桃花和美人相联系，不是唐代诗人崔护的专利。在南阳乡村，名字叫作"桃花""春桃""小桃"的女孩很多。长大成人，进入玫瑰、月季、牡丹、郁金香一类富贵花朵统领的城市，她们就是桃树的隐秘化身。用"玛莎""菲亚"一类词语，覆盖那些与桃有关的、土气盎然的名字。夜晚，对镜观察自己的乳房，惊讶于它们与桃子的相似度。开始学习使用粉底霜、胭脂、口红，这些受桃花和桃子启示所发明的化妆品，能遮掩掉日常生活的苍白、污浊和晦暗。

在盆地，男人若面带桃色，往往被相面师指认："你有桃花运。小心女人的纠缠……"男人揉脸，对头颅深处桃花运动泄露的信息，窃喜而慌乱。他爱桃花，爱桃花般的女人。他赞美那些姿态妖娆的女人："桃花眼，水蛇腰，木瓜奶子翘得高。"

一种古老审美标准，与当代模特"冷脸，平胸，猫步"之尺度不同。"桃花眼，水蛇腰，木瓜奶子翘得高"的女人，并不多见。偶尔出现，会成为众多男人怀想的热点。与她相关的桃色新闻，到处传布。她将推动若干事件的发生，像花信风，推动桃子的成熟和衰败。

一个盆地男人若有幸拥有美人，他微微自卑又疑虑。始乱终弃，撤退，留下美人在桃色中孤寂。充满诱惑力的事物都含有毒素？他最终选择素朴无毒的女子为妻，标准依然古老："大脸，肥臀，冬瓜腰！"这是生育能力强壮的形体特征。

桃花花期短暂，很快就消失于桃子的萌动和壮大。从青，到红，桃子在初夏成熟，把枝头沉沉压低。蚂蚁和虫子，提前沿着树干去亲近。被蚂蚁和虫子爱过的桃子，最甜，如同浮浪子弟环绕的女人最美。

我曾在某城参加一个装置艺术展，看十吨桃子浮于巨大水池，缓缓变质、腐烂。池边，竖有圆形金属立柱，放一颗巨大镀金塑料桃子。一池"易腐"的真桃子，一颗"恒定"的假桃子，形成对比和转换关系，就是这一装置艺术作品的主题。那一个长发飘荡、戒指闪亮的作者，手举高脚杯，向来宾阐释创作意图。我茫然：这也是艺术？用卡车从果园里拉来一车桃子，狠狠心倒入水池，一个男子与果农对比出了关于桃树的淡漠，就迅速转换成艺术家？他大约没有乡村生活经历，与桃树的栽培、浇水、剪枝、除虫、采摘，毫无关系，与一个果农的疲倦和快乐也无关。

在童年，我的众多想象和惊喜，被家门前的大果园培养和收藏。桃子、梨、苹果、柿子……联袂而来，构成一个孩子眼中的四季秩序和大局。但我很少能用牙齿和肠胃亲近它们。坐着篮子、纸箱、马车，它们随同祖父，消失在通往县城的土路上，再转换成油、盐、醋、小米、火柴、铅笔、连环画……童年的经历、视角和心境，贯串生命史。一个果园，以它的浓荫、花香、果实，覆盖我渐渐花白的头颅。在素纸与笔墨里，仰望果园，走笔，成为一个乡村之子终生的功课。

我至今没有形成用水果刀削皮的习惯。把水果冲洗后，从果皮一直吃到果核，像从暮年一直回溯到童年。这果核般永远不会腐败的童年，决定一个人的生命轮廓和味道。吃相，泄露来路和去向。来自果园，就必须成为果园。对那个把十吨桃子倒入水池、把果园从天空倾进水池中的艺术家，我不会走过去握手和交谈。

水池中的这一"作品"，将被保留到桃子们腐烂的时候。

深夜，有被雇用的保安守护水池，以防流浪者、民工、保姆和孩子们前来打捞桃子。我童年时代家门前的那一个果园，无人看守。路过的人饿了，可随意摘果实充饥。祖父有一次在果园漫步，忽看见邻居正提着大竹篮慌慌张张摘桃子。就赶忙蹲下身，屏紧呼吸，直到邻居满载而去。祖父说，怕那个邻居看见他，会害羞、愤怒、彻底变成撕下脸皮的贼。"他一定遇到为难的事了。他是讲面子的人。一篮桃子能帮他，值得。"多年后，如果祖父面对水池里的十吨桃子，会像当年那样平静地对待一个出足风头的艺术家吗？

祖父的桃子和果园，帮助我成为一个写作者，让桃花和桃子，从纸上运动到人心里去。

我随身携带祖父多年前切割下来的一小块桃木：桃木辟邪。一块曾经涌现无数桃花、桃子的桃木，能佑护人类，多么神秘。它与乡村门楣上方镶嵌的镜子，拥有同样功能：使妖孽鬼魅们睁不开眼，让一颗心、一支笔，充满美意和爱意。

3　葵花向阳开

在盆地，葵花没有广泛种植，零零碎碎散落门前屋后，赋予农家小院以数月的美感。

花茎直立，花盘圆满，聚生千百朵细碎小花。每朵小花预示一颗葵花子，排列有序，格局井然，仿佛在按照乡村木匠打出的纵横墨线生长。

花盘周围有舌状大花，明媚复灼烫，负责诱惑昆虫，来为花盘中的小花授粉。类似于盆地歌舞团里的性感女郎，裙裾下摆有艳丽花边抖动，指导、煽动男人的视线和心跳。歌舞团给乡村带来的骚乱，很短暂。舌状大花对葵花的影响力，持久悠远，从开花的初夏，到伐葵的深秋。

葵花开放而后结籽，一只又一只老鼠就迫不及待，沿壮硕花茎高高蹿上花盘，蹲着，熟练又苛刻地选择稍微成熟的籽粒，剥而食之。十月，那葵盘往往只剩余一半籽粒了。女人们抱着葵盘，一边骂那贪吃的老鼠，一边像老鼠一样剥而食之，乡村里的流言蜚语变成甜言蜜语。

男人一般不吃葵花子，把有限的美食留给家人。他们抽烟，抽用旧报纸裹着粗劣烟草卷成的烟。偶尔可见抱着葵盘边吃边走的男人，要么是单身汉，要么是有脂粉气息的浪荡子。葵盘如镜，映照人性。

一丛葵花，是穷人家门前的"点心店"，也是乡村医生的

"中药房"。外祖父王恩惠，一个著名民间中医，从猪马牛羊，到男女老少，都能被他妙手回春。那同时还是一双木匠的手、农夫的手、三弦琴琴师的手。门前种满葵花。晚风大作，我在外婆身边醒来，能听到葵盘俯仰相互碰触拍打窗棂的声音。外祖父喃喃低语："风越大，葵花长得越好，药劲越大。"风能帮助葵花相互授粉。外祖父用葵花捣烂外敷，治疮痈；用茎叶以水煎服，治"红眼"；用花盘，治哮喘；用茎根，治胃疼……

从葵花开放，到葵盘结籽，来外祖父家求医问药者，络绎不绝。相当一部分疾病，就是了结于葵花的力量。外祖父去世，坟墓周围，年年有无名者悄然种下葵花。葵花的叶子、花朵、花盘、根茎，相继被人采摘。据说，外祖父的亡灵，能在葵花内注入药力、消解疾病。

二十世纪六七十年代，葵花由于"白昼向阳"这一特性，成为政治化的植物，被称为"向阳花"，从乡村漫向城镇。街头巷尾的墙壁上，绘满葵花盛放的形象。文艺宣传队演员手举纸质的葵花道具，跳着表达忠诚的舞蹈，歌唱："葵花朵朵向阳开呀，祖国处处好风光啊。"

如今，远离政治隐喻的葵花，成为葵花自身，在风中俯仰荣枯，都是自己的事情。

在葵花周围成长起来的孩子，易形成头颅高仰的姿态，被同事或竞争对手视为傲慢的人。中年，他低头甚至佝偻起脊背走路，但那同样是葵花的姿态，葵花傍晚以后的姿态。

4 睡莲的力量

由桐柏、伏牛、武当、秦岭四座山脉，环绕而成一个巨大花盆：南阳盆地。花朵连绵不绝，终年盛放，从蜡梅、迎春、桃花、杏花、梨花，到最终的菊花、雪花。一个巨大花盆，摆在黄河与长江之间的辽阔案几上，花朵充盈。

最安静的花朵，应该是睡莲，白、紫、红。莲花在安睡，从初夏到深秋，盆地万象都像是它的美梦，我是它的梦中人？

乡村佛教徒们常常在农闲时节聚会讲经，墙壁上，并列着毛泽东、邓小平、耶稣、菩萨的画像。他们讲经时的话，很诗意，把夏季的闷热喻为烦恼，把清凉池水喻为解脱，把睡莲喻为解脱烦恼的智者。月光下，灯火里，他们手捧佛经、焕然一新，用书面语诵唱或交谈，比如："爱出者爱返，福往者福来。""一念放下，万般自在。""一灯传诸灯，终至万灯光明。"……不再用土语俗谚打情骂俏、吹牛赌咒，变得像莲花一样清新。彼此互称"莲友"，像许多人互称"酒友""棋友""文友"一样。

信佛的人，感受着睡莲的美与力量，那是爱怜、慈悲的美与力量。

穿过南阳盆地，我与众多古寺相遇。寺内，有泥塑或铜铸的莲，在佛足周围开放。诵经声、祈祷声，像睡莲上的蜜蜂嗡鸣。佛，坐在莲台上，像夏天一样端庄盛大。

夏天，无论村庄里的池塘，还是旷野湖面，都有莲花在晨午开放、在夜晚垂闭。一些丧失生活信心的人，借助绳子、农药，了结生命。连死也想死得美一些的女子，则会等到睡莲开放，才加入池塘中去。第二年，那一池睡莲，明艳得格外惊心动魄，花朵如白纽扣、紫纽扣、红纽扣，缀紧风中水面这一件绸缎衣衫，裹紧、藏好某个女子的哀痛。

乡村屋檐下，晴日里，会晾晒起一两件青色寿衣。绣有白色睡莲图案，将去陪伴一个被绝症或死亡预感笼罩着的人。那些青与白，让少年不安，低着头匆匆掠过。一旦他能正视这些寿衣上的睡莲，就长大成人了，懂得了这人间的鲜艳与哀凉。

多年后，在某一座巨大城市，我目睹来自美国火奴鲁鲁美术馆馆藏的莫奈《睡莲》和凡·高《麦田》。这两个拥有乡村背景的异域画家，让我感到很亲切。那从颜料中脱颖而出的睡莲和麦田，酷似我故乡南阳的睡莲和麦田。当然，也略有差异，与光照有关。美术馆为保护油画所设计的光线强度，不能超过一百勒克斯，微弱。我梦中的光线和盆地，同样恍惚、稀薄。

如果在夏天返回南阳，我就能拥有灼热日光和睡莲的寂冷。霜降后，睡莲起身，沿着莲梗这一条细长枯萎的小路，远了，消失了，像我在盆地里消失了一样。

5　夜里雪

雪花，岁尾年初的花，被南阳盆地这一个巨大容器承载。雪落盆地，一个渐渐雪白的巨大花盆。

第一场雪大都细微而谨慎，像初恋。往往在黄昏飘落，借暮色隐藏内心的悸动？雪落在屋脊、树梢、牛车、猪圈、狗头、麦地、小路、河面、手心……很快就融化成水滴、薄雾，仿佛失恋后的忧伤。中雪、大雪、暴雪，也将相继到来，那就是不要命了的热恋、生死恋。

雪花弥漫，万事万物间的联系空前紧密。河流上，一叶小舟的动荡，被密集的雪花次第传染了山巅野兽的走姿；穿花棉袄、涂口红的女孩，咀嚼雪花，使周围的蜡梅加重暗香；乡村雪夜的出走者和归人，手提两盏马灯，在小路交叉处交换灯光，两张脸交换雪花扑打着的惆怅……

雪霁。盆地海拔比往日提高半个牛腿。乡村的富裕或贫穷，被雪遮蔽，茅屋与瓦屋毫无区别。一派宁静。平素车马喧闹的公路，少有汽车或拖拉机穿越。流言与谣言，在乡村里扩散："张村一个醉汉掉进落满雪的水井，淹死了。""县城里的厕所配铁棍了，城里人一边尿一边敲，不然那尿就冻成冰棍，成第三条腿了！"……

清晨，最勤快的农家门前，率先出现一条用铁锨、扫帚清理出的小路，通往井台、红薯地窖、菜园……全村人开始出动，清理出通往田野、渡口、邻村的大路。在盆地，如果想了结与邻人的积怨，有两种方式：第一，在邻人的葬礼或婚礼上，向死者跪下、叩头、点燃纸钱，或者向新郎新娘祝福并递上贺礼；第二，雪后，把自家门前的路，一直清扫到邻人门前，接过邻人双手递过来的烟袋。

乡村小学，钟声寒冷。手上有冻疮的值日生早早起床，走在雪野里。小学在一里以外。他个子矮，觉得周围一切事物都高大。两只手，揣在空荡荡的袖筒里，像在抱着一颗小心脏，去送给未来。推开教室门，把教室后面堆积的柴火使劲掏出一捆，在大火盆中点燃。那些玉米根、芝麻秆、树枝、豆茬，是秋天的劳动课上，被师生们从田野里拾来以备越冬的。现在，他把破门窗关紧。大火盆渐渐溢出火苗，他的手和脸红了，热了，冻疮有一些痒。教室木格格窗上糊的白纸，有了微红的光。咯吱咯吱的脚步声越来越响，同学们踩着积雪和薄冰，来了。

地理课。老师灵机一动，指着教室中间火苗闪烁的大火盆："咱南阳盆地，就是这火盆的形状啊，伏牛、秦岭、桐柏、武当，围在四周，咱学校就位于这火盆的东南角——哎哟喂，东南角的火苗还不小呢！"学生们放声欢笑。课间，吸溜着鼻涕跑进露天厕所，用冻得不听使唤的小手，互相帮同学解开肥大棉裤上拴成死结的腰带。厕所土墙上，有凌乱涂抹的粉笔字迹："庄稼一枝花，全靠粪当家""瑞雪兆丰年""绝密消息：小红和铁蛋好"……

我是当年小学值日生中间的一个。地理课学得不好，遂无视各种边界，从青年时代开始，漫游于辽阔的国度。在南方和北方，街头厕所雅称为"洗手间""化妆室"，堂皇华丽，没有涂鸦。男男女女在其中冲洗手段、妆饰焦灼。小雪与大雪，只是两个节气而已，像情人节那一日未必有情人在街角等候。体验冷峻，保持安静，只能买票去室内滑雪场，独自消磨一个下午。这人造的雪，是雪的赝品和纪念品，失去弥漫和飞动的能力。幸而有早年落雪的教育，使我一生不敢成为肮脏的人。

某日，在建材超市选购大理石，为新居制作窗台。"印度红""中国黑""海浪花""绿孔雀""金花米黄"……被切割成长方体的各种石头，来自国内外的群山万壑。忽然发现产地为伏牛山的大理石"夜里雪"——黑如夜色的石头，纹理间弥漫白色雪花。一场夜雪。我用略微近视的眼睛，凑近石头，蓦然感觉有寒冷大风夹杂雪花，自石头深处扑面而来……

是谁命名了这种来自故乡的石头？一个有过雪夜行走经历的诗人，或许就是那个首先开采出黑夜和大雪的矿工，用石头作为信物，佑护和安慰出走四方的游子。

把"夜里雪"镶嵌在我家窗台，拥有一窗故乡的黑夜与大雪——

　　……在异地，节气、气节常常暧昧不明
　　我已多年没有在路上接受白露、霜降和大雪。

许多晋唐宋元的宣纸，珍藏在博物馆深处与风绝缘

许多空调，把热量演绎成氟利昂

许多拢在嘴巴旁边的手

在沪深股市内呼喊出上海牛叫或深圳熊叹。

只有窗台上的陶制花盆、陶制的小盆地

使我依稀闻到故乡充盈无尽的花香……

风吹四野

1　藏风聚水

"风水，藏风聚水，风宜藏而不吹，水宜聚而澄清。"某日，在南阳城某餐馆，一个风水先生端着酒杯对我说。他用书面语，古雅，说服力也就强一些，显得有根有据有渊源。接着，他用口语，细细描述盆地几座著名村镇形势，指出其风水与若干奇迹间存在的关联，令我耳目一新。

风水先生本职是中学地理教师，每逢寒暑假，怀揣罗盘和八卦图，在盆地到处游走，为新筑造的阳宅或阴宅看风水。名气不小，报酬很高。其曾祖父就是晚清南阳著名风水先生，遍历大好河山，为一富翁寻找墓地。在距离富翁村庄二百余里的伏牛山中，找到地貌酷似一把龙椅的阴宅，遂预言："埋葬此地，子孙登基。"富翁大喜，毅然决然死去。纸钱纷飞的送葬队伍，蜿蜒穿过盆地。两天两夜后，一副楠木棺材进山入土。若干年后，富翁的后代果然黄袍加身，在唐河县豫剧团的古装戏里，面南而治，一群女演员作为后宫佳丽，花团锦簇。

"曾祖父慧眼独具，并无戏言，我等望尘莫及呀……"中学地理教师感慨评点。我笑了。据说，他的"得意之作"，是把某家族墓地格局做调整：将若干年前构成的亡夫左、亡妻右的错误格局，通过迁坟，更正为亡妻左、亡夫右，顿然改变死者后人阴盛阳衰、妻唱夫随的尴尬局面，女人举着烧火棍或擀面杖满世界追赶男人的狂野景象，一去不复返。

在地理与风水、课堂与旷野之间，这位风水先生或者说中学地理教师，如何恰当转换身份与言说？我好奇，且困惑于上述叙事的真实性。但我喜欢他对风水的解释：藏风聚水。按这一标准，从大势上讲，南阳盆地实属风水绝佳之地——武当山、秦岭、伏牛山与桐柏山，这四座山脉远近呼应，如绣满花鸟虫鱼奇珍异兽的屏风，环绕南阳，使各方向的来风回漾隐伏，而不是锐利吹袭。盆地遂气候温和，四季宜人。南方的稻子与香樟树，一直奔涌到伏牛山为止。北方的玉米和白杨，一直铺排到汉水边，以金口玉言和哗啦啦风吹树叶声，叙述盆地的真理和欢乐。

至于水，一条白河，一条淮河，分别发源于伏牛山、桐柏山，穿越盆地，注入长江，使我家乡成为中国南北的转换地与临界处。"一州之气，生化寿夭不同，其故何也？岐伯曰：高下之理，地势使然也。"（《黄帝内经》）

穿越南阳盆地，在一座座城镇村庄细部，可发现人民对于风水的重视，比如：天井中高耸的影背墙，避免来风直接登堂入室；房舍楼阁一概面向日出，依地势自东而西、由低而高建设，若东边邻居屋脊高出西边邻居屋脊，造成前高后低之棺材状，不吉，易引发纷争；池塘与水井，若对准门楣，须悬挂一面镜子来反射、反对，以保护女性生殖能力……

乡野里隐伏民间智者，如藏风聚水。他们的话语，风一般断续飘忽，心境似水静流深。油灯下，酒杯前，相对而坐，倾听他们传授古老的地方经验，我对风声水势造就的神秘力量，充满敬畏。夜深沉，酒意汹涌，随意躺床上睡去。不知道有一个老人正努力把我鞋子脱去，把我头颅调整到朝着东窗的方向。第二天早晨，老人提醒我："孩子，千万别穿鞋子睡，那样子，不祥……"

不能把老人善意，粗暴地视为迷信。也许，命运正借助一个人不经意间的情状，泄露蛛丝马迹——蛛丝，渐渐蔓延为他脸上的皱纹；马迹，悄悄凝结为手背的老年斑。这皱纹与老年斑，构成一张精神地图，有一个人的来路和去向。保持对自然和未知的畏惧心，可避免道德感的涣散。风水间，有庄严正大的美和爱意。

近年来，我把一册繁体印刷、线装竖排的清代养生学家曹庭栋的小册子，随身携带。其中，关涉风与水，有这样一段文字令我神往："辟园林于城中，池馆相望，有白皮古松数十株，风涛倾耳，如置身岩壑……"

以册页内外的好风水佑护心身，有谁能将其觊觎、剥夺？

2 乡村里的墙

墙，自古有之。"一枝红杏出墙来""墙里秋千墙外道。墙外行人，墙里佳人笑"等佳句，透露出墙的两项重要功能：约束春色，隐蔽佳人。

在盆地，乡村里的墙，致力于防范窃贼、明确边界。高墙深院里的人家，殷实富庶。矮墙甚至无墙的人家，落魄潦倒。乡村众多纷争，大多因盖房起墙而詈骂械斗，不是赵家的墙侵蚀李家地皮，就是王家的墙高抑制了张家风水……墙，佑护也伤害着村人的心。即便生活在拆墙透绿的城市里，人们仍然要用钢筋、玻璃，封起自家的阳台和门，用竖起的衣领、深色的墨镜，遮蔽脖子和眼睛。行为艺术和脱衣舞，正消解舞台与卧室的界限，而凡夫俗子们仍需要具体或虚拟的墙，庇护和安顿自我。

回到墙，自幼年、青年到中年，我在穿越盆地的过程中发现，乡村里的墙，大致可以分为以下几种——

（一）土墙。用两块长约三米的木板相对应，其间空白，填充以湿土，夯实；再将木板向上移动，其间又出现空白，再填充以湿土，夯实……这样一个小型建筑工程，需要六个壮年男人用三天左右时间完成。成本如下：十二瓶低档白酒，三条南阳卷烟厂生产的"白河桥"香烟，十二桶开水，六次午餐晚餐，一串庆祝竣工的二百响鞭炮，一个野地里因取土而造成的巨大深坑。没有工钱。六个男人之间的血缘关系，使他们不能以工钱来衡量、了结彼此情分。墙的主人，将把亲邻的善意和爱意，铭记在内心，待他们造墙盖房或办理喜事丧事时，加倍表达。至于土墙所欠村外野地里那一深坑的情分，由土墙中隐含的草籽、树种，在一年后偿还：春雨淅沥后，土墙上绿草披拂、小树亭亭，好像是村外那一小块野地直立起来，走到了村子里！草与树之间，会有鸟雀筑巢歌唱，此景象足证主人的善良吉祥。乡村中医，往往用一把镊子，撷取墙上雨痕末端所凝结的那一点近乎透明的土，作为止血良药。

（二）砖墙。红砖或青砖，昭示主人家境之富足。乡村媒婆为一对陌生男女牵线搭桥时，往往赞叹："瞧瞧人家那墙，砖墙！多气魄！"一户人家若想娶新娘，要从拆毁土墙建砖墙开始，这是盆地风尚。或红或青的砖墙，墙顶嵌以酒瓶敲碎之后形成的玻璃碎片，在太阳下发出锋芒毕露的反光，警示觊觎者。当然，砖墙上没有草、树、鸟、雀，少了声色美感。与土墙里的人家相比，砖墙里的人家多一些矜持和寂寞。砖墙所嵌的木门，有一张表情木然的脸。土墙上，敞开一丛树枝随意编成的柴扉，像一张野花点缀的花脸，豫剧中粉墨登台让人开心的花脸。土墙里的人家，笑声多。隔壁砖墙里的人家很苦恼。深夜，砖墙里的富人如果狠狠心朝土墙里的穷人扔过去一捆人民币，穷人家里的笑声马上消失。第二天，一夜暴富的穷人心事重重、四下窥探，几天后，拆毁土墙建砖墙。乡村里的砖墙越来越高，我童年时代目睹、参与的露天游戏，渐渐消失。电视剧、动画片、手机视频，联手消磨着墙内孩子们的下午和夜晚。

（三）石墙。盆地边缘山区，石墙多见。墙上石头，大都是附近采石场里的边角料，或河滩上的鹅卵石。一个男人慢慢从采石场、河滩，把石头运回来、背回来、垒筑起来，约需要半年甚至一年，将一座小院的炊烟、灯火和悲喜，围拢在怀抱里。这一个男人，细腻、温情。他对石头的选择，有原则，不妥协。流水冲刷出的鹅卵石，纹理图案迷人，他在门前河滩晃荡消磨一个下午，才捡拾回来不多几块石头，让老婆愤慨、无奈。那些形状不规则的石头，被他巧妙嵌合，石头间的细微缝隙，形成复杂多变的图案，比刻板、单调的砖墙美好。石墙往往无门，狗、人、鸡和羊随意进出。一面石墙，成为主人坐在门槛上欣赏的抽象画卷，与远近山水形成呼应。他种在石墙一角的藤类植物，如丝瓜、牵牛、爬墙虎，慢慢攀缘，好像是这画卷上的题诗和落款。他对山外世界，比如阿以冲突或印巴冲突，毫无兴趣，不置一词。

（四）陈刺林墙。陈刺密集成林，构成一道围墙。陈刺林，像一个人的名字，姓陈。培植一道陈刺林墙，需要五年左右：在一个春雨初歇的午后，围绕房子四周，栽下矮若幼童的陈刺苗（当然，要留下一个门的位置，空在那里）；陈刺苗日新月异，直到高约两丈、密密遮住主人屋顶甚至烟囱，才停止上升，像一个陈姓男子的身高终于定型。富有耐心和远见的主人，开始在每年春天陈刺林吐出白色花瓣时，邀请邻里来采摘鲜嫩的陈刺芽，作为菜肴佐餐：在清水里煮沸、过滤，拌以油、盐、醋，滋味微苦而清香，可败火、消炎。至于秋天里结出的、皮肤斑驳的陈刺蛋，主人独自采摘、晒干，卖给镇上中药铺，由学徒们剥皮粉碎，成为中药"枳实"。丑陋的陈刺蛋消失，转换成一户农家崭新的镜子、茶叶、镰刀、饭勺、橡皮、铅笔、连环画……显然，这主人家有一个与陈刺林共同成长的孩子。我就降生在陈刺林这一绿墙之内，并将它作为绿腰带，拥护、约束自己日益冗赘的腰部，到世界上去。

在土墙、砖墙、石墙、陈刺林墙等墙壁之间游走，我把伏牛、秦岭、武当、桐柏，这四座连绵围合于南阳周边的群山，也视作盆地的墙壁——

它肯定不是砖墙，而是土墙、石墙与陈刺林墙联合重组后，构成的一堵伟大屏障。

3 广播

情节——

唐河县广播站播音员小刘，女，十九岁，声貌俱佳，被誉为七十年代初期的"县花"。一朵鲜花。众多男人幻想自己成为蜜蜂或蝴蝶，翩翩采蜜于花朵。即使诵读北京"两报一刊"的生硬社论或本地人民"批林批孔"动态，小刘声音也能洋溢出一丝妩媚，回漾于城镇街头、乡村茅舍。县城里的各种"蜜蜂""蝴蝶"，肥胖、瘦小、丑陋或英俊，纷纷来袭，小刘都能飞花摘叶予以阻击。不久，广播站站长发现一个秘密：广播站播出的音乐侧重于《打虎上山》一类铿锵乐曲，一旦播出《红色娘子军》中"万泉河水清又清，我编斗笠送红军"的深情旋律，就会出现一个青年，沿林荫大道直奔广播站播音室而来，与小刘聚会。经暗中调查，站长获悉青年姓赵，某单位秘书，已婚。一天中午，全县城突然响起"万泉河水"，站长遂纠集若干男女，撞开广播站播音室大门，将处于温存之中的小刘小赵，从美梦里唤醒。全县人民都从广播里突然停止流动的"万泉河水"之后，听见一个女人压抑的哭泣……多年后，调入某副食品公司供职的老赵，在小旅馆里向我讲述这段情节。他说，偶尔在街头或餐馆听到"万泉河水"，就老泪纵横。"老了老了，成了爱哭的人……"至于那一个小刘，远嫁异乡，音讯杳无。

场景——

童年时代乡村生活的唯一背景音乐，来源于屋檐下的碗状喇叭。从黎明时分的《东方红》，到子夜的《国际歌》，我和城郊公社余冲村的亲人们，与县广播站内那个从未谋面的女播音员，大致上同步醒来、睡去。六岁的我，沿着电线杆上广播线的方向，妄图一直走到那个据说灯火辉煌的巨大县城。半路上，被祖父追回去痛打一顿。我仍常常望着电线杆上蹲成一排的麻雀发呆，内心汹涌着关于远方的渴望。碗状喇叭，如向日葵一般盛开，县城就是好太阳。它传出最令我心动的旋律，来自舞剧《红色娘子军》《白毛女》《洪湖赤卫队》。我家土墙上，贴着洪常青、吴琼花、喜儿和韩英踮起脚尖的画报。洪常青左手指出的方向，是椰树林间的一缕霞光。我像给向日葵浇水那样，给碗状喇叭里垂下来埋进墙角的地线浇水，旋律果然更加明媚。当碗状喇叭传出县城批斗大会的刺耳口号声，祖父会把地线从墙角拔出，那姿势与拔一棵向日葵没有区别。喇叭戛然哑灭，余冲寂静。七十年代中期，收音机开始在南阳盆地广泛出现。八十年代后期，县城电视台取代广播站的话语权，热衷于播出武打片言情片，反复插播种子公司、电器销售中心、美容美发店一类的广告。碗状喇叭凋败，消弭无痕。

解词——

"广播"，最初的意义，指农夫在田野里广泛播撒种子这一动作。他们挥掷铁饼一般，极力抡圆手臂，将饱满的种子最大范围挥撒出去。某个古代书生目睹此情景，脱口而出一个陌生词："广播……"一场春雨，再加一场南风，禾苗纷纷探出地面。书生判断：禾苗最为浓绿的地方，是农夫臂力贯彻落实最酣畅淋漓之处。后来，"广播"，意指皇帝对普天之下博施恩泽，包括后宫三千佳丽这妖娆肥沃的一角。二十世纪之后，"广播"指的是利用有线或者无线电波传达社会信息、官方意志的主流媒体，成为政治、经济、军事、文化的喉舌。广播在南阳盆地广泛喧动，是六十年代至八十年代初期的事情。尤其是唐河县广播站，牵动包括我在内无数听众公开或隐秘的欢乐与幻想。余冲村外，原野上，目前仍存留若干通往县城、失去广播线、风雨剥蚀的旧电线杆，像路标，依稀指出一个孩子早年出走的方向。当我乘飞机、火车、汽车，自异地返回唐河县城，再步行回余冲村，这路边旧电线杆，还能允诺让一个人重归童年？

中年以后，才发现，世界上最动人心弦的灯火，在故乡。

4　重温香严寺

古寺名为香严寺，唐代四大名寺之一，位于南阳盆地西南侧，接壤湖北和陕西。香严寺分为上寺、下寺，相隔三十余里，似一首古词，被中间三十余里的空白分为上阕、下阕。作为下阕的下寺已沉入丹江，使香严寺成为只有上阕的残篇。

多年前，晚秋，一个笔会在香严寺召开，十多位写作者在此相聚数天。当时，香严寺刚刚重开山门。因非常时期遭到破坏，空荡荡，无佛像，不见青灯和僧人。藏经阁内，小说家乔典运谈小说，散文家周同宾讲散文，香严寺暂时成了文学院。夜晚，我们点燃蜡烛，用手提双卡收录机播放舞曲，在大雄宝殿内跳舞。高墙上，那些七彩神仙和海水依稀浮现，指导我们如何踮起脚尖，获得飞翔感和超越性。

多年后，某一暮春时节，我自南阳驱车三百余里，重温香严寺。

首先，横渡丹江。佛教中常常把人的精神修炼，与"渡海""过河"等意象联系起来，眼前江水就显得神秘——渡船就是巨大蒲团、浮动的蒲团，由此岸渡往彼岸，自尘世皈依佛境，用了整整一小时。船工告诉我：丹江宽四十余里呢。四十余里，是物质与精神之间一个恰当的距离，既不会使人因与佛光太近而轻狂，又不至于因与禅林太远而失联。

对照当年那一个晚秋，当下香严寺，迥然不同。有了门票、导游、停车场。最重要的变化是，大雄宝殿内端坐一尊略显孤独的观音。谁能邀请她起身跳舞？藏经阁满庭芳草，当年谈诗论文的那一群书生，若干人已凋零长眠。

寺门一侧，那棵"痒痒树"，据说只对好人的抚摩报以摇动，像脚心被挠的孩子那样无声欢笑。我已不敢在众人面前坦然伸出手指，接触这个"好人鉴定仪"。在天真孩子和青葱树木面前，我不敢说自己善良如初、真诚依旧。与多年前的旧照片相对比，我胖了，表情阴郁。只有读书、写作和山水间的漫游，为内心消毒，减缓一个人浑浊、冷漠的速度。在没有暮鼓晨钟的城市里，纸上诗篇，就是雪地里的一座古寺。

香严寺外，竹林里，参差错落若干大大小小的砖塔，青苔斑驳，其内酣眠若干唐代高僧。风吹竹林声瑟瑟，如长箫合奏，那砖塔，类似这合奏曲中的三两声檀板。

俄国作曲家斯特拉文斯基在二十世纪初感叹：收音机败坏了音乐。他对步行几十里路去小镇上听音乐会的年代，充满怀念。盆地西南角的香严寺，我无力自南阳步行到达，也就更加怀念记忆中的舞曲和天籁。

当下，商业时代为这一古寺抹上淡淡口红。但毕竟有佛居于寺内，这口红就类似晚霞，渲染和加热了佛唇间的福音？

5 山区中巴车之歌

在新时代，在盆地，飞机与高铁是直奔目的、注重结果的功利主义者，十三人座的中巴车，勉强可称是缓慢的浪漫主义者。

进入伏牛山区，一辆中巴车时走时停，每每经过村庄，就放慢速度，让乘客与窗外亲戚对话，或相互传递鸡、鸭、羊、化肥、电视、年画、种子、镜子、镰刀、行李、粉底霜……如果车门足够大，我毫不怀疑：下一个村庄里，会有人拉着一头充满信心的公牛，在路边等候、招手、上车！

司机慢悠悠吹口哨转动方向盘，在山路上盘旋。窗外景色保持同样节律，盘旋。突然，司机用豫剧黑头的腔调，高唱："大姐呀大姐，你呀你，你呀你！来来来，别嫌俺的中巴差。请你坐在方向盘后、我的前头，朝外看啊朝外看，咱俩的感觉就会一点一点一点一点，美如画呀美如画……"引来女人阵阵笑骂。但的确，透窗眺望风景，会忽略车厢格局的破败不堪，山区浓墨重彩或轻描淡写——

柴门边黑皮肤女孩羞怯的微笑，覆满野花的围墙上伸出来的狗头和吼叫，白云在峡谷漫游，放蜂人的甜蜜车队在追赶花期，巨石上的空酒瓶和酣然入睡的酒鬼，俊俏少妇坐在门槛上裸露双乳哺育婴儿，乡村乐队在大路上迎接新娘或送别亡灵……

一幅幅山水、花鸟、人物，流变不居。画卷左下角，亦即挡风玻璃左下角，落一只蝴蝶，像印章，篆刻着一个画家的名字、自然之神的名字？

一个戴草帽的少女从村庄里跑出来，向汽车招手，像在向我招手。上车，她在狭窄过道里倾斜着身子，挤过来，仿佛我是她向往的一个目标。坐在我身边的空位上，少女散发着泥土、稻穗、薄荷等气息。如果在多年以前的青春时代，如果省略掉周围乘客，或者把这两张相邻的椅子移出中巴车、置于明月下，我和少女就酷似并肩谈话的恋人。时间与空间的差异，决定身体关系性质的不同。我明白，一个加速衰老、黯淡的人，不配与这清新自然的山区事物，发生深刻的关系。

把一个少女作为山区风景的一部分，我偶尔侧看一下她的脸，这样的看，是干净的。路过一个小镇，她起身，倾斜身子挤下中巴车，在路边挥挥手，像是在向我挥挥手。

山区中巴车，往往会出现怀揣骗术的家伙。他们令人眼花缭乱地玩弄一把扑克牌，挤到那些面目憨厚的农人身边，赌钱；或掏出一个易拉罐畅饮啤酒，举着罐上的获奖标记惊呼："中奖了！我中奖了！万元大奖呀！"诱惑某个刚卖了两头猪的老汉掏钱："这大奖，就转让你了，快去南阳兑奖！别过期！谁让咱俩有缘分呢！谁让我有急事要回家去呢。"骗子的道具不断演变，从扑克牌、易拉罐，到"美金""银圆"。这些骗子像作家一样编写"剧本"，对可能出现的"剧情"和"对白"，提前预判，准确表达。一个骗子也需要对生活保持想象力，像作家。我能够猜出骗局的走向和高潮。我可能用手拉拉一个心动神迷的农人，向他摇头、递眼色，试图阻断"剧情"的发展。那骗子就恶狠狠瞪我，或一半讨好一半威胁地递过来一根香烟。我就不安、沉默。骗子得手后就喊停中巴车，迅速消失在田埂上、树林边。

一辆山区中巴车，随意、散漫，像一篇随笔、散文，充满了第一人称叙述所带来的强烈情感。在满车的旱烟味、汗气、方言土语里，我回到乡亲们中间，像红薯回到田野、光线回到灯油、溪水回到伏牛山顶的雷鸣电闪。

某一日，乘一辆车顶上网着一群羊的中巴车，进山。在肮脏、拥挤的座位上，隐约听到羊鸣。羊，促成"祥""善""美"等汉字。羊的脸，我不忍正视，是一张婴儿的脸。这车顶上的羊群，不是白云，在途中某个小镇落回地面，被卖羊人转化为纸币，被买羊人转化为食品，再被吃羊的人转化为体力……车停。羊的主人爬上车顶，朝汽车下掷羊。一只只四蹄被捆缚的羊重重落地，溅起"娘娘"一般的羊鸣。我捂着耳朵，扭头。我有一个属羊的儿子。在盆地，大多数人选择在马年、龙年、虎年，生儿育女。我属兔，一只兔子也像羊，有着软弱的情感和不安。"狡兔三窟"——我有三座洞穴、三个墨水瓶也盛不下的惊恐？一只兔子，怎么会与一个"狡"字发生关联？中巴车再次发动。之后的旅途，我心情变得很坏。

作家苇岸说："食草者，被草所食；食羊者，被羊所食。"在食与被食的循环中，凸显大自然的秩序和正义。我并不是一个像苇岸那样决绝的素食主义者。来世，就转变为一片草地，去染绿羊的嘴巴。但我拒绝与那一个掷羊的人转变成的陷阱，联结在同一片原野里。

在伏牛山深处的终点站下车，有穷途末路之感。王维写"行至水穷处"的时候，就身处于伏牛山以西的终南山。他没有中巴车可坐，骑驴离开长安和不安，在山水间赢得内心转机——"坐看云起时"。我坐在一家旅馆里，身旁，空白着另外一把木椅。窗外景色一动不动，这座旅馆很像一辆废弃的中巴车。我在那另外一把木椅上，虚构出一个对话者、同行者。随手翻开法国乡村诗人雅姆的诗集，那些句子，像我在南阳盆地里写下似的：

把我拥有的幸福给予大家吧

愿喁喁倾谈的恋人们

在马车、牲口和叫卖的嘈杂声中

互相亲吻，腰贴着腰……

6　火车驰来

盆地里的火车一年年提速。一个人，在山坡上、河滩里，偶尔看见绿皮火车缓慢掠过，会愣怔两秒钟：旧时光回来了。以缓慢反对快捷，一列绿皮火车，帮助盆地人抵抗虚无与流逝。

某日，乘绿皮火车，我来到伏牛山中一座小镇。高铁和飞机，把积极的人们，带往喧嚣的话语中心、拥挤的人流、纷乱的事件。而我被带往边缘、空寂，一时消极下来，真好。在小镇逗留一周，充满无所作为的气质，像诗人了。旅馆空荡荡，只有我和两个来此地收购药材的商人，屡屡碰面，点头致意。晚上，读书或写字，原木书桌上的纹理像一种地图。白天，在镇上闲荡，或去山顶看云海。镇上人说，山中特点是春迟、夏短、秋来早、冬日漫长。夏季来度假避暑的游客多。此时，初冬，早晨有薄冰，被行人踩出咯吱咯吱的响声。人们说话时，有明显的雾气缭绕嘴边，仿佛每个言词都在散发热量，使一次交谈亲密许多。

独处中，想起城里的人、物、事，仿佛在暮年回首前尘旧情，一概遥远而虚幻。需要把山区作为一种尺度和方法，审视生活，而不仅仅用钞票和权力等标尺衡量自我。古希腊哲学家、数学家毕达哥拉斯，把人分为赛场上的三种人：提供饮料、食品的生意人，气喘吁吁的参赛者，居高临下的观察者。他把诗人列入观察者序列。我，一个沉浮于薪水中的小职员，是远远落在种子选手后面的参赛者？在群山里，终于拥有观察者的视角，继而加大成为诗人的可能性，发现并命名一切被遮蔽的事物和世界。

山中有古寺，暮鼓与晨钟隐隐作响。沿着落叶和薄霜覆盖的石阶，去访问，一尊大佛无语望我。香客寥寥。寺旁商店，出售当地土特产及纪念品，如茶叶、木雕、折扇、玉佩等。一个书生模样的人，立于柜台后，间或在宣纸上走笔，对我说："为您写首诗吧？我可以把您名字嵌入诗中，七言或五言，均可。"我笑了："你诗人啊？"他抱拳摇头："惭愧，惭愧，谋生而已。"递来一张名片，写有某某书法家协会会员、某某诗歌学会会员等称谓。一个依靠修辞谋生的人，三餐是否有足够热量？如果用毕达哥拉斯的划分方法，商店里的诗人，是一个在赛场和看台之间徘徊的身份不明者？

山间有旧时代文人摩崖石刻，存留若干前朝风云人物遗迹。没有导游引领客人前进，冷清清。淡季山水，脱落了春夏时节的浓艳，如小女子洗去脂粉，不再取悦于人。禅家言：看山是山，看水是水，乃最初境界；看山不是山，看水不是水，乃第二重境界；看山仍然是山，看水仍然是水，乃第三重境界。这也是作人与作文之道，人也是山水文章：少年天真，中年繁复，在暮年重新低矮下去，成为一个广阔少年、一曲自然之歌。

而长期的观察，又可能导致冷漠、虚无？我下山，再次来到小火车站。乘客只有十余人。一女子坐在柜台内,卖食品、雨伞、旅游图、通俗读物。旁边是一座大烤炉,烤红薯弥漫出一丝甜意。墙壁上,一幅手绘巨大交通图,有一簇簇射线,以小镇为原点,歪歪扭扭投向四面八方,指向韩国、印度、土耳其!一个手法粗朴的小镇画匠,通过颜料表达对远方的狂想。

两个小孩背书包走进车站,仰望交通图,窃窃私语。试图从铁栅栏缝隙里挤出身子,去看站台上的火车,遭到戴大檐帽的车站站长呵斥,怏怏而去。幼年,我和弟弟也曾徒步数里,去县城看汽车。那是一种吃汽油而不是吃青草的动物,代表一种新异的生活方式,发出比牛叫刺耳的召唤。两个山区孩子的未来,与火车、城市、远方,会发生什么样的联系?多年后,如果在异乡,他们对选择离开这片山区,庆幸还是感伤?

我热爱城市街道边的生活,内心又依恋山水间。或许,一个自相矛盾的人,有可能成为宽阔、包容的人?而美好的城市,必隐秘遵循大自然的节律,成为山水大地的后裔而非敌人。一个人离开出生地,在远方,才能获得乡愁和诗意,继而使秉性中柔弱和动人的部分,永不消逝。我需要这些观点,使内心冲突得以缓解,为一次次的抵达与返回,建立可以自洽的逻辑。

　　车站留言牌是一块黑板，留言杂乱，字体各异："老虎，欠账必须还！你躲得过初一躲不过十五，躲得过十五躲不过匕首！刘""黑娃啊你看见这留言就回家吧！咱爹同意你的婚事了！咱爹病了！""火车头我日你妈，你把我女人运哪去了！""ZH，不管在何时何地，你永远是我最喜欢的那一个少年。"……每一条留言内，有一个人的愤怒、哀愁和爱，与火车和远方有关，与我无关。与我有关的留言，在手机里："速回，有事找你。"在我办公室内的留言板上："元月五日前完成报告。"无悬念，少激情，远远没有这火车站留言板让人浮想联翩，也远远没有我随身携带的几本书让人感怀：那是几个人，献给无数读者、无名者的留言，关于愤怒、哀愁和爱。

　　火车终于驰来。一列日益稀少的绿皮火车。车头上的蒸汽披头散发，像一个激情难抑的女子，呼喊着，奔向她的爱人和儿子。亮着三盏灯，上二下一，倒三角形，仿佛惊喜的双眼和嘴巴。我喜欢这女性化的蒸汽火车，胸襟辽阔，包容起形形色色的生意人、参赛者、观察者。

　　站台上，十余个人迎着火车到来的方向跑去。

　　从观察者角色，迅速返回参赛者、生意人的状态，我迎着火车跑去——像火车的情人，像火车的儿子。

7　在火车上

车窗外，云朵低垂，稻茬大片裸露于田野，仿佛放学后，校园里剩下一地稻穗们坐过的小凳子。偶尔有小块绿色闪现，大约是萝卜、白菜一类菜地，类似于被老师留下来补习功课的顽皮孩子。一个背手牵羊在田埂上散步的农夫，有小学校长般的庄严。

这是霜降后的日子，生活的寒意在加深，对爱意和暖意的需求也在加深。

火车掠过一座小房子，扳道工挥挥手臂，仿佛送别一火车亲人，留下自己独处于旷野，守护着一条道路、无数虫鸣与星辰。

轰轰隆隆，轰轰隆隆，火车像一只火热的手，翻读山河册页。我也随意翻读一个诗人的随笔集。当书中某段文字，与窗外景色不谋而合，我笑了，我拥有双重的景色和欢乐，而他人不知不觉。天色由蓝逐渐到黑。博尔赫斯回忆失明前的印象，就是由蓝，逐渐到永远的黑。火车，也是一个失明的诗人，依据枕木，方能前行？幸而，有一个女子儿玉搀扶博尔赫斯的手臂。而火车的爱人，是谁？

车窗玻璃成为镀上夜色水银的一面镜子。窗外景色不复可见，模模糊糊映照出车内人影。过道对面，坐一对乡村夫妻。通过他们的散乱对话，我明白，女人在送男人去南方打工：修筑墓地，凿石立碑。"每天一百元，管吃，管住，下雨天没工钱，只能喜欢晴天啦。"男人与我搭腔，递过来一捧刚收获的新花生，花生壳上带着泥痕和泥腥气。很好吃。

"南方人有钱，买块墓地几十万元！相当于我家种多少年、多少亩的花生？"他吃着，感叹着，话题一转，"你看，我穿的是老婆给我织的毛衣，漂亮吧？"我及时赞美："漂亮。"女人脸红了，用小肩膀顶了顶丈夫的大肩膀。毛衣朴素，平针法，没图案，深蓝色。"可两只袖子不太一样，一只松，一只紧。"男人扯着毛衣，让女人看，女人脸更红了，低声解释："织左袖时是夏天嘛，闲啊，针脚织得慢，就松了；织右袖时是秋收啊，忙啊，针脚织得快，就紧了……"男人忙安慰女人："好！这毛衣里有夏有秋，蛮好！"夜深了，他们拥抱在一起，慢慢睡去。

在一对乡村夫妻的温存和梦境之外，在一列火车的激情和奔走之内，我醒着。

汉人的宗教不在教堂内，在山水间。一个人如果在南阳盆地深处漫游，也可称作"礼拜天"，使紧张的城市生活，有了可忍耐的余地。稻穗，萝卜，农夫，羊，扳道工，织毛衣的女人，花生，散发花生地气息的丈夫……在大地上，众生接受四季的悲悯与怜爱，满怀感激之心。一棵又一棵树，是一支又一支燃烧绿焰的蜡烛，照亮人面与长途。

如果有"大地教"存在，我必是反复回到大地清洗内心的教徒。生于斯，劳作于斯，埋葬于斯。

大地上的事物们，请接受我短暂的归来，请原谅我漫长的背弃。

8　群峰之上

傍晚，伏牛山群峰依然明亮，召唤我，朝盆地的最西边缘走去。

山峰轮廓泛出钢蓝与金黄交织而成的色彩，在平原上形成阴影。阴影不断扩张、加深，就是暮色。不知道需要多长时间，我才能到达那座山峰。应该在最近处的小旅馆借宿一晚。

鸟群低低掠过，这是城市生活中没有的奇迹。在大街与小巷，鸟群练就高高飞翔、躲避玻璃幕墙的能力，对人群与车流，充满怨愤和警觉。此时，伏牛山区的鸟群，把我视作一棵能够亲近的野树、一捆走回村庄的柴火？一个牵羊、背青草的少女擦肩而过，看我一眼，脸红了。在一块玉米地旁转过身去就不见了。葡萄园、红薯地、水车、篱笆、狗、炊烟、收音机声、杂货店、手扶拖拉机……暮色里的事物，一一路过，成为我身体中最新颖的一部分。我看见什么，我就是什么。

后现代派鼻祖杜尚，把便池签上大名放进美术馆，成为惊世之作《泉》。他显然是一个被巴黎生活腐蚀得近于绝望的人。如果与我在南阳盆地同行，沿途风景变换，会不会使他回到法国后就把那个便池悄悄撤回家中应有的位置？我代替杜尚，凝视周围潺潺作响、哗哗作响、隆隆作响的一系列流水。巨作遍地。这些流水以及石头、花田、草地，如果签上一头水牛、一个石匠、一只蜜蜂、一个牧童的名字，移植美术馆，必然让杜尚羞愧不已。新时代画家追随杜尚身影，纷纷把旧自行车、雨伞、牙刷、皮箱、垃圾箱、电视机、床……甚至自己的裸体，放在聚光灯下，写上标题。我远离这些美术馆。只有盆地深处的泥土、庄稼、鸟群、少女等事物，让我汲取温情和善意。

暮色进一步深沉广大，模糊万物。我不再成为盆地的旁观者、辨析者，融入乡土的内涵。一个提着马灯的人匆匆走过，打招呼：“回家呀？”把我当成他的邻居或亲戚了。马灯是大地和疾风的产物，以玻璃灯罩围绕灯芯，像暗红果肉围绕一枚果核。这马灯，自然也像一匹走夜路的马。这一个手提马灯的人，是骑手。他不等我回答就大步朝前走去，身影混同于暮色。大约有一个新婚女子，站在家门口等待他和马灯。马灯迅速脱离我，说明那个人近乎狂奔——他骑着一盏马灯，奔向夜晚的秘密和美。

紧盯那盏马灯，我也开始狂奔。直到闯进灯火密集的一座小镇，才止步喘息，大汗淋漓，像老马。在旅馆吃面条、喝酒、沉沉大睡。

清晨，我朝着伏牛山主峰的方向走去。有微雨淅淅沥沥。这一带群山，旅游资源尚未开发，尚处于原始荒莽状态，没有缆车、石阶。枯木、青苔、兽迹、藤条，依稀组成通向主峰的大致线索。疾步如飞，胆战心惊。在山间游走恰似纸上历险：在诗歌上一行、下一行之间的空白处，一落千丈入深渊，或腾空而起似游龙。显然，诗歌写作是一条危途。写散文或小说的安全感，稍微强烈一些。但如果把“诗性”作为好散文、好小说的标准，就同样充满一落千丈的危险，也同样增强了腾空而起的可能性，遂召唤无数杰出的写作者勇毅奔赴，犹似此刻，伏牛山主峰在召唤我。

冷乏交加，咬牙攀缘，像一支即将流尽墨水的笔，努力抵达最后一个词。脚下一滑，在倒下一刹那，看见无边树木植被的暗绿。脑海空白。幸有一棵大树，良知一般阻止了我的堕落……爬起来，扯着藤条爬上来，成为泥人，像被涂来改去的一个病句。

雨停了。北侧，是"洛阳纸贵"的洛阳，"洛阳铲"窥探大地堂奥的洛阳。南侧是《古诗十九首》中"游戏宛与洛"、与洛阳关系密切的南阳，《南都赋》赞美"既丽且康"的南阳。宛与洛，此时一概陷入云海——群山如岛屿、海港。在云海间，一个人获得转换身份和形态的契机，成为渔民和水手？我缺乏远航的勇气，无捕鱼之技，口袋中的小钢笔也不是桅杆、钓鱼竿。在山巅，一瞬间回顾个人史，乏善可陈，若干转折与高潮已模糊难辨。

忽有一阵阵大风袭来，云海顿然涣散。远处，闪现一条山间公路。我体验到一种出乎其类、拔乎其萃的英俊感。一只鹰，在深谷中盘旋良久，像是在辨别、猜疑、嘲谑着蹲在岩石上的我："这是一只更伟大的鹰？"但我持久枯坐，使它识破真相、放弃敬意，一米一米盘旋而起，迫近、迫近，最后振翅高翔。我，迅速恢复了一个小人物的卑微感。我依旧是我。有老秩序和旧生活，在山下守株待兔，等待一个属兔的人。在秩序纷乱的生活中，我继续挖掘尽可能多的洞窟，隐藏不安，忘记大海和群山。

展开双臂，模拟双翅，沿陡峭石径一步一步"飞"下来，以此向高处的鹰，致敬。它大约知道张衡另一名篇《思玄赋》中的名句："历众山以周流兮，翼迅风以扬声。""众山"，就应该是盆地周围的伏牛山、桐柏山、武当山。我的确听见几声非凡鹰叫。

路边，一个山洞被改造成简陋商店，有方便面、饮料、止泻药、卫生巾、运动鞋、拐杖、防寒服、茶鸡蛋……一个离天空最近的商人，坐在石头上，打量并分析着登山者身体内的疲倦与饥寒。他的生意好不到哪里去。他需要海拔和寒冷，促成小本生意。而钱币这种动物，只可能在热闹的地域繁殖。商人说，九月份开始落雪，就能下山回家了。他似乎在盼着落雪，对自己尚未获得回家的理由，有些惆怅。我买一盒方便面，吃掉，身上热了一些。告别这个被山顶和寒意消磨了野心的人，继续下山。

毕竟不是神仙，我只能从雄鹰旁回到家禽边，从群峰云海回到假山雾霾间。"双翅"渐渐垂放，恢复为双臂：数钱、握手、搓麻将、擦汗、写公文、指桑骂槐、拍马屁、打蚊子……

幸好有一条小溪陪我下山，哗哗啦啦，一路说着安慰而清澈的话，让我不至于过分羞愧和悲观。

9 日落与旧鞋子

盆地南北宽约二百里、东西长约三百里，众多小镇集市，成为其间错落散布的一个个焦点、热点、亮点。

小镇集市逢阴历的单日子或双日子，间断聚散，约定俗成。最早规定在阴历单日子或双日子交易的人，是几十年或几百年前的集市缔造者：一个卖菜的人，说媒的人，卖牛的人，赌博或算命的人，打铁的人。初一、初三、初五……或初二、初四、初六……就这样聚会、交易，富有节奏感。乡叟野老，少妇顽童，对集市的期待充满节奏感。

盆地谚语："有空多拾粪，无事少赶集。"一边赶集，一边拾粪，是妥当的选择。逢集市那一天，通往小镇的大路小路，像大河小溪，涌动着红男绿女猪马牛羊的浪花，从不同方向汇聚而来，构成一个巨大喧腾的湖泊。一百个菜贩在高喊

"芹菜""西红柿""苹果"，像在呼喊名叫"小芹""小红""小苹"的女孩；五十个媒人在饭馆用油漉漉的嘴唇赞美青春，少女和少年，在桌旁脸红着，心跳着，偶尔瞥一眼对方；四个算命的人，眼神诡秘，为前来求解命运的人指出更加迷茫的方向；三十个牛贩子与买牛人，把手指藏在袖筒里，沉默着捏来捏去、讨价还价，表情生动得像哑剧演员；八个哑剧演员般的铁匠，一声不吭，周身热气蒸腾，让大锤与炉火中的铁，叮叮当当争吵不休，最终就如何保持坚韧和锐利等问题，达成共识……

热烈。蓬勃。多元。盆地小镇集市，大抵如此相似，自古至今。

穿行在小镇集市上，汗味、酒味、狐臭味、粪便味、水果味、青菜味和雪花膏味，随风飘拂。我想大声叫卖青菜："瞧一瞧啊，看一看，这刚从泥土里拔出来的青菜多新鲜！"我想为那些唇红齿白的女子、虎背熊腰的男子，说媒，把女子说成天仙，把男子说成好汉。我想牵一头牛站在街头，妄想有美妇人来买牛，两人手指顺理成章在一个宽大袖筒里捏在一起，辩论、交谈，不知道会有一个怎样的结局。我想当一个算命先生，闭着眼睛，为一首诗指出速朽或杰出的前途。我想脱光衣服打铁，让自身平添一些力度和美感。刀、锹、镰、镐、镢头、锄头、斧头、钉耙……与盆地生活密切相关的这些铁器，有"草店张""太山王""四棵树刘"等铁匠签名，是一种对技艺负责的态度。仿铁匠，画家在画卷一角盖印章，作家在文章开端署名，就不敢粗制滥造。

在小镇集市上穿行，屡屡与旧事前情，相逢于一场春风和街角。

依稀可见，七十年代初期，唐河岸边的郭滩镇上，一个紧捏几枚硬币、在小人书和油条之间犹疑不定的孩子。集市上，几个沿街而立、脸上涂满墨汁、接受批斗的男女，让他恐惧。这恐惧，在他中年以后的梦境里屡屡闪现，一身冷汗醒来。这恐惧，也让他终生保持警觉：不要成为沿街垂头而立的人，也不要成为涂洒墨汁、伸出手指责难的人。这孩子，就是我，一个发育不良、内心敏感的孩子，在外婆和表姐的怀抱里、肩膀上，获得月色灯火的照拂，以及观察世界的某种角度。而今，我渐渐衰老，在一个个小镇集市上踉跄追寻。那一个孩子、外婆、表姐，消逝在街角一张张随春风飘动的年画深处……

年画大红大绿，在岁尾年初的小镇集市上，满目皆是，让盆地获得润色和安慰。大红大绿的武士、荷花、鱼、女人、孩子，在小镇作坊里手工套色印刷，作坊艺人产生幻觉："万事万物，都是从这木版和颜料里一涌而出啊！"只要有年画贴在门上、床前、灶台，一个农妇看庄稼由青向黄过渡，就有信心渡过青黄不接的难关。

一个人穿越盆地小镇集市，按农历的节奏呼吸、观察、回想，就有可能与司空图《二十四诗品》阐释的二十四种美感，一一相逢。

我买了暗藏衣针、朱砂、桃木的小红布囊，随身走，可避邪气和灾难。买了绣着荷花、鲤鱼图案的鞋垫，衬在鞋底，犹似风行水上。买了麦秸编结的戒指送妻子，她皱纹重重的手指，微热像小暑。买一笼子蝈蝈送儿子，蝈蝈就争着喊他"哥哥哥哥"。某日，在茶馆，听盲艺人演唱南阳坠子《十八摸》，对盆地春夜的深入呈现，令人叹为观止。他怀中三弦的琴柄，被摸得良宵一般明媚。我手中笔杆，对盆地烟火的表达很肤浅，也就无人击掌感慨。

"一位作家有时需要能够不管是否会显得愚蠢，站起来带着不容置疑而单纯的诧异，对这样那样的事物——一次日落或者一只旧鞋子——目瞪口呆。"美国小说家、诗人卡佛如是说。我喜欢这个屡屡离婚的醉鬼。他细腻抚摸空酒瓶的姿势，像在回忆失去的爱。我与他差异很大，酒量小，才华微薄，婚姻稳定。但在盆地小镇集市上，我屡屡目瞪口呆，表情大约也显得愚蠢和诧异——

那黄牛睾丸一样摇摇荡荡的日落，那绣满花瓣和"吉"字图案的晾晒在窗台上的旧鞋子。

村庄和世界

1　出生地，余冲

汽车经过一片似曾相识的果园。忽想起，十里之外一座水环树绕的村庄，就是我的出生地余冲。遂放弃原来目的，下车，沿着丘陵上的小路前去。一个小时后，我坐在余冲村东侧的冈坡上了。

附近便是我家祖坟。祖坟下方，一条由雨季洪水冲刷而成的小河，使村庄得名"余冲"。在盆地，以"冲"命名的村庄很多，如谢冲、张冲等。"冲"，由动词转变成一个名词。像公牛的冲动阳具被称为"牛冲"，成为盆地餐馆里的一道菜，被缺乏阳刚之气的男子们所热爱，一边吃，一边自嘲、反省。凡是叫"冲"的村庄，都有一条雨季洪水冲刷而成的小河，公牛阳具一般冲动，使田野保持了磅礴的生殖力。

傍晚了，夕阳作为余冲村结出的最大果实，为果园里懵懂、青涩的苹果、梨、杏、桃子，示范如何圆满、成熟。果汁般的阳光，使余冲村笼罩在果酱里，甜蜜而安详。隐约传来犬吠、马嘶、羊鸣，以及辘轳井的转动声，呼唤孩子回家的女高音，收音机里传出的常香玉咏叹声、板胡声……

十岁那年春天，在一场乳汁般的大雾里，我背书包朝高庄小学钟声的方向，模模糊糊走去。田野和村庄，草房和瓦房，富裕和贫寒，一时没了区别。突然有马蹄声从身后传来。回首，一个硕大马头悬崖般出现在我身体上方，是祖父喂养的那一匹马，爱追着我上学去的一匹黑马。它对这场大雾的出现很新奇，咳咳低鸣。我牵着马缰朝二里外的小学走去。一米之外的人和鸟，可耳闻，无法辨认。马安静，像陪我上学的兄长。嗒嗒嗒嗒的马蹄声，使我对脚下坎坷的道路有了信赖……

当大雾消失，我发现自己人到中年，搁浅在某座城市的单行道上。每每进入菜市场，遇到一把可以拌面清蒸而食的马齿苋，就依稀想马齿、马、雾中牵马上学的往事。

此时，在余冲，我遇到的第一个乡亲，是田野里的稻草人。破衣烂衫，一张草帽下的脸，没有了稻粒装扮成的泪滴。

它或者说他，展开双臂欢迎我，肩膀上蹲着一只麻雀，像代表一种身份的徽章。这稻草人也应该姓余，是否认出了衰老变形的我？对于田野乃至整个村庄的秘密，一个稻草人，比任何人都有着更真切、更敏锐的洞察力吧。

位于田野中央的那座小学和钟声，多年前就已消失，转变成小麦、向日葵和蛙鸣。我试着站在稻草人立场上，展开双臂。没一只麻雀落下来。我的余冲人身份没有得到认同？恍惚间，那稻草人替我背起行囊，随着悬崖般的马头和乳汁般的大雾，朝村子里走去……

但这的确是我的村庄，一个人肉体和灵魂的源头。

除了空无一人、挂着旧锁、二十世纪六十年代某个正午我呱呱坠地其中的三间老房，除了宽厚懦弱、总期望女婿开警车到村子里晃荡一番以震慑若干无赖、疾病缠身的堂兄余金秀，除了一个叫"小伟"、被亡灵围困多年、最终被父母携带着远逃他乡的丢魂男孩，除了一个名字叫"琴"、爱上不该爱的邻家男人、最终嫁给唐河县城某个老中医的女孩，除了一个叫"六指"、右手长有六个指头、喝酒划拳时增加变数使对手很愤怒的独身酒鬼，除了一个绰号叫"兔子"、不吃窝边草但经常流窜外乡、把商店里的易拉罐饮料偷出却不知怎样喝掉只好卖给废品站的笨拙小偷，除了一个叫"孟祥"、会拉三弦、把自己像琴弦一样吊在仇人门前桃树上以便讹诈却被我祖父跑去竭力抱起的狡猾艺人……在余冲，我熟悉的人与事逐年减少、所剩无几。

祖父余孟光的死亡，一个笨拙农夫的死亡，使我乃至后代，与这座村庄的联系进一步减弱。我的灵魂、肉体，在时间与空间的双重道路上奔波，离余冲越来越远？唯有姓氏和血液，始终指出故乡的方向。所谓"故乡"，就是亡故了的家乡，就是消失了的旧人物、旧时光、旧景象。一个人，如何还能还乡？写作，在纸上重建故乡，也就有了必要性和紧迫感。

暮色渐浓。坐在祖坟前的这一个人，是我，还是那一个稻草人？

两座巨大坟墓，在冈坡上依次排列下来，合葬的曾祖父曾祖母、祖父祖母，像分别举着两把泥土质地的雨伞，继续冒雨同行、不弃不离。坟顶生生不息的野草、杂花、小动物，是伞顶的图案和雨水？

一九九八年春，一个上午，我提着装有酒碗、鞭炮、纸钱的篮子，带领乡亲来为祖父祖母合墓。作为家族长孙，我有资格、有责任挥动镶头，在祖母坟墓右侧，象征性地挖出第一锹泥土，再由乡亲们继续扩大深化出一个墓穴，把刚离世的祖父的新棺材，紧贴着祖母等待多年的旧棺材，轻轻系放下去。这一民间仪式表明：我是这片土地的主人，除了我，谁也无权打破祖先的长眠。多年后，当我蓦然倒下，儿子也将挖出第一锹泥土，让我加入大地。写作，类似于埋葬。用笔这一把镬头，埋葬痛楚、喜悦、幻想，为子孙构建一个纸上的故乡和祖坟。

余冲村的天空黑了。一个人如果站在白天的冈坡上，俯瞰村庄，大约会像高屋建瓴的小村长，对村庄里的纠葛、冲突，能够从容掌控。他对村庄目前的形势和任务，成竹在胸，尤其是对若干美妇人的方位，了然于心。但是，在夜晚、在墓地眺望村庄，我则有了死者的角度和体验，关于这座村庄的隐痛和暗喜，秘而不宣。

当下，余冲村里大多是老人、妇人和孩子，壮年男子陆陆续续去了远远近近的城市谋生。春节，还乡，他们从缝在内裤上的口袋里，掏出一沓不知数了多少遍的钞票，就急匆匆拉着自家妇人去亲热。在亲热过程中，妇人才发现男子被远方机器剥夺了一小截手指或半个耳朵，就捏着那沓钞票，哭起来……

据说，余氏祖先在明代由山西迁徙而至，生息繁衍，形成这一庞大村庄。村庄里的事务，余氏主导，曲氏辅助。曲氏祖先是余氏祖先某一支的上门女婿。可想而知，余氏与曲氏，隐隐有着怨意和敌意。我自幼随父母离开这一村庄，对它的隐秘纠葛与公开冲突，所知甚少，就像对自己所知甚少。在墓地眺望我家三间老房的方向，一片黑暗，祖父和祖母的灯光，不再能照亮我这张皱纹加速泛滥的脸。

有若干男女牵牛或赶羊，走过我身边。他们说说笑笑的土语韵律未变，口袋中收音机传出的豫剧旋律也未变，从而确认我与这一地域的关系。一个老人对我出现在路边，感到震惊，试探着喊出我父亲的名字："像……书进？……哎呀呀……"我的步态和身影，酷似父亲，像在代替已经去世的父亲回到余冲村。

今夜，我将在人生中的第一张床上入睡。那是一个雕刻有鸳鸯、喜鹊、荷花、童子和神仙图案的清代木床。大约落满尘埃。旧事前情一张床，万古寂寥满天星。我知道，我家钥匙放在门楣右侧的第二个砖缝里——这是祖父多年以前与我约定的位置。

南阳盆地东侧的渺小村庄
赋予我姓氏、乡音、秉性、命运。

祖坟，这泥土质地的灯盏

——祖先们作为灯芯在灯罩下日夜点燃？

墓地周围散发出一条条通往县城的道路

那是照亮子孙前程的一道道光线——

我的血液在两米以前嘶鸣

率领一身老骨头奔跑，妄图追寻

多年以前一匹小公马的鬃毛和冲动……

2　让一个人成为村庄和世界

携幼子，回到盆地东南平原上的一个村庄——王起鳌。外祖父、母亲、舅舅们出生于此，我也曾成长于此。植物、房屋、河流……曾经很远大。而今，万千事物都变得矮小、平淡。因为我长高了，凡俗了？只有一个矮小孩子的仰望，能让世界显得神奇而美好。在王起鳌，我蹲下来，试图焕发一派童年景象，也不可能了。我蹲下来，外祖父和外婆，也不会在泥土中醒来、站起来。

王起鳌，最初是一个人的名字，这座村庄无数人的祖先名字。猜想他数百年前流落于此，面对荒野与河流，畅想建设一个村庄，何等激越。我身上流淌有他的血液，继承了他千分之一、万分之一的性情和秘密？鳌起云飞，一个姓名、一个地名中的壮阔意象，命令我，心灵与文字必须自由不羁。一个古人，逐渐放大成为一座村庄。池塘、菜园、树木、河流、田野、小路，分别象征着他的情感、梦想与热肠？

在外祖父和外婆的坟墓前跪下来。再衰老、再满身错误和缺点，我依然是泥土中这两个人的后代，可以得到他们的谅解和怜爱。一辈子，我也只能跪在他们面前。面对命运，则只能保持两个姿势：站着，或被它打倒在地。这是祖训。在祖先面前，我可以保持软弱的权利。我跪下来，外婆和外祖父的坟墓顿然伟大如山岳，坟上野草，如山林苍苍。日日隔山岳，世事两茫茫。

外祖父王恩惠，方圆百里内的一个著名中医，善于使植物们在药罐里聚变，去克服乡亲乃至牛马驴羊们的疼痛。现在，泥土中，外祖父依然在为那些亡灵号脉诊断，使他们和它们，有力量在清明、除夕等节日，突破地表，看一眼亲爱的人间？外婆，王杨氏，善于剪纸，手持一把大剪子灵巧游走，红黄蓝绿的纸屑落满周围。运用明剪、暗剪两种方法，产生纸质的飞禽走兽、花鸟虫鱼，贴在门楣、窗棂、灶台、婚房、碾

326

盘、棺材，表达悲喜和理想。她尤其擅长剪牛，头大、腿粗、脖壮、身长的南阳黄牛。用锯齿纹表现牛毛，用秋菊、蜡梅、牡丹等花瓣充实牛身。常常自言自语："要把牛像花园一样打扮啊……"从一张纸上脱颖而出，这样一头牛，不长牛肉，只长花瓣。一头又一头魔幻现实主义的黄牛，在外婆剪刀下，咔嚓咔嚓涌现，使盆地更加拥挤？使众多肉联厂在浩瀚牛叫中有一些恍惚和绝望？

人到中年，我，背弃外婆和那一把大剪子的教导，用一双俗眼，把秋菊看成爆炒牛肚，牡丹看成酱焖牛肺，蜡梅看成干炸牛排……即便写作，让笔在稿纸上每移动一个方格，都期待发出推动一枚硬币的叮当声，而非大剪子咔嚓咔嚓的剪纸声。外婆和外祖父坟墓周围的田野，开满油菜花或棉花。这景象，是不是外婆在地下推出的新作品？"把牛像花园一样打扮"，用油菜花或棉花，去打扮一头牛、一片田野，壮丽无比。

儿子喜欢一处菜园，满口妙语："爸，看啊，豆角像蛇，茄子像拳击手套！西红柿……像灯笼！"这个对作文课很头疼的小学生，口吐莲花，像夏日池塘吐出莲花。我惊喜："把刚才的话记下来，就是好作文！"儿子狂言："不用记，这菜园就是好作文——我背回去，交给老师，一定得满分。"这完全就是一个好诗人在表达。在乡村的教育下，一个孩子成为诗人的可能性更大一些吧？

诗人就应当是乡村里的人，满身露水、土腥气、麻雀叫。商人必须在商场里，官员必须在会场里，才能保持恰当的气质。演讲、广告、作文、电视剧、座谈会、辩论会、记者招待会……各种言说充分包围视觉与听觉，大量使用成语和形容词，侵蚀当代人的想象力和心智。如"指桑骂槐""指鹿为马"，仅能指向一些抽象的恶棍，无法让公众想起桑、槐、鹿和马的生动形象。

现在，回到这一处菜园，看一头沉着冷静的花斑驴，环绕水井拉动水车发出哗哗的流水声，有助于我回到童年生活，与儿子成为同桌、好伙伴？

夜幕降临。儿子痴痴眺望平原尽头升起的铜红月亮，关心它在水井中的倒影如何，邀我一同伏在斑驳井沿旁，探望。月亮在井水中颤动，像乡村肉体深处一颗柔弱的心。水井旁，池塘里，也有一轮月亮。青蛙从荷叶上扑通一声跳进去，满塘都是碎银似的月光。水井和池塘，镜子般，让我看见自己童年时代的圆脸、表姐的鹅蛋脸、白天遇到的那一头花斑驴七十年代祖先的长脸。儿子屏紧呼吸，悄声告诉我："水里有人在吹笛、唱歌哩!"我没听见。我目前的听力,似乎只对金币滚动声、会场掌声、赞美声,保持敏感和迷恋。如果想彻底恢复童年感受力,需要乡村里的几个白天加上几个夜晚?

夜深了,我躺在表哥家建造于菜园一角的小房子。儿子入梦,像一棵刚刚浇过水的青菜。假若一个孩子永远生长在菜园里,是美好的事情——在西红柿发出的灯光里,用戴着茄子的小手,寻找妖媚豆角最致命的"七寸"……

但是,他终将像我一样,离开菜园和乡村,去长成乏味的杂文、论文、辩护词、发言稿,充满成语和形容词。但,有这样一个村庄,存在于血液上游,那杂文、论文、辩护词、发言稿,就不至于过分黯淡、丑陋、冷酷。

那一个名叫王起鳌的人,经过我、儿子和无数陌生亲人,持续蔓延开去,成为一个充满无限可能性的新世界。

3 这雨就是故乡

伏牛山区一个小镇。大雨如注。通往外界的路泥泞汹涌,公共汽车停行两天。

小旅馆潮湿,散发一种混合着泥土清香的霉味。我感到自己像雨中窗台上的那颗土豆，快发芽了。

昨天，小镇上的诗人，带我去访问一位民间考古学家。一个密封很严的试管中，有几瓣幼芽在呼吸。考古学家说："这是刚刚从古墓中出土的种子，一千多年了，竟绿了！"他准备天晴后将这幼芽移植泥土，以辨认这些幼芽的种属。古代种子的生命力，使我对自己的文字有力量呼吸到何月何年，很怀疑。但写作对于作者自身有意义——这留在纸上的种子，当我入睡或长眠，仍有可能在若干心灵中萌生新绿。

窗外，小街十字路口处，邮电所门口蹲着一个邮筒，像满腹心事的绿人，怀揣这个小镇的种种暗喜和隐忧。几个孩子在泥水中欢叫，跑，摔倒，再跑。青蛙隐约呼叫，像小镇在呼叫。

突发奇想，给几位友人各写一封短信吧。

多年来，我的笔像春蚕，咀嚼光阴而后吐丝，渐渐忘了还拥有给最亲近的人写信的能力。想念一个人，打电话，如同黑暗中或梦境里的耳语。放下电话，无法确认刚刚拥有过某个人的微笑或叹息。怀疑那亲密只是一种幻觉。滞留在小镇，若干面孔浮现周遭，像雨幕银幕上放映着一系列往事。也许，在异地，一个人才能把心完整地放在信笺上。在信笺上，一个人领悟了写作的秘诀——要像给最亲爱的人写信一样写作……

一九二六年，奥地利诗人里尔克，与俄罗斯诗人茨维塔耶娃，通信一年，分别在瑞士、法国的旅馆里，怀想对方并书写。里尔克在瓦尔蒙、拉加茨，茨维塔耶娃在圣吉尔、贝尔维尔。年底，里尔克死在途中。茨维塔耶娃稍稍感到安慰的是，给里尔克的最后一封信、最后一个词，是她写信时的地址"贝尔维尔"——法语中的"美城"之意。两个无家可归、从未谋面的浪游者，这一年间的情书，能感动当下消费主义时代里随意挥霍情感的人们吗？

窗外，那两棵距离很近的槐树，在雨中披头散发、相互纠缠，酷似相爱相怨的人，是里尔克和茨维塔耶娃？槐树，中国北方乡村里一种常见的树木。如果把它们看成恋人，比喻成宝与黛、梁与祝，更合适一些吧。

在俄罗斯，茨维塔耶娃曾低声对阿赫玛托娃说："今天我偷偷去看从前我家院子里的那棵树了——千万别告诉别人，万一让那些人知道了，他们会去把那棵树砍掉的……"不断丧失，不断恐惧丧失，构成茨维塔耶娃的命运——从纸上爱着的里尔克，到暗自爱着的那一棵树。那大约是一棵白桦树。

"站在一处恋爱过的地方。下着雨。这雨就是我的故乡。"

以色列诗人阿米亥的诗集，在桌子上，我随手一翻，就是这样动人的句子。他有爱，写着充满失败感的句子。爱，而后丧失，造就不同国度、不同时代的诗人。我脑海里的小海面也下雨了，"这雨就是我的故乡"。

盆地里的雨、词语，哗哗啦啦、平平仄仄，弥漫在周围和内心。小旅馆书桌上荡漾的木纹，如流水，如流逝的一切。在南阳，书桌大都用榆树制成。榆树拙朴，不适合做精致、自恋的梳妆台，或狡猾多变的会议桌，适合成为书桌，让读书人伏在上面走神复走笔。盆地里嘲讽一个愚笨的人，会喊他"榆木脑袋"。我的脑袋，也是榆木质地吧？多好。思想深处有木纹荡漾如流水，多好。

小镇名叫"十亩地"。大约有一个率先开辟十亩田园然后繁衍子孙的人，造就了这一地名。在几封短信结尾落款处，我像里尔克、茨维塔耶娃一样，写上"十亩地"。愿这一地名，能给我爱着的友人，带去十亩的雨声、蛙鸣、清风。

把信揣在怀里，打伞，我朝窗外小街上的邮筒走去。不知这邮筒是不是已经废弃多年。但我还是坚持朝它走去。我觉得这样走过去，已经很有意义。

4 灶火灼烫

我坐在灶膛前烧火。老人俯身于灶台炒菜、烙饼子，像祖母，像外婆。

根据火候需要，我把玉米秆和树枝，折断，续进锅底。我有配合祖母和外婆烧火做饭的经历。身体的记忆不会忘却。类似于啃过烤红薯的男人，都能熟练地剥开爱人内衣，热吻她充满糖分的身体。老人看认真烧火的我，眼光暖和，大概想起一个晚辈。伏牛山中这个独居老人，子孙都搬到镇上或县城谋生了。她不走。她要离祖坟近一点，离死去的老伴近一点。她弯曲得几乎接近地面的驼背，像背着一个包袱，藏满往事前情旧欢悲。

这一日的黄昏时分，她看见我在山坡游荡，就招呼："娃啊，没吃饭吧？来家里吃吧？"我答应着，握她筋骨毕露的一双手，像回到外婆和祖母面前，心一下子热了，如火焰汹涌的灶膛。

新世纪以来，南阳盆地乡村烹调食物的方式剧变，普遍使用电、煤气，便捷、干净、简单。只有深山区存续着阔大灶膛、古老风箱。山林和田野，保证了树枝和柴火的来源无穷尽。风箱呼嗒呼嗒声，像一头动物在喘息，让山野不那么寂寞和无聊。

我坐在灶膛前埋头吃饼子和菜。很香。树枝、柴火发出的火焰，比电、煤气带来的火焰，具体有力。这酷似南阳盆地模型的大铁锅，与灶膛火焰间接触面积广阔。菜与饼子带着焦香，浩荡入肠胃，质疑我长期积郁造成的肠炎和胃炎，谴责充满炎症的生活。就这样吃着，不语。间或抬头，与老人对视、笑笑，再埋头继续吃。我的外婆、祖母，已化为盆地泥土的一部分。这位老人、我，也迟早化为盆地泥土的一部分。在灼烫灶火前，一个寒意加深的人，恍惚重新置身于夏日里的暑气热息。

在盆地，数条高速公路相继出现。城市化、工业化浪潮，向最偏远的乡村迫近，再迫近。羊肠小路、池塘、篱笆墙、木柴堆……次第消失。那些旧乡村里的曲线、参差、无用，一概消失。直线、一元、消费主义，咄咄逼人。公路边，一排又一排僵硬雷同的三层四层水泥建筑物，构成一座座新村，猪的嚎叫消失，杀猪匠就消失，杀猪刀就消失，铁匠、打铁声就消失，铁器铺以及铁器铺前的勇气，也就一一消失。

旧生活渐次废弃。野草、野花与野树，用三年左右时间，就能完全收复残垣断壁和空寂无人的庭院。

青年们寻找远方，在异乡学着用普通话与经理、老板、客户讨价还价，偶尔受伤，迸出一句南阳土话"俺的娘啊"，才意识到故乡的隐秘存在，泪流满面。留在家乡的人，搬进干净整洁的新村，像客人，坐在客厅里、阳台上，一时间竟不知道如何安置手脚与内心。他或她，对田野里拖拉机取代耕牛、化肥排斥牛粪的新形势，耿耿于怀。可能在楼顶偷偷建一个鸡笼或羊圈，被镇政府官员看见了，遭指责："多不美观！观念多落后！罚款！"夜晚，他或她，喝醉了，晃荡半夜，找不到家门，号啕大哭——新村里的门扉，都是同一表情的铁门。从前那些不同样式和质地的旧门扉，门前不同的旧池塘、旧树、旧碾盘，都消失了。在同质化的空间里，如何守卫个性而不雷同于他人？这是一个问题。在盆地，许多人像哲学家一样在沉思。

那些被废弃的村落，有推土机和挖掘机吼叫着，窜动着，整理出大片田野。婚床、厨房、碾盘、粮仓、水井等位置上，长出整齐划一、无边无际的粮食和价值观。现代化自高速公路边开始，朝最偏远山区推进，朝眼前这一口灶膛，推进。显然，我也老了、不合时宜。幸好有这灶火、饼子和肠胃，确认一个人与盆地之间的血缘关系。

那么多记忆，让我也开始驼背，背着一小麻袋盆地的风声月色？

这世界，终究还是需要三两个怀旧者，负责为一往无前的新生活，说明来路和背景。我擦了擦眼睛，不知是因为烟熏还是伤心。老人把一个旧手帕递给我，眼睛潮湿，像祖母，像外婆。

5　山风劲吹

在傍晚，进入伏牛山中、南召境内一个小镇。

南召，让我想起《诗经》中的《召南》。属于《国风》的《召南》，共十四首诗：鹊巢，采蘩，草虫，采蘋，甘棠，行露，羔羊，殷其雷，摽有梅，小星，江有汜，野有死麕，何彼襛矣，驺虞。产生这些民歌的地域，或者说召公控制的地区，大致上包括今天的洛阳、南阳、郧阳、襄阳等地区。南召处于其中。

"南"字原意，就是一种古乐器，后成为指代南音流传之地的方位词——那暖意吹拂而至的方向，光亮朗彻无碍的方向。

336

在旅馆放下行李，去小镇四周晃荡。感觉街道的走向，有
细微波动和曲折。翻开手机地图，像鸟居高临下，发现街道附
近就是源于伏牛山的鸭河。一条鸭子热爱的河流。小街道的走
向与流水方向契合，是自然而然的事情。回想半生经历，许多
河流及其附近街道、小路，一概有相同走向，比如，出生地余
冲村那条季节性河旁边的无名小路，南阳市白河附近的卧龙
路、河街，上海苏州河南岸的苏州河路——保持相同走向，像
诗中的上一行与下一行，有相同韵脚，才能走入光阴人心的深
远处。

父子间，似乎也如此。许多人把我的背影、步姿、声音，
混同于父亲的背影、步姿、声音。他决定我大致的人生走向，
像河流，决定附近道路的走向。但一条道路是有限的，无法追
随河流行至水穷处，终将消逝于一条铁路、高速公路或空路。
父亲在一九九七年冬去世，河流枯竭。遗像中，一张面孔像河
床，在竭力回忆中青年时期的盛大流水。我在尘世里也寂静下
来，像黄昏时分这一小镇，寂静，只有风吹四野。民国诗人陈
石遗说："诗乃寂者之事。"成为寂静的言说者，是《诗经》中
无名咏叹者的事，我的事。

我左腿有一块暗红胎记，像小镇一座古寺门前，镶着"南

召县历史保护建筑"的暗红名牌。父亲的血隐约浮现于这一胎记,保护我的个人史,而不至于过早颓废?这胎记,也像鸭河上空、伏牛山中铜铸般的红日。

回旅馆,老板说:"山上有麋鹿,月亮圆了,吹笛子,麋鹿就会走近呢!"但今夜月亮像眉毛,美容院修过的眉毛,太细,近于虚无,我也就与麋鹿无缘了。况且,我不会吹笛子。"南",那一种乐器是什么形制和音律?大约也是由竹子制作而成。伏牛山翠竹苍茫,竹笋年年生发如新人辈出。

"风雨如晦,鸡鸣不已。既见君子,云胡不喜。"《郑风》中的名句。《郑风》出自伏牛山以北新郑一带黄河流域。"陟彼南山,言采其薇。未见君子,我心伤悲。"是《召南》中的名句。"未见君子,忧心靡乐。如何如何,忘我实多!"是《秦风》中的名句。自古至今,不论南北西东,"未见君子"与"既见君子",都是人间大事,成为一切喜悦与哀愁的秘密源头,继而成为抒情诗的主题。写出好诗的人,必有大哀与大喜。写不出好诗的人,平庸无奇,也罢。

床边,一面旧墙,有铅笔、钢笔、粉笔甚至毛笔留下的题词——"明天去哪里?""想家""我梦见你了""张建华,还我钱"等等,比先秦时代的抒情方式更斩截直白。若干情绪波动的失眠者，在此留下梦呓和叹息。这床，就是一个关于情绪波动的模型或公式？塑造我一夜，也质疑、计算我一夜。

法国作家普鲁斯特也喜欢去小镇旅馆过夜。他哮喘着，侧身躺在床上，感觉深蓝色的旅馆墙壁成为大海，继而闻到空气中的盐味、鱼腥气。伏牛山中，这旅馆墙壁上的凌乱留言，像一头牛在山中雨后留下的凌乱足迹。

所幸，我没有哮喘病。不幸，我没有哮喘病。推开窗，山风强劲吹入。

6 独山上的视角

独山，南阳城北郊的一座山。的确是一座孤独的山，方圆数十里内，绝无第二座山峰与它共存。倘若没有独山作为镇纸，南阳城周围平原这一卷苍苍宣纸，会被大风吹卷天外？它也是独一无二的山，盛产独山玉，作为"中国四大名玉"之一，名动四海。手镯、项链、耳坠……协助各地女人风情万种。在南阳，名字叫"玉"的人很多，比如我的母亲。

天晴气朗的日子，我在楼顶瞥一眼城北方向，独山就闯入眼帘，提示它的独特存在。

多年前，我第一次走进独山，并非为了山中玉，缘于山间公墓。一朋友的母亲长眠山上，我陪他扫墓。公墓寂静。一行一行墓碑形成秩序，亡灵简化成一个石刻的姓名。每个墓碑都是关于一个人、一个家族漫长历史的巨著封面。通过碑文，约略可见其一生梗概。但颂词雷同，使死者面目模糊不清。

一个独特墓碑吸引我：少女彩色照片嵌于墓碑，右上为死者生卒年月，左下为立碑者姓名。立碑者与死者之间的人物关系，没有吐露。死者十九年的短暂人生，无一字一句提示。非同寻常的美，其死亡更显得可疑。小彩照如小窗，她在窗前期待一个浪子出现？这猜测，滑向通俗言情小说模式。但既然通俗、言情，说明人间悲喜大致相同，痴情人与无情者难以逃脱。连墓穴也是最后的笼子，死者像笼中鸟，难以逃脱。

这一刻，独山似乎与我没有关系。直到一九九七年十二月十二日，父亲去世，独山终于揭晓其性质——它从此成为一座父亲之山。

他弯腰捏一枚棋子，倒下去。

在一个名为桐寨铺的中原小镇

冷风挑逗他头部的血液暴动，

颠覆一个小公务员平庸的人生。

对手在棋盘另一端震惊、站起来
像父亲一生中没有赢过的命运
震惊、站起来——
它也输了，失去一个知己。

父亲再也说不出一句愤怒的粗话。
在奔向南阳市的救护车里
我搂着他，像搂着婴儿。
我痛哭，他再也说不出一句亲热的醉话。

每个人都死于所热爱的事物
父亲不死于象棋，就死于美酒。
那天晚上，南阳市下雪。
定居于郊外独山，他俯视田野如棋盘。

花开叶落，如一局和棋
我也尝试与命运和解。

　　但失去一个对手、知己

　　那被热爱的事物如何能置我于死地?

　　多年后,我为父亲和独山写下这首诗。清明、春节,我屡屡来山上祭祀。悲伤渐渐消散,平静终于控制大局。毕竟迟早还会团圆在云端、朝霞与晚风里。周围,祭祀者欢声笑语,像一次出游,与死者隔着墓碑这一扇门窗,相互看着,念叨着,宽慰着?

　　山下,南阳城一派苍茫。"昔在南阳城,唯餐独山蕨。忆与崔宗之,白水弄素月。"李白过南阳,留下多首诗作。他爱吃的独山蕨菜,我也爱吃。他咏叹过的白河月色,我尝试咏叹,张嘴结舌。在独山上获得一个角度,俯瞰山下烟火,半生恩怨与是非,似乎都失去分量和意义。这也是死者视角,一个死者的世界观。在墓地徘徊,就是预习亡灵生活,而不至于在某一时刻到来之际,仓促无措。我在父亲墓碑前俯瞰尘世,怀恋感强烈,那也是父亲临终的怀恋感吧。

　　在独山上,我隐隐听见玉矿的机器开采声。玉石在阴坡里醒来,死者们在阳坡上睡去。独山,内涵渐渐的死、冉冉的生,在转化和演变中,成为独一无二的名山。

屡屡到殡仪馆、公墓，为死者送行，是人到中年的标志——那些熟悉的长者、友人、亲人，次第离世。他们甚至还没有进入暮境。生命像一支蜡烛，风一大，就吹灭了。死者脱下的鞋子，像蜡烛留下的一小块滴痕。为一个人送行，就是在为自己的一部分情感送行。死者携带生者的秘密，生者延续死者的悲喜。殡仪馆和墓地，就是讲堂，死者在沉默阐释青春、爱、远方。只有极少数心疼的人能够听懂，泪流满面。

在西方，孩子们的启蒙课程内容有：参观哭声响亮的产房，用小手摸一摸死者骨灰，及早认识生命的起点和终点。中国儿童教育不会这么做，不会这么理性和冷酷。相信时间，相信孩子们逐渐能接纳和承受一切，关于爱，关于死亡。

况且，有独山和父亲，以俯视的角度，看待南阳城。

白河带走的事物，在云朵里、雨里回来。父亲带走的事物，在儿子的命运里回来。

7　在唐河古码头遗址

唐河县人民医院门前这一条马路，名叫新华路。沿新华路朝西，我走到古码头遗址。遗址就是遗体，万千旧事前情的遗体。

河水肤浅，已放弃载舟沉舟的大志雄心。河床裸露，像旧床榻，散发出一个睡眠者穷困潦倒的气息。

古码头遗址上，蹲着一个抽烟的老人，与我聊起早年盛景：河水汤汤，远赴下游的汉水、长江。帆樯云集，"船上可以摆八仙桌喝酒划拳谈生意!"一条河，把唐河这座小城，与襄樊、武汉、上海和全世界，紧密联系在一起，往返运送小麦、棉花、水泥、木材、玻璃、柴油、牛羊、才子佳人、土匪流氓、革命消息……

小说家田中禾，少年和青年时代生活在这座小城。他的笔记体小说集《落叶溪》，就是一首小城叙事诗。母亲、兄长、街坊邻居、匠人、乡下亲戚、土匪、革命者……众多小人物次第登场，牌坊街、灯笼铺、铁器铺、书铺、画店、石印馆、药房、钟表店、京货铺、磨坊、祠堂、笔店……一一铺陈，呈现出小城半个世纪的风云变幻，让我想起赫拉巴尔的小说《河畔小城》，字里行间充满流水声、桨声、鱼群泼剌声、歌声。

现在，唐河流水声消失，抑制了多少诗人、小说家的生成？

"水这么浅，码头荒了，啥原因？这河水也知道咱们修高速公路了，造飞机场了，就生气，不来了?"老人幽默复困惑。

我笑了，和他一起蹲在古码头遗址上，像考古队队员，口袋里有一支笔能作为洛阳铲，发掘出从前的秘密？

看不见河对岸五公里外的余冲村，那是我的出生地。小时候，夜晚，祖父余孟光手指远处灯火照亮天空的地方，告诉我，那里是"唐县"。我理解成"糖县"，嘴巴一下子就甜了。一个孩子的远大梦想，就是去"糖县"吃糖。

后来，在唐河下游的郭滩镇，随父亲读书。夏日，年轻的父亲、郭滩人民公社干部余书进，沉湎于午睡，我无聊，独自跑到河堤上，看河面来来往往的船只，发呆。夜晚，父亲领我到河边洗澡，两个人在暮色里赤裸自我。我们都回避去看对方的下身。那小吊桥般的事物，把一个家族的上游和下游联系起来。直到今天，进入暮境，当我一个人在淋浴室里洗澡，还时常习惯性地抬起头，似乎在看看高处有没有父亲。

十五岁那一年，进城，我在竹林寺的空阔古庙里读高中。没看到僧人和佛像，墙上有从前的壁画若隐若现，骑狮子的菩萨隐约穿行在少年头顶。数学老师讲解圆周率，咏叹："山巅一寺一壶酒（3.14159），尔乐苦煞吾（26535）……"同学们都笑了，不知乐乎苦乎。校钟，绝对没有寺钟那样舒缓雅致，敲得慌慌张张，像面临一场战乱。高考的确像一场战乱，同班学子在"战后"四散他乡，形成各自不同的命途、价值观和晚景，渐行渐远渐无声。

后来，我到了南阳、邓州。后来，到了唐河下游、汉水下游、长江下游的上海。

妻子生在唐河这一小城，是竹林寺里一座高中的校友，低我两年级。她家院子位于我去竹林寺上学的路边。那时，并不认识她，也不知自己的未来与这院子有关。谈起这座城、这条河，我和她的认知存在若干差异。但共识大于差异，比如，都爱河上那一座五孔石桥。它建设于一九五九年，茅以升设计，仿赵州桥，有着雨后彩虹般的美感和力量。所以，我和她还有话可说。说着说着，彼此头发都白了，河水也低落了。

古码头遗址上的这位老人，摇摇晃晃站起来，把烟蒂扔脚下，踩了又踩。我懂得这种老习惯的意义，眼睛微微一热。四周荒凉得没有易燃物了，就像我四周已经没有易燃的青春。

一条衔接新华路的石板路，大致保持从前的轮廓。这条路两侧，是民国时代县城生意最好的地方，有酒坊、油坊、餐馆、茶馆、银货铺、妓院、粮店、茶叶店……而今一概涣散。河边捣衣声，剧变为千家万户的洗衣机转动声。

我与老人告别，转身，回到唐河县人民医院。一个亲人，在生死边界挣扎半月。几个晚辈轮流守护。他躺着的那张病床，像河床，充满断流的预感和失败感。

"急景流年都一瞬。往事前欢，未免萦方寸。"晏殊的句子，写于某一河边茶楼或青楼。北宋时期，中国大部分河流都很急，包括这一条发源于伏牛山、横贯南阳盆地的唐河。

.

8　城门落雪

清朝至民国，南阳城一直维持明代以前格局。一道砖石城墙，高、宽各二丈二尺，环绕街衢，如漫长襟抱把满城人烟紧紧搂在怀中。城壕深二丈二尺，阔四丈四尺，逶迤于城墙外。设四关，开四门。东门"延曦门"，镶石刻"中原冲要"；北门"博望门"，镶石刻"星拱神京"；西门"永安门"，镶石刻"控制秦关"；南门"淯阳门"，镶石刻"车定指南"。南阳的站位与心志，在这些石刻门楣间表露无遗。

一九四八年，毛泽东亲自为《新华日报》撰写新闻《中原我军解放南阳》。天下太平。南阳城墙渐次消失，四门废弃，只留下南寨墙上的一座小城门"琉璃阁"，孤零零面对不断拓宽的中州路。其门洞，当年走马走车。如今马车消失，这门洞，只能接纳一些不太英俊的摩托、三轮车、自行车。卡车过于宽阔豪迈，只能望门洞而兴叹。一代又一代南阳人出入其间，像一张老嘴巴里唠唠叨叨着的旧词新语。

我喜欢这座唯一留存的小城门。在剧变的时代里，需要一些人负责落伍、怀旧，维持一个地域的平衡中正。小城门，南北两侧门额是清朝官员手笔——"文明四海""光照宛南"。写这篇文章时，正值岁末，我刚从小城门归来，疾风吹卷大雪，纷纷然落白头颅和腰身，如河南梆子紧敲快打，敦促一个人诵唱故乡既往的文明与光芒。

城门落雪，池鱼自然欢喜。城门和池鱼都不喜欢火焰。南阳自古为兵家必争之地，城门屡屡失火而后倾颓。经典曲剧《南阳关》，根据《隋唐演义》情节改编：隋，仁寿四年，大臣伍建章指斥杨广"弑父""鸩兄""欺娘"三宗罪。杨广恼怒，将伍建章敲牙割舌处死，传旨追剿镇守南阳关的伍建章之子伍云召，欲斩草除根。伍云召愤极造反，失败。夫人沉井自刎，伍云召弃城奔往河北凤鸣关。杀手穷追不舍，被一个南阳人朱灿假扮三国周仓显灵，吓退。

西门外放罢了催阵炮，伍云召在马上恨难消。

打一杆雪白旗空中飘，黑黑的"伍"字发狂飙。

一霎时南阳关时局变了，

我头上戴银盔、身上披战袍、三尺白绫身后飘，

大小三军举枪拿刀杀气冲霄，

都只为杨广无道篡了朝……

伍云召悲重仇深，手执长枪，在小舞台上勒住一匹空虚无形的战马，站在美工师布置的南阳关城墙上，"横眉冷对往下瞧"，来犯者重重围城如大雪压境。当下，来南阳晃荡的外地游客，常在这小城门周围转悠、感叹一番，再进入附近茶馆听完这一段豫剧，才算彻底进入南阳关的意境。

通南达北，襟西携东，南阳关自古乃人流、物流、信息流汇合之地，就必然是喜怒哀乐悲恐惊叠加之城。陈胜揭竿而起在这里，范蠡深谋远虑在这里，刘邦西进灭秦之前屯兵围城在这里，王莽追赶刘秀在这里，张衡观察天象、研究五言诗歌在这里，诸葛亮躬耕、明志、眺望天下在这里，黄忠、魏延、邓艾、李严等英雄生长在这里，曹操率兵讨伐张绣导致儿子曹昂战死沙场在这里，范仲淹构思写作《岳阳楼记》在这里，庞振坤嬉笑怒骂、讽世娱人在这里，李季、姚雪垠、冯友兰、周梦

蝶、痖弦们的诗意与思辨之根，在这里……

"南阳郭门外，桑下麦青青。行子去未已，春鸠鸣不停。秦商邈既远，湖海浩将经。孰忍生以戚，吾其寄余龄。"公元八二〇年，韩愈五十二岁，因谏迎佛骨被唐宪宗贬出长安。经蓝关、商山、内乡，迢迢而来，写下《过南阳》一诗，让南阳的城门、小麦、斑鸠，进入行子之记忆，缓解忧戚，继续上路，越邓州、襄阳而去，最终抵达贬谪地潮州。

一代复一代，城门开、闭、开。人面桃花笑春风，背影霜降大雪中。这城门，像一卷地方志封面，也像小说开篇处的定场诗，更像南阳地方戏的开场锣鼓和叫板。走在小城门下，我怀疑，伍云召就是从这里仓皇出逃，在暗淡天光和满城火焰中仓皇而去。三弦、板胡、锣鼓，撕心裂肺，呼喊敲打，酷似一群南阳人忍无可忍、蓄谋起事。而今，环绕城区的高速公路收费站，在冒充古关口？收费员很严肃，像守门武士，但见钱眼开，见钱城门开。

旧城区轮廓依然在，由若干破旧小街结构而成。街名，比新城区大街所命名的"文化路""工业路"，含蓄幽默许多。比如，"书院街"，依然有骚人墨客隐居。"汉冶村"，残留汉代冶铁者的劳动号子和金属余温。"鸡爪街"，街道曲折似鸡爪，鸡爪如此巨大，足以挺立起多么高傲的鸡冠和鸡鸣。"河街"，清真寺临河而立，诵经如泉鸣。"照壁街"，少女们在照壁后半露半藏，窥视那故意丢在门前的玉镯或手帕，待少年弯腰拾起复相思。"外号街"，即便父子相见，也须直呼对方外号亦即绰号？

中药房甚多。大都悬有古旧匾额，"济康药房""仲景堂""刘氏诊所"等，不夸张，很本分。中药房内坐着好中医，慈眉善目，袖口里隐藏回春妙手。《伤寒论》作者、医圣张仲景，就长眠在旧城区深处，冥冥中指导他的传人，将伏牛山中的野地丁、半夏、菊花等植物，煎煮成锐利中药，迫使病灶熄火，敦促血脉返本开新。甚至，某一时期，张仲景墓那一丘黄土，被病人视为良药，在深夜悄悄捧走，泡水服用。官方每年须为其覆盖一层新土，像为旧茅屋换上新茅草。

幼儿园亦多。院子内有树有花有菜地，与《看图识字》上最基本的汉字"蝴蝶""蜜蜂""蚯蚓"，可一一对照。最风趣的事情，是附近养奶羊的人，每天按时牵来一两头隆重奶羊，让孩子们亲自挤奶、煮奶、喝奶。对羊奶、羊和青草的认识，对万物转化的规律，旧城区孩子会比新城区孩子，领悟得更深刻一些吧。

地方戏从业者亦多。几个小剧场、旧戏台，存续于深院幽巷中，承载着千秋事、万般情。南阳主要戏种，有内乡宛梆、方城三弦书、新野槐书、邓州罗卷戏等，以曲剧最孚盛名。郑州与北京也有曲剧团，但对南阳曲剧团抱持敬意。曲剧是南阳的标志。全世界无产者凭着《国际歌》找到布尔什维克，全世界南阳人凭着曲剧找到乡亲，继而打开酒瓶和心房。曲剧经典剧目除《南阳关》，还有《战宛城》，演的就是曹操与张绣之间一波三折的纠葛：张绣降迎曹军献宛城，曹操大喜，继而受张绣婶母邹氏之美色诱惑，将其纳入怀抱；张绣蒙羞受辱，愤而起兵，杀死曹操爱将典韦、长子曹昂。这部戏充满悬念和趣味，一年又一年演出，让天南地北的来客看了，感慨一番："南阳城里故事多啊……"

火车上，大海边，纽约、巴黎、吐鲁番，南阳人欢聚一堂，最易惹起乡思的话题，正是曲剧名旦赵某、名丑袁某的唱念做打。《南阳关》中，赵某扮演剧中伍云召夫人，袁某扮演杀手。《战宛城》中，赵某扮演邹氏，袁某扮演张绣。这一对演员在两部剧中，风情与心绪迥异。戏台下，观众痴迷，掌声连连。尤其是《战宛城》中"思春""刺婶"两折，赵某回眸一笑、水袖荡漾，引动众多男性挂念，从青春，到暮年。赵某和

352

袁某,分别居住在外白果园、五福井。清晨练嗓,响遏行云,傍晚登台光彩照人,夜半还家犬吠门响。邻居在迷离睡意中惊醒,叹息:"这名角,才回来。可苦了那守空房的人呢……"

新世纪,新时代,旧城区惴惴不宁。高速度的水泥大道和单行道,不断质疑老街小巷的存在价值。民主街一座大院,将杂居群聚百余年的市民迁出后,恢复成一个由泥塑官吏和衙役组合而成的旅游景点"南阳府衙"。旅行社三角旗帜,密集如云朵。一部分中医传人迷恋西医方略,依赖手术刀、胃镜、CT、核磁共振,胜过操持"望""闻""问""切"等老手段。曲剧名角后代,纷纷改习美声、摇滚乐,在酒吧中披头散发劲舞狂歌。新一代孩子进入拥有钢琴、英语、假面舞会的国际学校,旧城区一些幼儿园改成养老院……

南阳城面目全非,像我,与少年时代的黑白照对比,面目全非。街头小公园里,跳舞、唱歌、舞扇子的妇人,动作中流露出插秧、割麦、砍高粱的农事余韵。山羊们在动物园里的假山上探头探脑,血液中,仍浮动着盆地四周的连绵青山?

愿城门永恒,像路标,指出南阳的旧记忆与新梦寐。愿进出城门的少年,像一声轻叹,让无数幽灵与生灵为之动情动容。愿城门内外的麦子、斑鸠与人民,年年岁岁起春风,面目一新，吉祥顺遂。

坐在面对白河的一张书桌前，我拿起一支笔，敞开牙齿松动的嘴巴和心扉，如同这落雪汹涌的旧城门——"说吧，是时候了"（里尔克）。

9　去异地获得故乡

火车隐隐约约在南阳城西掠过，哐当哐当，哐当哐当……

二〇〇〇年秋天，一个夜晚，南阳城有许多酒后失眠的人吧？有许多与我一样收拾行囊，准备在次日天亮去火车站的人。枕边台灯，照亮一张"南阳—上海K384次"的火车票，两个装满书籍的纸箱。我将离开盆地，移居上海。此前，去独山，为长眠中的父亲倒三杯酒，说了种种的犹豫和惆怅。哽咽了，说不下去，起身下山回城。

我为自己的离乡出走，一点一点寻找到符合逻辑的依据：在异地，一个人才能获得故乡。类似于一个人拥有思念的能力，就必须丧失。

西望秦岭，南襟武当，北依伏牛，东衔桐柏，南阳，这一座小城如花蕊，促使周遭山脉如花瓣连绵舒卷。在这座小城里

354

生息，我像蜜蜂一样辛勤，含糖量上升，但不会嗡嗡作响；很胖，无法飞翔。在盆地东部的平原上度过幼年，性情平和。大学毕业，在盆地西南名叫"罗庄"的一个小镇工作，懵懂复茫然。去县委招待所开会，与会者每两人合居一室。提前报到的副镇长，把房间门上的粉笔字"罗庄"擦去。我手提行李，在走廊徘徊良久，才尝试着敲响，推开这扇门，看见一张讪笑的脸，听见一句赞叹："聪明！"一个狡黠长者代表未来，暗示：要学会猜谜、推测，才会有一张床榻可睡眠、一条道路可前行。

在范仲淹写下《岳阳楼记》的邓州城，我不喜不悲，缩在办公室一角，翻阅纸色泛黄的干部档案和地方志资料，窥探这一地域的百年秘史，揣摩窗外天色和领导脸色，对如何拍马屁闯出远大前程，减却了勇气和信心，遂抽身而出。在南阳某高校谋生十载，在同一家医院抱起降生的儿子、临终的父亲。在火车站、汽车站、宾馆，迎送远方的友人，不折柳，唱酒歌……

在我的个人史中，南阳处于少年这一页序、暮年这一页跋之间，深广而逼仄。

又一列火车，在南阳城西隐隐约约掠过，哐当哐当，哐当哐当……

这些火车一概奔驰在焦枝铁路上。那是河南焦作到湖北枝城之间的一条备战铁路，修建于二十世纪六十年代初期，迤逦穿越盆地。两侧布满村庄、小镇、兵工厂。我父亲、小舅和百万南阳人，曾在这条战备铁路建设期间，打夯、运石子、唱歌、汗流浃背……终于，冒着蒸汽的绿皮火车，沉沉一线穿南北，盆地万物与百姓，随之转换容颜和前途。

七岁那一年的某个下午，我和弟弟坐着父亲的自行车，越过白河桥，进入新鲜而庞大的南阳城，初次透过火车站铁栅栏门，看见火车，那一种被铁栅栏封锁的、吼叫着的巨兽。父亲说："长大了，你们坐火车去郑州、北京……"父亲的梦，做了多年。长大后，我果然在这条铁路线上反复出走或归来。车厢里，充满南阳方言、方便面调料气息、晚报、外出打工的农民、私奔者、去武当金顶拜佛还愿的虔诚香客、收音机中的流行音乐、学生、逃犯、流言、旷野小站上从窗口挤进车厢卖苹果的强悍女人、手捏扑克牌的骗子、半身刺青的酒徒与懦夫……

当我第一次坐卧铺火车穿过盆地，躺着就能奔驰在山水间，激动，夜不能寐。起身站在走廊上，看车窗外、深远处的灯火一闪而过。周围鼾声起伏，如蛙鸣、牛吼、马嘶。即便进入邻省异域，这洋溢着乡土气息的车厢，仍是南阳的一块飞地。

货运火车携带市场经济深入盆地。南阳盛产的黄牛、小麦、中药、玉器，与外部世界的钢铁、电器、拖拉机、玻璃，在铁路上互相交流、兑换。铁路两侧，甚至出现一种"吃火车"的人：用长长竹竿去扒取火车上的煤炭、水果，甚至发生过从火车上倒腾下来若干雷达、机枪零部件的惊人事件。伏牛山中，有若干兵工厂，因世界和平而效益不佳，相继转产冰箱、电视机、卡车。火车以巨大的冲击力、包容性、可能性，影响盆地内涵和景观。它不断提速、更新，持续改变地理学、生态学、人类学、政治学、社会学、美学、心理学、文学……

只有蒸汽火车，慢火车，短暂停留于一系列小车站：云阳、南召、石桥、蒲山、穰东、邓州、构林……它们，加入了我的道路和情感。若干年后，高铁普遍出现，忽略小车站，直奔大城市，充满市侩气和功利心。窗外景象大而化之，排斥细节，像一个感情浮泛的浪子，决不留下背叛、痛悔的具体线索和证据。

二〇〇〇年秋天的这一列火车，是慢火车，需二十小时才能抵达上海。我带着八岁的儿子，在火车上度过一个夜晚。以崭新的失去，证实旧日的曾经拥有，用别离创造返回，存在什么样的风险？忐忑，不安，对未来充满各种预感：高峰与深渊，动荡与平庸……多年后，当我终于完成描叙故乡的书稿《纸上还乡》，回首二十年前的这一秋夜，稍稍松口气：尘埃落定，大致顺遂。但命运已无悬念，也是让人失神伤心的事情吧？

回到这一秋夜，台灯照亮一张"南阳—上海K384次"火车票。此时，我尚年轻，尚有力量辗转反侧、浮想联翩。

童年时代，曾喜爱翻弄绘有动植物插图的《本草纲目》。外祖父王恩惠，一个享有盛誉、拥有许多秘方的民间中医，告诉我：蝉蜕，一种中药，是蝉凌空一跃时蜕下的壳，可解热、镇静。当我离开南阳，像蝉，凌空一跃，为故乡、自我和世界而响亮呼喊："知了……知了……"而我蜕掉了盆地万千事物组成的壳，这壳，就能成为一剂中药，隐伏于字里行间，去为无限的少数人解热、镇静？外祖父，请您来帮助我回答这一个问题吧。

又一列火车，在秋夜，隐隐约约掠过南阳城西，掠过一个人的青年、中年之间的分水岭，哐当哐当，哐当哐当……

后　记

《纸上还乡》，献给豫鄂陕三省交界处南阳盆地的一部书，缓慢书写多年。感谢北京十月文艺出版社的推出，感谢责任编辑张小彩女士的费心裁量。

一个人与故乡，存在一种彼此辨认、修正和赋能的关系。活着，爱着，写着，就是在行动中、笔墨间，收复丧失的一切，重获大地四季般的天真和生命力。

张衡、范晔、诸葛亮、庾信、韩愈、岑参、姚雪垠、冯友兰、李季、周梦蝶、痖弦、乔典运、二月河、田中禾、周同宾、周大新……植根起源于这一盆地，次第叙事、言志、抒情，以非凡的思想和修辞，渐次构造出南阳的整体性、地方经验和记忆。

杰出的表达，必超越作者与地域，让他乡异代的人，在阅读中遭逢自我和当下。一个杰出的南阳盆地，就是中原、中国和世界。

目前，我正处于上海、南阳、暮年这三方面的交界处，亦即处于各种剧变蓄力生发之地，也就拥有面目一新、孤然独迥的可能性。

活下去，爱下去，写下去。

2023年5月　于上海

图书在版编目 (CIP) 数据

纸上还乡 / 汗漫著. — 北京：北京十月文艺出版
社，2024.5
ISBN 978-7-5302-2367-3

Ⅰ. ①纸… Ⅱ. ①汗… Ⅲ. ①散文集—中国—当代
Ⅳ. ① I267

中国国家版本馆 CIP 数据核字 (2024) 第 053450 号

纸上还乡
ZHISHANG HUANXIANG

汗漫　著

出　　版　北 京 出 版 集 团
　　　　　北京十月文艺出版社
地　　址　北京北三环中路 6 号
邮　　编　100120
网　　址　www.bph.com.cn
发　　行　新经典发行有限公司
　　　　　电话 010-68423599
经　　销　新华书店
印　　刷　北京盛通印刷股份有限公司
版　　次　2024 年 5 月第 1 版
印　　次　2024 年 5 月第 1 次印刷
开　　本　880 毫米 ×1230 毫米 1/32
印　　张　11.5
字　　数　190 千字
书　　号　ISBN 978-7-5302-2367-3
定　　价　48.00 元
如有印装质量问题，由本社负责调换
质量监督电话　010-58572393